비취빛
삶이고 싶어

翠園 金榮義 일곱 번째 수필집

국립중앙도서관 출판시도서목록(CIP)

비취빛 삶이고 싶어 : 翠園 金榮義 일곱 번째 수필집 / 지은이: 김영의. — 서
울 : 한누리미디어, 2011
  p. ;   cm

성남시 문화예술발전기금의 지원을 받아 제작되었음
ISBN 978-89-7969-393-5 03810 : ₩15000

한국 현대 수필[韓國現代隨筆]

814.7-KDC5
895.745-DDC21   CIP2011002889

翠園 **金榮義** 일곱 번째 수필집

비취빛
삶이고 싶어

한누리미디어

봄은 다시 왔건만

어느새 길섶과 산자락에 노란 민들레, 보라색 제비꽃과 이름 모를 야생화들이 저마다 앙증맞고 화사한 꽃잎을 펴들며 반갑게 미소 짓는다. 만물이 소생하는 봄은 다시 돌아왔건만 그 사람은 돌아오지 않았다.

생명이 움트고 활기차게 솟아나는 이 계절에 어찌 사람은 한낱 들녘의 풀잎만도 못한 것인지. 그럼에도 인간을 만물의 영장이라 이르는 것일까.

남편을 갑자기 잃은 비통함에 젖어 허탈과 실의에 빠졌다. 50여 년을 함께 살아온 사람을 한순간에 잃으니 나는 내 생명의 반을, 아니 내 삶의 전부가 멈춰 버린 것 같아 아무것도 할 수가 없었다. 무엇을 어떻게 해야 할지 모든 기력이 소진되어 일어설 수도 없었다. 나는 남편이 떠난 후에야 그가 얼마나 큰 버팀목이었는지 뼛속 깊이 느껴 왔다. 인간은 본디 어리석은 존재라 하지만 비로소 내가 얼마나 어리석었는지 새삼 부끄러워진다.

'그래도 산 사람은 안 넘어가는 음식을 억지로라도 삼켜야 한다'는 주변의 강요가 나를 부추기는 큰 힘이 될 줄이야! 그런 이웃들의 뜨거운 사랑에 힘입어, 어쭙잖은 졸작에서나마 그의 고마움을 되새기고, 함께한 내 삶을

되짚고자 일곱 번째 수필집인《비취빛 삶이고 싶어》를 엮으려 한다.

누군가 말했다. '시간은 흐르는 것이 아니라 내가 시간 위를 흘러가고 있는 것'이라고. 시간 위에서 내 호흡은 비통함에 잠시 정지돼 있었다. 하지만 때때로, 놀랍고 감동적인 충격, 가슴 벅찬 행복의 순간순간에도 시간 위에 멈춰서 있는 나를 발견한다. 이런 멈춤의 순간들이 이어지면서 나는 내 존재의 의미를 확인하고 삶의 애환을 각인해 온 것이 아니었을까. 그것만으로도 나는 큰 은혜를 입은 것 같다.

때로 망설임에 결정적인 한 마디로 확신을 굳히도록 도와주시는 강석호 한국수필문학가협회 회장님, 어려울 때 격려를 아끼지 않는 문학동인들, 이 책이 나오기까지 애써 주신 모든 분께 진심으로 깊은 감사를 드린다. 아울러 묵묵히 자신에게 충실하면서 든든한 울타리가 되고 있는 자식들에게도 고마움을 전하고 싶다. 여러분 감사합니다.

남편의 영전에 이 책을 바칩니다.

2011년 5월 일 翠園 金榮義

차례

1

나를 울린 제자의 선물

翠園 金榮義 일곱 번째 수필집

비취빛 삶이고 싶어

2
잊지 못할 젊은 그 날의 추억

11

차례

3
시간이 멈춰 선 자리

翠園 金榮義 일곱 번째 수필집

비취빛
삶이고 싶어

4

꿈이었기를 바랐건만

13

차례

翠園 金榮義 일곱번째 수필집

비취빛 삶이고 싶어

1
나를 울린 제자의 선물

청소시간이 끝날 무렵 어떤 한 학생이 쪼르르하고
교장실 내 책상 위에 뭔가를 던져놓고 달아나듯 가 버렸다.
이름도 안 밝힌 채 주고 간 카드에 담긴 글귀였다.
어린 마음에 내 걱정을 해 준 것이 아닌가.

사랑하는 교장선생님께
꼭 하고 싶은 충고가 있는데요.
그것은, 선생님은 피곤한 것도 모르고 쉬지 않는 버릇 말이에요.
아셨지요. 부디 부디 건강하셔야 해요.
스승의 날, 전농의 딸이 올림.

– 〈나를 울린 제자의 선물〉 중에서

징검다리 수상(隨想)

'무슨 복을 타고났기에!' 이 넓디 넓은 세상에서 어찌 내가 이곳에 와 살게 되었을까. 진하게 정든 고향 같은 서울을 떠나 옮겨 온 지도 어느덧 십수 년의 세월이 흘렀다.

분당서울대병원 건물 앞쯤에는 냇물 줄기가 안쪽으로 굽이져 흐르니, 마치 물길의 품안에 감싸 안긴 듯한 터에 내가 사는 아파트 단지가 서 있다. 좔좔 좔 물 흐르는 소리가 귓가를 스치면 답답했던 가슴이 확 뚫리는 상쾌함이 내 발걸음을 냇가로 재촉한다.

시원한 물줄기는 출렁거리며 햇빛에 비늘처럼 은빛으로 무늬져 흐른다. 분당을 동서로 가로질러 휘감고 흐르는 탄천은 일명 '숯내'라고 한다. 조선시대 강원도 등지에서 목재와 땔감을 한강을 통해 싣고 와서 뚝섬에 부려놓고 이를 숯으로 만들므로써 그 주변의 개천물이 검게 변해서 숯내라 부르며, 이를 한자로 탄천(炭川)이라 하게 된 연유라고 한다.

몇 해 전까지만 해도 봄부터 여름까지 정성들여 아름답게 가꿔진 탄천가

둔덕의 잔디밭과 꽃밭들이 장마 때면 사정없이 쏟아 붓는 빗물에 휩쓸려 아깝게도 흔적 없이 사라져 버리고, 그 뒷자리엔 진흙덩이와 흉물스런 쓰레기 더미가 덮쳐 폐허가 되는 안타까움을 거듭해야 했다.

하지만 지난 해 봄, 용인과 성남 두 도시가 합작한 관개작업으로 주변은 물론 내(川)의 흐름이 자동 조절되어 깔끔하게 정비된 덕에 폭우나 장마에도 전혀 피해를 보지 않게 되었다. 그러니 나무는 울창하게 자라 풋풋한 초록 향기와 그늘을 드리우고, 잔디는 융단처럼 아름답게 파릇파릇한 초록빛으로 반짝인다. 게다가 석양빛이 뉘웃거리면 긴 노을빛이 그림자를 불태우며 세상을 황금빛으로 수놓는다.

수십 마리의 청둥오리 떼가 물을 가르며 어미를 따라 물길 나들이와 먹이 잡이하는 모습이 사랑스레 눈여겨진다. 또 냇가 널찍한 갈대숲은 출렁이는 물살과 잔잔한 바람에 무언가를 속삭이듯 살랑거리는 정취는 세계 어느 관광지에도 뒤지지 않을 것 같다.

어느 초여름 해질녘, 운동 삼아 냇가로 향하던 나는 '어머나!' 혼자 탄성을 올렸다. 웬 징검다리가 놓여 있기 때문이다. 계단 서너 개를 내려가 첫 번째 징검돌 위에 발을 올렸다. 너무도 신기하고 설렌다. 요즘 어느 농촌마을의 개울에서도 쉽게 볼 수 없는 징검다리다. 넙적 펑퍼짐한 징검돌 열대여섯 개가 띄엄띄엄 줄지어 놓여 있어, 그것을 딛고 건너면 바로 반대편 냇가에 다다른다. 한참을 걸어야 다리까지 가는 수고도 덜지만 얼마나 운치가 있고 황홀한가. 어디서 구해 온 징검돌인지 정겨웠다.

갑자기 희미해졌던 내 기억 속의 그리운 추억과 함께 어린 시절 냇가에서 장난치던 때의 향수를 불러와 절로 미소를 머금게 한다. 뿐만 아니라 돌과 돌 사이에서 손을 적시니, 각박한 도시생활로 쌓인 피로와 찌들고 오염된 마음이 한순간에 씻겨 정화되고 평화로워진다. 일상에 쫓겨 피곤한, 하루의 어수선한 심신에 안정을 안겨주는 맑은 물소리는 징검돌과 돌 사이에서 여울져 부딪치고 하얗게 부서지면서도 한결 힘찬 몸짓으로 생기 있게 춤을 추듯 흘러간다.

냇물이 소리 내며 쉼 없이 흘러가듯 시간도 멈춤 없이 흐르고, 내 인생도 하염없이 흘러만 간다. 물살에 씻기듯 떠내려가는 푸른 잎사귀 하나가 튕기는 포말에 빙빙 돌다가 둥둥 떠밀려 간다. 저렇듯 내 젊은 날의 흔적도 세월의 물살에 여울져 떠밀려 아스라이 바람결에 스쳐간 꿈길인 양 멀어져 갈 뿐인 것이리. 불현듯 발길이 멈춰졌다.

'나는 지금 내 인생의 어느 징검다리 위에 서 있는 것일까!' 내가 숨 쉬고 있는 지금이, 내가 만난 이 순간, 이 시간이 바로 내 생의 징검돌이고, 지나온 한 평생이야말로 삶의 징검다리를 건넌 것이 아닐까. 때론 아슬아슬 위태롭게, 때론 큰 의지처럼 딛고 건너온 내 삶의 뒷자리를 돌아본다.

물은 우리의 생명이다. 그러기에 물소리만 들어도 우리의 가슴이 맑아지고 생기를 되찾게 되는 것이 아닐까.

이제 나는 무자년 징검돌을 건너 조심스레 기축년의 징검돌로 옮겨 딛는다. 비록 불안스레 딛는 징검다리지만 인생살이 또한 오리무중 속을 헤쳐 가는 길일진대, 징검다리의 마지막까지 흔들림 없이 반듯하게 건너야 나의 보이지 않는 끝자락― 미래의 피안에 제대로 다다를 수 있지 않을까 하는 생각이 뇌리를 스친다. 그렇다면 나는 지금 머문 이곳을 소중하게 헤아려 봐야 할 것 같다.

기축정초(己丑正初) 새 아침의 차가운 햇살의 청정함이 맑게 출렁이며 찰랑거리는 물소리와 어울려 새해를 엄숙히 경하하는 음률이 되어 징검돌 위에

翠園 金榮義 일곱 번째 수필집

비취빛
삶이고 싶어

선 내 피부에 상큼한 울림으로 와 닿는다. 스산한 겨울바람에 누렇게 마른 갈대숲의 향긋한 내음이 폐부에 깊이 스며든다.

　이토록 아름다운 자연에 둘러싸인 이곳에 오늘을 비추어주는 눈부신 햇살과 희망이 있기에 세상은 새로운 아름다움으로 피어 오르며, 나는 살아 있음의 소중함을 긴 호흡으로 내쉬어 본다. 지금 내가 머물러 있는 삶의 징검다리의 의미를 되새기며 나의 영혼도 투명한 물줄기처럼 가꾸어 갈 수 있기를 염원하면서…….

(2009. 1. 10)

19

사진 속 추모의 언덕

그 추모의 언덕을 밟으면 뭔가 가슴 답답함이 사라질 것 같았다. 처음 가 본 그 곳에서 조금은 마음이 풀리는 느낌이었다. 꿈의 언덕처럼 푸르름에 둘러싸인 주변은 이름 모를 꽃들이 흐드러지게 활짝 피어 향기롭고 화사했고, 어디선지 새들의 지저귐이 마치 환상곡처럼 들려 왔다. 사시사철 푸르름이 가시지 않는 포트랜드라고 했던가. 그 곳에 살게 된 하나뿐인 남동생 내외의 효심으로 멀리 고국에서부터 그 곁으로 애써 부모님 유해를 모셔 온 터였다.

'아아, 잘 되었다. 다행이구나! 이 아름다운 곳에서 쉬시게 되시니. 주님 감사합니다.'

그 언덕이 오늘 그나마 못 가 본 동생들을 위해 몇 장의 사진으로 내 앞에 있다.

'휜레이-썬셋 언덕 추모공원(Finley-Sunset Hill Memorial Park)' 그 입구에 장식처럼 깔끔한 표지판이 옆으로 길고 크게 세워져 있었다. 추모동산 근처는 그림 같은 예쁜 집들이 나란히 자리잡고 있어 묘지동네 같지 않은 평화로운 분위기였다.

미국서는 그런 곳의 집값이 더 나간다 하니 이해되지는 않았지만. 그동안 큰딸인 내 곁보다는 비록 고국을 떠날지라도 사랑하는 아드님 손길에 머무심이 편하시리라 믿었기에, 내키지 않는 마음을 달래며 아쉬워하면서도 바다 건너 수만 리 먼 그곳을 택할 수밖에 없었다.

6.25 전란시 피난의 고생 끝에 와병으로 마흔 여섯 젊은 나이에 떠나 버리신 어머님, 그 뒤를 이어 홀로 외로이 계시다 뜨신 아버님, 그 두 분의 유해가 5층 대리석 문 안에 안치되어 있다. 아파트 같은 칸칸의 제일 높은 자리기에 나는 그 여닫이문조차 손으로 쓰다듬어 보지도 못했다. 울고 싶었다. 가슴이 아팠다.

하지만, 타인의 유해 밑의 층보다 훨씬 낫다는 남편의 말을 큰 위안으로 삼을 수밖에 없었다. 십여 년 전, 이민 떠난 남동생을 대신했던 그동안이나마 더 알뜰히 모셨을 걸, 뉘우침과 허전함을 떨쳐 버리려 정성을 다해 송이송이 꽃병을 채웠다. 돌이켜보아 후회 없는 삶이 가능할까만은.

7월의 화창한 초여름, 이 날은 시애틀에 사는 큰 여동생 내외의 주선으로 미국내 곳곳에 흩어져 사는 남동생의 자손들이 다 모일 수 있었다. 온 가족이 머리 숙여 성경을 읽고 기도와 추모의 말씀으로 다시 한 번 애틋한 그리움과 아픔을 나누었다.

젊은 세대에겐 뿌리와 역사가 심어지기를 바라며 우리 말과 영어로 진행하니, 우리 가족의 글로벌(Global)상을 실감케 한다. 설사 하늘나라에 계실 부모님이 흡족하지 않으실지라도 누구도 막을 수 없는 이 시대의 추이이리라 여겨졌다. 그리고 소리 내어 실컷 울고 싶었다. 하지만 쓰다듬고 어루만질 그 아무것도 없으니 꽃병이 걸린 납골묘 문을 향한 허공 속에 우리의 애절한 정성이 가 닿기를 염원할 뿐이었다.

두 분이 내리신 큰 나무 뿌리에서 뻗은 이 가지와 새싹들 같은 자손에게 하늘나라에서도 축복해 주시기를 간절히 기원하며 추모언덕을 내려오려니, 부모님의 지나간 삶이 아련히 그리움으로 다가온다.

일찍이 조국의 새날을 꿈꾸며 현해탄을 건너 유학에 올랐던 아버지와 어머니, 이어서 일제강점기에 조국광복을 그리며 황량한 만주에서 남다른 격동기를 사셨던 그 두 분, 이제 한줌의 재가 되어 당신의 의지와 관계없이 또다시 고향땅을 뒤로 타국 하늘 아래 안치된 파란만장한 그 생애를 돌아보니 새삼 가슴에 푸른 멍이 맺혀 오는 듯했다.

못내 기다리던 미국행으로 비로소 뵙고 온 그분들의 묘소가 사진에 담겨 있다. 우리 자매는 그 앞에서 추모의 기도를 올린다. 짙어가는 가을처럼 더욱 깊어가는 그리움의 뿌연 안개 속을 그냥 멍청하게 바라본다.

시간이 가면 없어질 너와 나, 우리 또한 이 땅을 떠날 존재인 줄 알면서도 왜 그리 허전하고 서글픈 아픔이 되살아오는 걸까. 묘소도 없어져 가는 세태 속에 산다는 것이, 인생이 무엇인지, 죽음은 또 무엇인지 흘러가는 구름에게 말 건네 본다. 세월이 지날수록 오히려 커지는 가슴 구멍이 언제 매워질 수가 있으려는가.

누군가 말했다. '그리움은 상실에 대한 질병'이라고……

(2008. 10. 10)

흘러가는 흰 구름아

스쳐 가는 흰 구름아!
내 꿈은 화사한 꽃 피우는 봄의
라일락 짙고 그윽한 향기에 취하려 함이 아님을

스쳐 가는 흰 구름아!
내 꿈은 눈부신 태양에 빛나는
아름다운 장미 언덕 아담한 처서에 안주함이 아님을

스쳐 가는 흰 구름아!
내 꿈은 울긋불긋 단풍든 가을 들녘에서
오곡백과의 풍성한 열매를 얻으려 함이 아님을

스쳐 가는 흰 구름아!
내 꿈은 그냥 구름에 달 가듯이 세월 따라
마냥 떠돌며 스쳐 가는 저 구름이었기를 소망한 것을.

(2005. 4. 14)

연(鳶)줄처럼

주문(呪文)만 외면 하늘로 횡ー 날아가는 양탄자나 빗자루, 날개 달린 말을 탄 장수의 이야기 등, 예나 지금이나 사람들의 호기심은 여전한 것 같다.

조엔 K. 롤링의 〈해리포터〉는 보잘것 없는 고아가 마법의 세계에서 겪는 공포와 긴장과 흥분으로 온갖 상상력을 충동하는 마력 때문에 몇 년째 전세계의 베스트셀러로 고공행진을 이어가며, 세계인의 흥미를 이끌고 있다.

고드윈(主敎)은 〈달세계의 인간 : 1638〉에서 영국 문학사상 처음으로 우주 여행을 다뤘다. 큰 기러기를 많이 잡아 이륜마차에 매어, 달 탐험을 하는 내용이다.

그 후 많은 사람들의 하늘에 대한 동경이나 꿈의 시도가 거듭되었으나, 세계 최초로 사람을 태우고 하늘은 떠다니게 된 것은 1783년 11월, 프랑스의 '조제프와 에티엥 몽골피에' 형제에 의한 열기구에서 비롯되었다.

하늘을 나는 꿈은 우리나라서도 예외가 아니다. 고려 말엽(서기 1374년) 최영 장군이 탐라국 평정 때, 군사를 큰 연(鳶)에 매달아 병선(兵船)에 띄워 절벽

위에 상륙시켰고, 불덩이를 매단 연을 적의 성안으로 날려 보내어 공략했다는 기록이 〈동국세시기〉(東國歲時記)에 있다.

조선조 세종대왕(서기 1455년) 때 남이 장군이 강화도에서 연을 즐겨 날렸고, 임진왜란 때는 충무공 이순신 장군이 연을 섬과 육지를 연락하는 통신수단이나 작전지시 등, 군사적 방편으로 삼은 기록도 있다.

이처럼 연은 다방면에 활용되어 왔으며, 서기 1725~1976년 무렵에는 연날리기가 널리 보급되며 일반화 되었다고 한다.

요즘도 연날리기는 새해의 액운을 날려, 행복한 한해를 보낼 수 있기를 기원하는 풍습으로 남아 민속놀이나 전통으로 연날리기 시합, 축제 등으로 이어지고 있다. 우리나라 연은 형태나 문양에 따라 방패연을 비롯해 약 100여 종의 다양한 종류가 있으나, 바람을 이용하여 연줄을 적절히 조절하며 날게 하는 방법은 모두 같은 이치라고 한다. 하늘 높이 연을 띄우고 그 줄을 당겼다 놨다 하는 모습을 바라보고 있노라면 마치 어버이가 자녀를 가르치며 키워 가는 모습이 바로 이런 것이 아닐까 하고 느껴진다.

현직에 있던 시절, 나는 '이사도라—24시간 돈다—' 라는 별명이 붙을 만큼 자주 교내순시를 했다. 발자국 소리를 죽이며 복도를 지나치면 뒷문으로 교실 안이 보인다. 판서하는 선생님의 눈을 피해 아침부터 도시락을 먹거나 책상 밑으로 공을 차서 굴리는 학생도 있다.

하지만 정작 내 발걸음을 멈추게 하는 것은, 몸은 교실에 앉았으나 '마음(혼)은 교실을 떠나 끝없는 외계를 떠돌고 있는 아이' 와 마주치게 되는 경우였다. 내겐 그 아이가 어느 집 귀한 자손일 텐데… 한참 나이에 상상의 날개를 마음껏 펴 외딴 세상을 꿈꾸며 날고 있어도 걱정이런만, 무슨 고민에 쌓여 어떤 늪에 빠지거나 방황하고 있는 것이 아닐지…. 학교를 믿고 맡긴 학부모. 그들 앞의 헤아릴 수 없는 현란한 유혹의 그림자가 춤추며 판치는 주변 환경 등이 연상되어 행여, 좌절이나 허무의 구렁에서 자살 충동에 빠지지나 않을까. 그 책임자인 내가 무엇을 어떻게 도와야 할까 하는 불안에 직면하기도 한다.

수십 명의 학생을 보살펴야 하는 담임교사에게는 어려움과 한계가 있다. 언제든 교장도 교육의 전문성과 카운슬러로서 그 역할을 돕는 것은 당연한 일이다. 불려 온 학생과 이야기를 나누다 보면 대부분은 상대의 얼굴과 마주치지 않으려 눈을 피하는 행동 특성을 보인다. 흡사 '허공에 떠도는 줄이 끊긴 연(鳶)'으로 비유할까. 언제 어디로 날려가 떨어질지 위태로운 연들, 특히 부모와도 동떨어진 외톨이들이다. 일체감은커녕 소속감조차 없는 아이, 끊어진 줄을 다시 이어줘야 할 터인데.

연을 제 모습대로 마음껏 높이 날 수 있게 하는 것처럼 부모는 자녀와의 사이에서 보이지 않는 줄을 정성껏 잘 조절하여 아이의 잠재력을 펴 나가게 해야 한다. 서둘러 줄을 조이다가 끊기거나 놓쳐 버리면 아이에게 돌이킬 수 없는 상처를 주게 되며, 너무 풀면 연이 곤두박질치듯 엉뚱한 방향으로 휘말려 자신을 잃거나 좌절, 반감을 유발하게 될 것이다.

또 믿음직하게 보인다 하여 마음의 끈을 놔 버리면 자녀는 갑자기 회의나 불안에 빠지기 쉽고, 사랑한다 하여 귀엽게만 대하면 그 아이는 집중력이나 자제력을 잃어 부모의 존재에 무감각해지고 자기인식도 희박해진다. 이에 부모역할의 어려움이 '가정은 인간성장의 공장이고 기틀이다'라는 말처럼 모든 부모에게 공감을 주게 되는가 보다.

어느 날 내게 불려 온 고1 학생은 나와 눈을 마주보고 이야기를 나누기로 했다. 그 아이는 이제껏 누구와도 눈을 맞추며 이야기를 해 본 기억이 없다고 했다. 우리는 일상생활의 쉬운 일부터 접근해 갔다. 마음을 안정시키고 신뢰를 쌓는 일은 서둘러 되는 일이 아니며, 한 대의 주사로 효과를 볼 수도 없다.

상담 3~4회를 거친 후, 엄마와 함께 서로 눈을 마주보며 이야기를 나누도록 했다. 엄마의 눈에서 눈물이 쏟아졌다. 아들도 엄마를 붙들고 울었다. 엄마의 새로운 노력은 집에서도 이어졌다.

몇 해가 지났을까. 퇴임 후, 나는 막내아들 학위수여가 있어 보스턴에 갔었다. 그 어느 날, 길가에서 누군가가 나를 불러 세우기에 돌아봤다. 그는 내게 다가오더니 갑자기 나를 와락 껴안지 않는가.

"어머! 누구지?"

"선생님 저 XX예요. XXX고교 졸업생이에요."

이따금 어디서 무엇을 하고 있을까 기억의 줄을 더듬어 보았던 그 학생, 활기에 찬 눈빛의 그 늠름한 청년은 바로 그 때 그 제자였다. 지금 그곳 대학에서 컴퓨터 광고 디자인을 전공한다며 자랑을 한다. 우린 한동안 사람들 눈도 아랑곳없이 얼싸안으며 반가워했다.

"선생님, 저 잘하고 있습니다. 꼭 성공할게요. 이젠 걱정 마십시오."

만면에 환한 미소를 띠며 씩씩한 모습으로 경례를 붙이고 돌아서 가는 그의 뒷모습을 나는 한참 동안 바라보고 있었다. 그와 나 사이에 이어진 줄이 아직도 끈끈하여 나의 발걸음을 멈추게 하는 것이 아닐는지……

(2007. 6. 20)

미역국을 보냅니다

솔직히 말해 하루 이틀 쉬는 날은 좋았다. 하지만 걷잡을 수 없이 허망하고, 밑도 끝도 없는 구름 위를 붕 뜬 채 떠돌이처럼 허우적이는 자신을 다스리기란 너무 힘겨운 일이었다. 이른 새벽 시간에도 뒤돌아 볼 겨를 없이 서둘러 집밖을 나가던 44년의 세월에 나는 길들여져 있었다. '정년퇴임'은 현실적으로 내게 어느 날 갑자기 동댕이쳐져 나락으로 떨어진 신세로 다가와 아무리 좋은 방향으로 돌려 보려 해도 마음이 따라주질 않았다.

무료하던 어느 날, 문득 거실 한 쪽에 놓인 헌 컴퓨터가 눈에 들어왔다. 옳지, 정보의 바다에나 빠져 보면 어떨까? 기왕 허우적이며 헤매는 김에 작심한 나는 저녁에 귀가한 아들을 붙들고 배우려고 했다. 그러나 그것은 나의 큰 오산이었다.

"엄마, 눈 나빠지게 그건 왜 배우려 하세요."

엄마의 건강을 위한다는 부드러운 말이었으나 일언지하에 거절당하고 만 것에 불과한 것이었다. 그것도 그럴 것이라고 이해가 갔다. 타고난 기계치인 나는 당시 어렵게 마련한 집의 TV 채널조차 제대로 작동시키지 못해 늘 아이들에게 웃음을 사는 엄마였으니까.

언제였던가, 내가 연구원의 교육자료과 과장이라는 엄청난 직책을 맡아 교육기자재의 관리를 책임졌던 일이 있었다. 기계 앞에 서면 주눅부터 들던 나는 어찌 어찌 행정이라는 얼개로 그 임무는 무난히 마치기는 했지만, 이제 더 이상 컴퓨터에 관심을 갖지 않으려고 마음 먹었다. 하루의 해가 왜 그리도 길고 지루한지? 시간에 쫓기고 숨 들이킬 새도 없던 때가 무척 그리웠다. 만사가 손에 안 잡히며 오라는 곳이 있어도 가고 싶지도 않았다. 의기소침하여 '우울증' 이란 이런 것이 아닌가 싶었고 한 편으론 "내가 여기서 주저앉다니! 그럴 수는 없지?" 하고 중얼거리기도 해 보았다.

'아래 한글' 의 '새 글' 흰 바탕을 열고 또닥또닥 글씨를 띄워 본다. 몇 번이고 틀리면 구겨서 버리던 원고지 대신 지우고 또 쓰면 얼마든지 새 것이 된다. '저장' 했다가 불러오면 몇 번이고 고쳐 쓸 수도 있다. 일분에 몇 백자? 아니 몇 십분에 몇 자인들 어떠하며, 독수리 주둥이처럼 한 손가락으로 자판을 찍은들 누가 뭐라 하지도 않는다. 나는 이 새로운 세상에 도전하는 흥미를 싹틔우며 희망의 빛을 따라갔다. 시간이, 하루해가 순식간에 지나는 듯 짧아지기 시작했다.

본래 길눈이 어두운 나는 누가 데려다주면 그 다음은 찾아가질 못한다. 혼자서 묻고 또 물어 찾아간 길은 절대 잊히질 않았지만. 방법은 바로 이거였다. 또 길을 잃으면 그 속에 또 새로운 길이 열렸다. 가슴이 부풀고 설레며 활기가 솔솔 살아나듯 사는 맛이 느껴졌다.

"쿵 작작~ 쿵 작작~ 띠 르르릉~ 띠 르르릉~."

멜로디에 가사가 따라 나왔다.

"너를 위해 준비했어! 따끈한 미역국을. 이 세상에 와 주어서 고마워. 사랑하는 너를 위한 미역국. 뜨거우니 조심해서 맛있게 먹어요. 쿵 작작~ 쿵 작작~."

동영상에는 팔팔 끓는 미역국 한 사발과 먹음직한 쇠고기 산적, 그리고 김이 모락모락 오르는 흰 쌀밥으로 푸짐한 생일상이 차려져 있다. 멜로디도 예쁘거니와 가사와 영상 모두가 꼭 내 맘이 담긴 바로 그것이지 않는가! 사랑하는 며느리 생일을 위해 내가 고르고 골라 보낸 축하 e-카드였다.

나의 시어머님은 언제나 나의 생일 전날 저녁이면 꼭 쇠고기 한 근을 사들고 내 집에 오셨다. 그리고 당일 아침 내게 미역국을 챙겨 주시고 출근하는 나의 뒷모습을 바라보시고는 되돌아가셨다. 아무리 며칠 머물다 가시라고 권해도 곧바로 큰댁으로 발길을 돌리면서도 한 해도 어김없이 그 날을 챙겨 주셨기에 맞벌이하는 나는 늘 송구스럽고 감사할 따름이었다.

헌데, 나는 며느리에게 마음은 굴뚝같아도 가서 미역국을 끓여 줄 상황이 못 되는 것이다. 시간에 쫓기고 바쁜 요즘 젊은이들 맞벌이 생활에 늙은이가 가서 얼쩡거리면 전혀 도움이 안 될 뿐더러 거치적거리기나 할 테니까. 이 또한 시대변화에 따른 세태의 차이가 아니겠는가. 아쉽고 답답한 마음이나 어쩔 수 없다. 하지만 다음 날 도착한 e-답신 메일을 연 나는 뭉클한 가슴을 감출 수가 없다.

"어머님, 보내 주신 미역국 잘 먹었어요. 보내 주신 용돈도 잘 받았고요. 어머님께서 주신 용돈으로는 예쁜 티셔츠 하나 사 입을게요. …(중략)… 제 소원은 아버님, 어머님께서 건강하게 오래 오래 사시는 거라는 것 아시죠? 항상 건강하셔야 돼요. 큰애 올림."

무어라 표현할 수 없는 흐뭇함이 행복감이 되어 가슴에 넘쳐 온다. 더듬거리면서도 홀로 터득하고 찾고 익힌 길이기에 컴퓨터 작업이 더욱 소중하다. 이마저 못 배웠으면 지금 어떻게 살아갈 뻔했을까. 생각할수록 아득하고 아찔한 일이다.

내 도전의 한계란 뻔하지만. 앉은자리에서 선택하여 쓰면 전송의 놀라운 속도로 국내는 물론 어느 나라 할 것 없이 곧바로 교신이 된다. 게다가 무료로 자유자재로 사용할 수 있으니 얼마나 큰 혜택을 받는지 짐작조차 못했었다.

어디 그뿐인가. 다양하고 흥미로운 세계적 동향에 접하며, 기차·비행기의 예약, 쇼핑 설문 조사 등으로 사회에 기여도 한다. 아름다운 음악과 동영상과 글들은 혼자 보기 아까워 서로 나누며 정을 쌓는다.

차분하게 잦아드는 인터넷의 세계는 나의 일상에 지적 감성적 매력으로 다가와 끝없이 넓고 깊은 환상의 바다로 인도하며 시공을 초월한 황홀경에 빠져들게 한다.

이제 내게 있어 컴퓨터는 비록 능숙치는 못할망정 딱딱하고 차가우며 메마른 기계를 넘어 나의 소중한 벗으로, 아니 연인처럼 늘 가까이 숨쉬는, 하루도 만나지 않고는 못 배기는 사이가 되어 버리고 말았다.

(2005. 8. 6)

31

꽃잎 밟는 희망의 길목

문득 50여 년이 훌쩍 넘은 결혼식 때, 꽃잎을 밟던 일이 떠올랐다. 그땐 신랑 신부는 예쁜 남녀 화동(花童)을 앞세우고 예식장에 입장하고 퇴장하는 것이 관례였다. 아마도 아들딸 낳고 잘 살라는 축복의 표징인 것이리.

'행복의 문'의 행진곡을 따라 화동이 앞장서 꽃바구니에서 고사리 같은 손으로 뿌려주는 향기로운 꽃잎을 밟으며 새로운 인생길의 첫 발을 떼던 일이 새롭다.

이토록 황홀할 수가! 바람의 기척도 못 느껴지는데, 가지에 매달린 분홍 벚꽃 잎들이 눈송이처럼 날려 걸어가는 내 앞에 풀풀 내려앉는다. 저절로 콧노래가 흥얼거려진다. 노래와는 워낙 거리가 먼 음치인 나인데도⋯. 어제의 비바람에 화사한 꽃잎들이 아쉽게도 길바닥에 짝 깔려 버렸다.

아직은 이른 아침녘 꿈속을 걷는 것일까. 얼굴을 스치며 흩뿌리듯 떨어지는 꽃잎의 아름다운 몸짓은 봄꽃들의 환호, 꽃잎들의 난무(亂舞)일까. 아니면 낙화의 비애인 것일까. 하지만 나는 행복감에 부풀며 걷던 일이 바로 어제와 같다.

나는 이 벚꽃나무 길을 좋아한다. 버스나 차들이 질주하는 대로 양옆 좌우로 두 갈래 길게 뻗은 가로수 길. 오전에 햇살이 오른쪽 길을 비추면, 오후는 왼쪽 인도에 볕이 내린다.

이런 저런 생각에 빠지며, 완만히 원을 그리며 휘어진 길을 사뿐사뿐 꽃잎을 밟으며 걷고 있노라면 끝없는 상념 속에 빠져들며 황홀감과 더불어 어언 김소월의 시 〈진달래〉가 그림처럼 눈앞에 아롱져 온다.

"…(전략)…// 영변(寧邊)에 약산(藥山)/ 진달래꽃/ …(중략)…// 가시는 걸음 걸음/ 놓인 그 꽃을/ 사뿐히 즈려 밟고 가시옵소서.// …(후략)…."

역겹다 떠나가는 임이건만, 그는 이별의 처절한 아픔을 도리어 축복의 마음으로 승화시켜 아름다운 진달래꽃을 뿌려 걸음마다 즈려 밟고 가기를 바라는 그 애절함이 몸부림치는 모습으로 다가와 내 가슴을 아리게도 한다.

봄날, 꽃잎을 뿌려준 이 길은 좀 지나면 빨간 버찌가 주렁주렁 영글어 향기롭고 희망 찬 세월을 느끼게 한다.

또 진초록으로 짙어진 나뭇가지들은 무성한 잎으로 터널을 엮어 한여름 더위에 허덕이며 지친 행인들의 땀을 식혀 준다.

그뿐이랴. 산들거리는 가을바람에는 각 가지의 나뭇잎들이 황홀하다. 단풍든 벚나무 잎사귀는 노란 은행잎과 어우러져 색색의 다양한 몸짓으로 짐짓 단풍구경을 떠날 필요를 못 느끼게 한다.

어느새 찬 바람에 가랑잎이 으스스 떨어질 즈음은 바스락 뽀드득 낙엽 밟는 소리가 여민 옷깃을 파고드는 한기와 함께 나를 깊은 사색의 심연으로 이끈다. 어느 숲속, 계곡에서 사시사철 이렇게 멋진 삶의 여운을 맛볼 수가 있을까.

내게는 또한 잊지 못할 꽃잎에 얽힌 사연이 있다. 부족한 이 며느리를 무척 대견해 하시던 시어머님의 상(喪)을 당해, 나는 빈소에 즐비했던 조화(弔花)의 꽃잎을 따서 장지에 가져갔다.

그 하얀 국화 꽃잎들을 여러 자손들의 손으로 관위에 듬뿍 뿌려 드렸다. 가시는 먼 길을 아름답고 향기롭게 장식해 드리고 싶은, 기원하는 마음에서였다.

하지만, 여기 또 다른 꽃잎 길을 밟은 이가 있다. 지난 4월 30일, 봉화마을에서 노사모들이 노란 장미 꽃잎을 뜯어 뿌린 길을 걸어 나가던 (고)노무현 전 대통령의 사연은 어떻게 말을 해야 될까. 그 노란 장미 꽃잎은 그분이 검찰에 소환되는 아쉬움, 비통함, 비애도, 축하는 더더욱 아닐 테니 그의 앞길을 격려라도 하자는 꽃길이었을까.

꽃말이 '질투, 배반' 이라 일컫는 노란 장미는 그래서 선물하지 않는다고 한다. 그 께름칙한 꽃말 때문에 축하나 환자의 병문안에도 피하는 꽃이라 알려져 있는데, 어찌 이 꽃을 택한 연유는 무엇일까. 꽃잎 길이 아무리 아름답다 해도 왜 하필 노란 장미였을까.

〈이규태 코너-노란 꽃과의 전쟁〉에 보면, 노란 색은 눈에 잘 띄는 색이라서인지 식별할 필요가 있는 차별 인간의 표지로 자주 쓰여 왔다고 한다.

나치스는 유대인에게 노란 천을 앞가슴에 달게 했고, 경원해야 할 창녀들에게 노랑 베일을 씌워 식별한 것이 유럽의 전통이라고 전해지고 있는데, 그도 아니면 노무현의 '노' 를 따서 노란 꽃잎을 택한 것일까. 노란 꽃잎을 깐 아리송한 길을 걸으셨던 그 분, 나라의 불운이며 백성의 불행이며, 본인과 그 주변 사람들의 엄청난 불행이며 원통한 일이 아니던가.

두 분의 전직 대통령이 가신 어렵던 올해 2009년이 이제 서서히 막을 내리고 있다. 어두웠던 지난 일은 모두 저무는 석양빛에 털어내며 묻어 버리자.

그리하여 밝아오는 새해, 새 아침에는 비록 현실과 삶이 벅차고 고달픈 상황이 닥칠지라도 우리들 마음 속에 뭔가 희망이 보이고 편안한 웃음이 활짝 피어 오르는 새봄의 향기롭고 아름다운 꽃잎 길을 행복하게 걸어갈 수 있기를 바라며, 그것이 아직도 먼 꿈만이 아니기를 아삭거리는 낙엽 밟는 소리에도 기원을 실어 본다.

(2009. 12. 5)

＊월간 『문학저널』(2010년 1월호), 월간 『아름다운 가장』(2010년 4월호－특선 수필)

짧은 오솔길의 긴 여운

어쩌면 이렇게 시원할 수가! 바로 두서너 발자국 발을 들여놨을 뿐인데. 나뭇가지가 얼기설기 어울려 터널을 이룬 숲속 오솔길을 걸어간다. 백 미터 좀 넘을까 말까한 아파트 단지 내의 숲길. 짧은 거리지만 버스 타러 나가는 이 지름길은 폭염(暴炎)에 짓눌려 헐떡이던 가슴에 시원한 공기를 숨 쉬게 한다. 하늘을 향해 겹겹이 받쳐 든 작고 얇은 손바닥 같은 푸른 잎들은 향긋한 냄새로 나를 포근히 감싸 안아, 마치 소금에 푹 절은 배추처럼 더위에 지쳐 늘어진 심신을 순식간에 되살려 준다. 아파트 뒤를 둘러싸고 있는 소나무, 잣나무, 전나무 그리고 이름 모를 나무들이 이끼 낀 그늘을 만들고 있다.

나는 요즘 이 나무숲 사이 오솔길을 자주 이용하는 데 재미를 붙였다.

지난 봄이었던가. 반상회의 안건으로 뒤편 담의 한 곁을 헐고 출입구를 만들면 어떠냐는 이야기가 있었다. 여론조사를 한 결과 버스정류장에 가까운 우리 동(棟)과 그 옆동 전 가구는 반대를 했고 나머지 여러 동은 모두가 찬성을 했다. 그럴 수밖에 없는 것이 내가 사는 동과 그 옆동이 예정된 출입구에 가장 가까운 곳에 자리하고 있기 때문이다.

아무리 민주주의가 선호되는 요즘 풍토라 한들, 이런 일을 다수결로 처리할 수는 없는 문제였다. 지나는 길가가 될 당사 동(棟)의 주민들이 불량 상인, 무단 침입자를 억제할 장치 없이는 절대불가를 외쳐서 겨우 무산시켰던 터였다. 한데, 누군가가 어느새 그 담을 넘어갈 수 있도록 통나무 토막을 싸 올려 계단을 만들어 놓은 것이다.

얼마 전의 일이다. 비교적 성품이 깐깐한 우리 집 양반이 내게 이리로 한번 지나가 보라고 권유하질 않는가. 갈까 말까 망설이다가 계단 쪽을 향해 걸어갔다. 뙤약볕을 피해 숲속 오솔길을 걸으니 시원하고 상쾌함은 말할 것도 없고 지름길이니 시간도 절약되어 담을 넘는 거북함보다 되레 즐겁기까지 하질 않던가. 그 담을 넘어가며 나도 모르는 새, 비시시 얼굴에 미소가 번진다.

'그래, 너도 싸가지지 뭐냐?'

나 자신도 기가 막혔으나 구태여 그 웃음의 뜻을 부정하고 싶지는 않았다.

'세상에 싸가지가 따로 있나. 남이 한다면 못하게 막고, 남이 해 놓은 것은 몰라라 잘도 넘어 다니니. 좋은 나이를 하고 한심한지고!'

혼잣말을 중얼거리면서도 그 때 이후 그 오솔길을 거닐 생각을 하면 왠지 설레기까지 했다.

교사시절, 내 동기 중에 툭하면 아이들에게 '싸가지' 란 말을 잘 퍼붓는 친구가 있었다. 그것도 다 큰 여고생들을 향해서다.

"이런 싸가지 없는 녀석을 봤나, 쯧쯧……."

분명 그 말은 욕일 텐데 아이들은 깔깔거리며 웃는다. 지나다 보면 어이없어 나도 슬며시 웃음 띄우며 지나치던 때가 새삼 떠오른다. 싸가지란 욕을 들으면서도 깔깔거리며 즐거워하는 여고생들, 안 좋은 말을 아이들에게 내뱉고도 그들과 함께 즐겁게 웃고 있는 선생님. 도무지 이해하기가 어려웠다.

처음 싸가지란 단어를 들었을 때, 나는 어느 지방의 사투리인 줄 알았다. 그리고 그 단어가 욕설에 속하지만 어쩐지 구수하고 따뜻한 사람냄새가 풍기는 재미있는 말이라는 생각도 들었다. 하여, 그 말뜻을 찾아 보니, "보통은 '버릇이 없다', '윗사람에 대한 예의가 없다' 등의 가벼운 의미로 많이 쓰이며, 마음 씀이 장래 희망이 어둡다는 뜻, 식물로 비유하여 자라나는 새싹이 곧바르고 충실하지 못하고 삐뚤어지고 구부러져 장래 충실한 나무가 되지 못하고 그 열매도 거둬질지 의심된다"는 의미라고 했다.

그러니 행동과 마음 씀씀이가 장래성이 없는, 뭐든 자기 중심적이고 이기적인 사람을 칭한다는 것이다.

평소, 버스를 타고 가다 보면 교통정체가 심해 약속시간이 빠득빠득해지면 좌석에 앉았어도 몸이 달아 속맘으로 운전기사를 재촉하게 된다. 비록 입을 열지 못하지만 신호를 좀 어겨서라도 속히 빠져 나가 주면 좋을 것인데 하는 맘을 갖는다. 하지만 내가 운전을 하거나 건널목을 지나다가 부득이 신호에 걸려도 빠져 나가는 자동차를 만나면 '저 싸가지 봐!' 하고 비아냥거리게 되는 것이 나의 솔직한 자화상이다.

받을 만큼의 고등교육과 이렇다 할 남의 윗자리 노릇까지 하여 교양도 웬만큼 쌓은 처지건만, 진정 이런 내 모습이야말로 '진짜 싸가지'가 아니고 무엇일까. 스스로 한심스럽기도 하지만, 이런 경우는 비단 나 하나만의 자화상은 아닌 것 같다. 평소 눈에 띄는 구석구석마다 이토록 한심한 작태가 비일비재하지를 않던가. 대체 인간은 어느 수준에 가야 이 '싸가지'에서 탈출할

翠園 金榮義 일곱 번째 수필집

비취빛 삶이고 싶어

수가 있을까? 공중도덕이나 예의 없이 야만적이고 무식한 사람처럼 행세를 하는 일이 멈춰질까. 몇 번이고 가슴을 두들겨 본다.

본래 인간은 야누스의 두 얼굴을 가진 존재이다. 내가 하면 낭만이고 남이 하면 불륜이란 말이 있듯이 자기 중심적이고 자기 위주의 성악설(性惡說)을 품고 있다. 그러나 어떤 사형수의 마지막에서도 아름답고 착한 인간의 본성을 엿볼 수 있듯 성선설(性善說) 또한 부인할 수는 없을 것이다.

허나 인간사에서 자기 중심적인 이기심을 몽땅 저버려 억제만을 능사로 한다면, 마치 자라나는 식물의 싹을 모두 잘라 버린 형상과 같아, 그 식물은 더 자라서 꽃 피우며 열매 맺기를 기대할 수 없게 될 것이다.

이 같은 사실은 '쓰레기통에 버려진 장미꽃'이라는 현상으로 우리에게 검증된 지 이미 오래이다. 그러기에 만물의 영장이라 일컫는 인간은 법과 인류도덕을 내세우고 그 궤도에 따라 서로 협조와 겸양으로 살아가도록 사회규범을 정하고 제도화하고 있는 것이리라. 마치, 두 바퀴가 나란히 보조를 맞춰야 차가 제대로 굴러갈 수 있듯, 또 사람이 두 다리로 서야만 바로 설 수가 있는 것과 같은 맥락이 아니겠는지.

그런 이치를 모두 숙지하면서도 당장 눈앞의 편이나 이익을 좇기 쉬운 것이 또한 사람의 속성이니 이를 극복하고 담담히 초월하는 능력, 자기 관리 능력을 높이고 실천하는 의지가 강조되는 사회분위기 조성이 절실한 까닭이라 생각된다.

갖가지 나무들이 함께 어우러져 묵묵히 자신의 자리와 자태를 유감없이 지키며 보다 넓은 품을 펴 인간에게 무수한 덕을 베푸는 나무들. 나는 짧은 오솔길을 걸으며 자연이 주는 긴 여운에 언제나 고개를 숙이게 된다.

(2006. 9. 25)

나를 울린 제자의 선물

눈앞이 깜깜했다. 갑자기 온 세상이 모두 새까만 장막으로 덮여 어둠 속에 잠겨 버리는 것 같았다. 내게는 너무나 큰 충격이 아닐 수 없다.

방금 내 귓가를 스쳐 간 의사들의 대화가 더 큰 충격과 아픔으로 송곳처럼 심장을 찔러 왔다.

"다행히 시(視)신경은 아직 괜찮은데요."

"그렇군요. 네, 즉각 응급 처치해야겠습니다."

당장 숨이 멈추고 심장이 찢기는 듯한 통증이 온몸을 견딜 수 없게 몰려와 자지러지게 했다. 놀랍게도 '대상포진'(帶狀疱疹)이라 했다. 그 때까지는 듣지도 보지도 못했던 병명이었다. 거의 40여 년 동안 직장과 가정을 성실히 오가며 가끔 감기기나 몸살기로 약국의 신세를 지는 일이 있었지만 웬 날벼락 같은 병에 걸리다니! 그것도 바로 엊그제까지 멀쩡했는데.

좁쌀알 정도의 뾰두라지 한두 개가 왼쪽 이마 모퉁이에 벌긋벌긋 났을 뿐이었던 것이 밤새 얼마나 쑤시고 얼마나 아팠던지 아침에는 눈을 뜰 수도 볼 수도 없도록 많이 번지고 부어올라 있었다. 아프다 아프다 하는 출산의 진통도 세 번이나 겪었지만 이토록 막무가내로 아픈 것은 또한 처음 당하는 일이다. 다행히 주치의의 긴급처치로 병실 아닌 주사실에서나마 응급처치를 받고 입원수속을 마쳤다.

시간이 얼마나 흘러갔는지 모르겠다. 문득 아픔에서 좀 풀려난 한때였던 것 같다. 뚱뚱 부어올라 딱 붙어 버린 눈에서 눈물이 주르륵 흘렀다. 그것은 가장 위급했던 상황을 넘기고 살아난 사람의 안도와 감사의 눈물이 아니었나 싶었다. 그러면서 가슴에 뭉클 와 닿는 한 사연이 떠올랐다.

십여 년 전, 전농여중에 근무하던 어느 해 스승의 날의 바로 전날이었다고 기억된다. 청소시간이 끝날 무렵 어떤 한 학생이 쪼르르하고 교장실 내 책상 위에 뭔가를 던져놓고 달아나듯 가 버렸다. 이름도 안 밝힌 채 주고 간 카드에 담긴 글귀였다. 날마다 교내외를 돌며 학생들의 정서적 분위기를 위해서 이리저리 화단도 가꾸고 휴지도 주우며 손질도 하는 내 모습을 보고 어린 마음에 내 걱정을 해 준 것이 아닌가.

"사랑하는 교장선생님께, 꼭 하고 싶은 충고가 있는데요. 그것은, 선생님은 피곤한 것도 모르고 쉬지 않는 버릇 말이에요. 아셨지요. 부디 부디 건강하셔야 해요. 스승의 날, 전농의 딸이 올림."

그 아리따운 소녀의 눈이 얼마나 곱고 여리면 보통 아이들이 관심조차 두지 않는 교장에 대해 이토록 애정을 가져 주었을까? 게다가 이름도 얼굴도 알리지 않고! 나는 너무너무 행복하게 느껴져 콧등이 시큰해 왔다.

그 옛날 이미 그 아이는 나의 이 병을 예고해 준 것이 아니던가. 얼마나 살갑고 진한 정겨움이라고 해야 할까! 그런데 내가 그 아이 충고를 귀담아 듣지 않은 탓에 몸 속에 내재된 바이러스가 신경을 따라 신경을 갉아먹으면서

41

발진하여, 온 머리와 얼굴에 퍼져 뇌신경을 건드릴 뻔한 것이란다. 어떤 일에 손을 대면 끝장을 볼 때까지 쓰러지는 것도 모르는 곰같이 둔한 성격 탓이라고 후회를 하면서도 이제껏은 잘 견디어 온 셈이다. 게다가 학교 일만이 아닌 봉사적 활동, 예를 들면 전국 중고등학교 여교장회 회장, 서울시 카운슬러협회 회장 등 대외적으로 신경을 쓰지 않으면 안 될 책임 있는 일을 연속 몇 해를 맡다 보니 좀 지친 것이 확실했다. 물론 나이도 이젠 무시할 순 없는 노릇이다. 그러다 보니 그 지독한 병에 걸리고 만 것이다.

나는 몽롱한 상황에서 깨어나 아직 붓기가 가시지 않은 눈을 뜨고 벽에 걸린 달력을 쳐다보니 어느새 보름이 지나고 있었다.

그 스승의 날의 카드를 받은 후, 얼마 안 되어 나는 다른 학교로 전근되었고 그 아이는 누군지 확인할 길이 없는 채 지금에 이르고 말았다.

내게는 너무나 아쉬운 일이었다. 그 아이는 아마 지금쯤, 어엿한 사회인으로 또는 예쁜 규수로 성장하고 알찬 삶을 살고 있을 것이라 예측된다.

40여 년의 오랜 교직생활 동안 많은 제자들과의 만남은 언제나 나를 새롭게 하고 감동으로 젊음을 잃지 않게 해 준 것 같다. 내가 그들을 가르친다고 했지만 실은 그들에게 내가 얻은 것이 더 많은 것이 아닌가 싶다. 더욱이 그때 철부지 어린 중학생이 내게 준 그 글은 지금 병상에 누운 내 가슴에 새록새록 되살아나며 새로운 감동으로 이어진다.

세상에는 귀한 것들이 많겠지만 이렇게 순수하며 살뜰한 선물을 받은 자누가 또 있을까? 제자들이 주는 감동을 보람으로 삼아, 나뿐만이 아닌 많은 스승들도 또한 교직의 길을 묵묵히 걷게 되는 것이 아니겠는가.

(1995. 4)

사랑은 양보다 질이

항상 시간과 일에 쫓기는 맞벌이 엄마 아빠들에게는 자녀를 사랑하는 마음은 커도 여러 가지 제약 때문에 가슴을 태울 때가 많다. 귀엽고 소중한 아이에게 부모가 항상 곁에 있으며 애정을 듬뿍 주는 것도 중요하지만, 무엇보다도 중요한 것은 아이를 바르게 키워서 행복하고 아름다운 삶을 이루어 나가게 하려는 소망 때문에 안타깝고 초조해진다.

1978년 나는 세계 각국의 맞벌이 교육자인 부모의 실태와 모델을 조사하고 여교사의 경우, 출산 후 3년 동안 2회씩 쉴 수 있는 법안을 기초하여 오늘날 시행이 되기에 이르렀다. 물론 나는 그 자료를 어떤 대가나 보상도 바라지 않았고 또 아직까지 받은 바도 없이 교육부에 넘겼다. 여성으로 태어나 여성의 지위 향상, 그리고 가정의 행복추구에 이바지하고 싶다는 그 일념이었기 때문이다.

하지만 내가 근무할 때나 교육계를 제외한 직장에서는 출산휴가가 아직은 1~2개월에 불과한 실정에 놓여 있다.

세상에 나온 지 한 달밖에 안 된 아기를 남에게 맡기고 직장에 다녀야 하는 엄마는 늘 죄인처럼 미안한 마음을 가지게 된다. 그런 안쓰러움과 미안한 마음을 메워 주기 위해 맞벌이 엄마는 아이의 요구는 무엇이든 들어주거나, 장난감 등 물건을 사주는 보상 심리로 맹목적인 사랑의 표현을 취하게 된다. 매일 장난감이나 먹을 것을 사들고 가는 것이 습관이 되면, 아이는 어느덧 엄마보다 과자나 장난감을 더 기다리게 되고 만약 못 사들고 가는 날은 한바탕 소동이 벌어지기도 한다. 또 '참, 불쌍한 것' 하는 심정으로 오냐오냐 하며 들어주게 되면 아이는 나쁜 습관이나 버릇없는 행동을 하고도 나쁜 줄 모르고 떼만 쓰면 해결되는 것으로 길들여지고 만다.

엄마가 없는 동안에도, 항상 엄마의 사랑과 손길을 느낄 수 있도록 할 방도가 없을까 하고 여러 면으로 나는 고민하고 머리를 짜 봤다.

첫 번째로, 과자 함을 만든 일이었다. 아이들은 심리적으로 공허할 때 '입'을 통해 허전함을 채우려는 행동양식을 취하게 된다. 손가락을 빠는 것도 그 결과라고 한다.

나는 우리 세 아이들이 각자 좋아하는 빛깔의 뚜껑 달린 그릇을 각자의 과자 함으로 정해 놓고, 날마다 다른 종류의 간식을 준비했다. 비스킷과 땅콩, 예쁜 종이에 쌓인 사탕이나 초코렛 등 두세 가지씩 바꿔 몰래 담아 두었다가 간식 시간에 내어주도록 하여 '엄마의 선물'을 먹게 한 것이다. 학교를 마치고 돌아오면서, 또는 귀가하면 오늘은 엄마가 어떤 간식을 준비해 놨을까? 하는 궁금증을 가지면 집으로 향하는 발걸음이 서둘러지며 엄마를 느낄 수 있지 않을까 하는 생각에서였다.

그 함 속에 간단한 편지(쪽지)도 함께 넣었다.

'맛있게 먹고, 숙제는 일찍 하세요.'

'오늘은 엄마가 좀 늦을 거예요. 책가방 챙기고 언니랑 먼저 저녁 먹어요.'

아이들은 엄마가 집에 없어도 엄마의 손길을 느끼며 스스로 숙제도 하고 간식의 새 메뉴를 기대하곤 했다. 또 냉장고를 이용하기도 했다. 말로 하기 어색하거나 잔소리가 될 일은 냉장고 속에(아이들은 학교에서 돌아오면 곧 냉장고 문부터 연다) 당부할 말을 적어 넣어두면 아이는 엄마의 그림자와 체온을 느끼게 될 것이라 생각했다.

그뿐 아니라 도시락을 싸 줄 때는 도시락 속에 예쁜 카드나 쪽지로 '사랑하는 아들 딸아, 맛있게 골고루 잘 먹어! 사랑하는 엄마가.' 등을 써서 전하곤 했다.

현대 산업사회에서 야기되는 자녀교육의 또 다른 병폐로 큰 문제의 하나가 '아버지의 부재'라고 한다. 어린이에게 아빠를 그리도록 하면 '누워 잠자는 모습이나 술 마시고 취한 모습'을 그리기도 한다. 돈 버는 기계, 주말의 가족 운전기사로 전락하거나 직장의 스트레스로 지친 몸짓이 요즘 아이들 눈에 비친 아버지의 영상이 아닌가 싶다.

맞벌이 집안에서는 엄마마저도 만날 시간이 적으므로 자칫 아이들을 애정 결핍상태로 만들 수도 있다. 시간의 분량으로 부족한 사랑을 충분하게 매꾸려면 짧은 시간에 집중적이고 효율적인 접촉을 할 필요가 있다. 무엇이든 들어주는 과잉보호보다는 솔직하게 아이와 접촉하는 일이 아이가 부모를 이해하고 진실한 사랑을 느끼게 하는 기본이 된다.

'예들아. 오늘 아빠가 몹시 피곤하단다. 누가 아빠 다리 주물러 주겠니?' 한다면 아이들은 신이 나서 서로 아빠에게 다가간다. '그래, 형은 오른쪽 다리. 막내는 왼쪽 다리를 주물러라. 누가 더 잘 주무르지? 아, 시원해라. 아빠

45

피곤이 싹 풀리는 것 같구나!' 할 때 아이들은 자신도 부모를 위해 뭔가 해 줄 수 있다는 뿌듯함에 기쁨을 맛보게 된다. 그리고 아빠와 살을 맞대며 이뤄지는 훈훈한 관계는 무의식중에도 엄하고 힘차면서도 또 자상한 아빠의 권위를 느낄 수 있게 한다.

엄마의 경우도 마찬가지다. '엄마는 예쁜 너희들 위해서 열심히 일하고 왔다. 엄마 보고 싶었지? 엄마도야.' '우리 딸 교실에서 잘하고 있나 걱정됐는데 잘하고 왔지, 그래. 엄마랑 함께 얼른 저녁밥 차려 먹을까? 우리 집 예쁜이야!' 하며 함께 식탁을 차리거나 설거지 등 작업을 하는 일은 부모와의 공동체 의식이나 일체감, 그리고 엄마의 사랑을 느끼게 하는데 큰 도움을 주게 된다. 또 아이에게 스스로 '매'를 만들어 자신이 잘못한 경우나 나쁜 일을 했을 때, 자기가 매를 부모에게 가지고 와 맞도록 약속을 해 두기도 했다.

요즘 매너나 에티켓을 제대로 배우지 못한 가정교육 부재의 어릿광대가 아닌, 의젓하고 건전하고 자기 행동에 책임을 지고 약속을 지키는 어린이로 성장시키려면 남다른 노력이 따라야 한다.

또한 어린이는 엄마와 떨어지게 되면 '모친부재'라는 심리적 상태를 경험하게 된다. 학자들에 의하면 '모친부재' 심리를 경험하고 성장하면 애정이 없는 성격이라 불리는 비뚤어진 특수한 성격을 가질 수 있다고 한다.

프로이드는 5, 6세까지의 경험이나 환경에 의해 이뤄진 성격의 기초구조는 거의 교정이 불가능하다는 숙명적인 주장을 하고 있다. 따라서 맞벌이 엄마들은 가슴 아픈 죄의식을 갖기 쉽다. 그러나 엄마들이 자신의 삶의 실현이나 가정경제를 위한 직장생활을 포기할 수도 없는 일이다.

이런 갈등상황에서 어떻게 하는 것이 더 현명한 처신이 될까? 엄마가 자신의 일을 가지고 열심히 살고 있는 것은 아기를 비롯하여, 가족 모두의 행복을 위한 것이라는 확신을 어린이의 가슴에 심어주어 아이 자신도 자부심을 갖도록 하는 일이 유익하다는 것이다.

직업을 가진 엄마는 더욱 힘내어 직장에 충실하며 비록 짧은 시간이지만 보다 진실한 사랑을 듬뿍 주어 언제나 엄마의 마음이 아이에게 가까이 가 닿아 있음을 느끼게 하는 앞에 든 예와 같은 방법을 개발 실천하는 노력이 뒤따라야 할 것으로 생각된다.

(1995. 5)

47

엄마에게 쓴 짧은 편지

어머니,
그토록 저를 엄히 키우시더니 이 엄청난 환난 앞에
무너지지 않기를 제게 대비해 주시려 한 것입니까.

어머니!
성수대교 붕괴 참변으로 여덟 청학을 잃고 울부짖는
당신의 맏딸 제가 통곡을 하면서…

그 엄하셨던 어머니의 가르침이
이제야 겨우 그 뜻을 깨닫게 되었습니다.
어머니, 어머니!!

* 1994년 10월 21일, 성수대교 붕괴 참사사건 직후, '샘터사'에서 공모한 '엄마에게 쓴 짧은 편지'에 실린 글.

翠園 金榮義 일곱 번째 수필집

비취빛
삶이고 싶어

남편의 털신

그해 겨울은 유난히 추위가 기승을 떨쳤다.

12월 12일, 일요인 그날은 갑자기 기온이 영하로 뚝 내려갔다. TV에서는 한파가 몰려오니 노인들은 외출을 삼가하고 감기를 조심하라며 국민건강을 위한 경고를 간간이 보내고 있다.

오전 10시 무렵이다. 남편이 두꺼운 코트를 걸치며 방에서 나왔다. 놀란 나는 황급하게 물었다.

"아니, 이리 추운데 어딜 가시려고요?"

"응, 모란시장 구경하려고."

"왜 하필 이렇게 추운 날 뭘 사시려고요?"

대답도 안 하는 그를 나는 더 이상 만류하지 않았다. 평소 한 번 마음 먹은 것은 꼭 관철하고야 마는 그 성격을 잘 알고 있기 때문이다. 아무리 말려도 당신 고집대로 하는 분이니, 마음 편히 하고 싶은 대로 맡기는 것이 상책이라 싶었기 때문이다.

나는 아파트 문을 나서는 그에게 감기 들지 않도록 마스크도 하고 조심해서 빨리 다녀오라는 신신당부로 배웅을 한다. 모란시장에 갔던 그이는 정오가 될 무렵 검은 비닐주머니 하나를 손에 들고 귀가했다.

'여보, 이것 좀 봐요' 하고 소리치는 그의 목소리는 밝았다. 뭔가 횡재라도 한 것일까. 주머니에서 꺼내든 것은 남자 털신 한 켤레였다.

그걸 내 눈앞에 갖다 보이며, '안에는 털이 바닥까지 깔렸고 신발 바닥은 홈이 패여 있어 눈길에서도 미끄럼방지가 될 거야. 게다가 값도 저렴하고 가벼워서 좋아' 하며 잘 샀다는 자랑이 이만저만이 아니다.

"그러게요. 어떻게 그리 마음에 딱 드는 게 있었지. 잘 사셨네."

점심상을 차리다 말고 신발을 받아든 나는 신발바닥까지 뒤집어보며 함께 맞장구를 치면서 정말 다행스런 일이라고 생각했다. 올 겨울은 예년에 비해 추위가 심할 것이라는 기상예보가 연일 보도되고 있는 데다 작년 봄 폐렴을 두 달 앓은 탓인지 지난 겨울부터 더 추위를 타는 것 같아 걱정 되던 터였다. 성격이 까다로워 아무리 좋은 것이라도 당신 마음에 들지 않으면 밀어내기 때문에 아무 것도 장만해 드리지 못하고 있었다.

게다가 이틀 후인 14일에는 내가 무릎관절의 연골판 수술로 병원에 입원키로 예약이 된 상태였다. 얼마 전까지도 아무리 추운 겨울날인들 장갑 끼기를 싫어했고 털신이란 생각조차 못한 사람이었는데 '세월을 당할 장수가 없다' 더니, 이젠 여든 고개도 몇 해를 넘기고 보니 장갑도 따뜻하고 부드러운 것만 찾고, 털신까지 당신이 직접 챙겨 사들고 오게 되었으니 흘러간 세월의 갈피갈피를 더듬듯 창문 넘어 먼 하늘가를 물끄러미 바라보며 혼잣말로 되뇌어 본다.

드디어 내가 수술 받는 날은 다가왔고, 추위는 누그러들 줄 모르고 이어졌다. 우리나라 겨울은 원래 삼한사온이란 특색이 있다고 교과서에도 나와 있건만, 몇 해 전부터인지 그 원칙이 사라진 듯 삼일 춥고 사일 따뜻함과는 무관한 상황이 되어 버렸다.

온풍기로 후끈하게 난방이 된 병실에는 수술 받은 나를 포함해서 10명의 환자가 두 줄 침대에 가지런히 누워 있다. 간간이 보호자들이 점심시간을 활용하거나 퇴근 후, 환자를 보살피려 다녀가곤 했다. 나는 찾아온 남편에게 손을 내밀며 나무라듯 말을 건넸다.

"이 추운데 뭣 하러 하루에 두 번씩이나 와요. 한 번만 오세요. 따뜻하고 편한 시간에요."

"당신이 없으니 할 일도 없는데 뭐. 오는 건 내 마음이지. 털신은 괜히 산 줄 알아?"

"알았어요. 알았어. 하지만 감기 들까 봐 그러지요."

"걱정 마. 내가 당신보다 강해. 신발도 따뜻하고 마스크도 하고 다니는데 뭘!"

수술은 간단했지만 후유증은 생각보다 심했다. 계속되는 통증 때문에 3∼4일 더 병원신세를 지기로 한 날이다. 점심때가 지나서 병원을 찾은 남편의 안색이 그 날 따라 유난히 창백하게 보여 걱정스러웠다.

"어디 안 좋아 보이네요."

"응, 콧물이 흐르는데. 감기인가 봐."

"거 봐요. 조심하시지 않고."

하긴 감기가 조심한다고 피해가는 것은 아닌 것 같았다. 내가 이렇게 병원에 누워 있으니 감기든 남편을 돌볼 수 없어 미안하고 안타까웠다.

"오늘은 그만 집으로 돌아가서 약 먹고 따뜻하게 푹 주무셔야겠어요. 나도 조금씩 나아지고 있으니, 맘 놓으시고 어서요."

그를 재촉하듯 절뚝이는 다리를 끌다시피 하며 일어나 외투를 걸치고 남편의 손을 꼭 잡고 병원 문밖까지 함께 나왔다. 택시를 잡아 태워 드리려는 심산이었으나 차는 길 건너편에서 잡아야 되니, 하는 수 없어 나는 만 원짜리를 꺼내서 그이 손에 꼭 쥐어주었다.

"꼭 차를 타고 가셔야 해요, 이따 내가 전화할 테니 푹 주무셔요."

그것이 두 사람의 마지막 대화가 될 줄이야 누가 알았겠는가! 왠지 불안한 느낌이 든 나는 X병원에 근무하는 며느리에게 '조퇴하고 집에 가서 아버님 병세를 봐드려야겠다' 는 기별을 넣었다. 그게 아마 오후 2시 반 경이었나 보다. 6시가 좀 넘어 연락이 왔다.

"열이 있어서 X병원 응급실로 모셔왔으니 걱정하지 마세요. 우리 두 집이 모두 함께 아버님 옆을 지키고 있으니까요."

그리고 혹 하루 이틀 새에 병실배정을 받으면 나를 모시러 온다고 했다.

다음 날, 아침 일찍이 두 아들이 차를 몰고 나를 데리러 왔다.

"엄마, 어떤 일이 있어도 놀라지 마세요."

아들의 낯선 당부를 들으면서 초조하게 향한 곳은 바로 그 병원 중환자실이었다. 산소마스크를 끼고 있는 그의 병명은 '급성폐렴' 이라고 했다. 너무도 허망하고 어이없어 나는 할 말을 잃었다.

주인 잃은 털신이 신발장 위에서 나를 바라본다. 털신 안에는 남편의 따뜻한 마음과 나의 기막힌 설움이 뒤섞여 그득히 넘쳐난다.

(2011. 3. 5)

翠園 金 榮 義 일곱 번째 수필집

비취빛 삶에 살고 싶어

그대 사랑의 아픔이여

왜 이리 목이 메는 것일까
가슴에 맴도는 애송시의 구절도
귀에 익은 노랫말조차도

왜 이리 눈시울이 젖어오는 것일까
가슴 저리게 아파 오는 애절함은
말 한 마디 못 건넨 채 이별하고 만

바람처럼 홀연히 스쳐 가 버린
잊히지 않는 그의 그림자 아쉬워라
그대 사랑의 아픔이여 그리움이여

(2011. 3. 23)

그 별은 지금 어디에

군번조차 없이 사라진 어린 학도병 동생, 김학양. 그는 16세에 나라 위해 싸우다 쓰러져 간 슬픈 영혼으로 내 가슴에 묻혀 있다. 6.25 전쟁 참전용사지만 누가 알아주는 이도 없는 안타깝고 억울한 삶이었다. 한때 참전마저 비웃는 세력 앞에 눈치 보던 어이없던 시절도 거치며, 죄인 같은 심정으로 슬퍼하던 내게도 그와 함께 기뻐하며 웃음 짓는 새날이 올 것이라 어찌 짐작이나 했을까. 2010년 봄, 조국의 은혜로 그 영혼에 비로소 명예로운 영광의 빛이 떳떳하게 비춰졌다. 단풍잎을 꽃처럼 날리는 가을바람에 그 보람을 실어 밤하늘 그의 혼이 머물러 있을 곳에 띄우리라. 눈물 나도록 고마운 날, 그 별은 지금 어디에 있는 것일까.

반듯한 이마에 콧날이 오뚝 섰던 하얀 얼굴, 누구를 닮았다면 그를 연상할 수 있을까. 어느 꽃미남 배우 못지않은 그였는데 60년 전, 치열했던 6.25 전쟁의 마지막 보루였던 낙동강 전선마저 위태롭던 1952년 봄이었다.

어머님이 피난지 부산의 긴 병상에서 떠나시던 날, 꿈속에서 '애야, 동생들 잘 당부한다' 는 당부를 가슴에 새겨 피나는 노력으로 살아오던 내게 그는 지울 수 없는 낙인을 찍고 사라져 갔다. 어쩌다 기쁘거나 즐거울 때면 그의 얼굴이 눈앞에 어른거려 가슴이 아려 오곤 했건만 그 심정을 뉘에게 털어 놓을 수가 있었으랴.

그의 늠름하고 귀태 있는 모습 한 장면이 떠오른다. 제대하고 오던 날, 열차에서 내려선 흰색 정장차림의 그가 '누나' 하고 만면에 가득 미소를 띠고 다가서던 동생, 그 얼굴은 내 속에 한으로 각인되어 있었다. 나는 부모님 영전에 고개 숙여 이제야 최선을 다했음을 용서 받고 싶다.

그는 1950년 6.25 전쟁 발발 당시, 중학교 5학년의 앳된 소년이었다. 선생님들의 주선으로 KAIST에 계시던 이태규 박사(우리나라 최초의 화학박사)에게 주말마다 원어강독을 사사받고 있었다.

그러다 보니 그의 방은 청소조차 할 수 없을 만큼 책이 쌓였고, 책상 위엔 실험도구가 즐비했다. 수석으로 입학했기에 학급 반장으로 임명되었으나 적성에 맞지 않다며 도중하차한 괴짜였고, 장난기도 있어 수업 중에 뒷좌석에서 공을 굴리다가 순시중인 교장선생님께 들켜, 학부모 소환에 부모님을 대신하여 내가 불려간 일도 있었다.

유년시절에는 일본 어린이 잡지사가 공모한 '글라이더 설계' 를 어느 틈에 해냈는지 최우수상을 받기도 했다. 그뿐 아니라 전쟁터에서도 영어는 동시통역은 물론, 독학으로 스페인어까지 통달했던 그는 그렇게 반짝이는 샛별 같은 존재였다. 아마도 그의 혼은 허망함에 떠돌다 어느 별자리에서 머물고 있을 것이다.

제2차 대전 종전 후, 중국을 떠나 가족이 함께 조국의 수도 서울에 정착, 겨우 안정을 찾을 즈음, 날벼락 같은 6.25 전쟁이 터졌다. 갑작스런 사태에

55

온 국민이 난민신세가 되어 어디로 가야 목숨을 부지할지 우왕좌왕하게 되었다. 북한 괴뢰군은 남자면 어른 아이 할 것 없이 인민군에 끌고 갔으며, 여자들은 눈에 띄면 여성동맹에 끌어가려고 집집마다 수색을 했다.

특히 나이보다 숙성해 보이는 그는 날마다 마루 밑에 숨어 신경을 곤두세우고 지내야 했으니, 아슬아슬한 나날이었다.

태양이 작열하는 7월의 어느 날, 어머니와 내가 부득이한 일로 잠시 외출하고 돌아와 보니 그가 가출하고 없었다. 어이없는 충격에 거리로 뛰쳐나가 봤으나 찾을 길은 없었다. 그는 '이렇게 숨어 사느니 인민군 한 놈 때려죽이고 나도 죽는 게 대한민국의 남자지' 하며, 훌쩍 떠나 버린 거였다.

늘 입버릇처럼 '나는 이렇게 비겁하게 숨어 살기 싫어요. 언제까지 이렇게 숨어 살아야 해요' 하면, '애야, 지금은 때가 아니란다. 조금만 더 참고 기다려라.' 타이르셨던 어머님은 몸을 가누질 못하셨다. 그러니 6.25의 전화(戰禍) 속에 남동생은 행방불명, 아버님은 인천 근무지에서, 그리고 남은 가족끼리 흩어져 9.28 인천상륙작전으로 수복되기까지 소식이 끊긴 채, 연명할 수밖에 없었다.

서울이 수복되자 태극기를 흔들며 100여 일간의 암흑 같던 피난지에서 우리도 서울에 되돌아왔다. 집집마다 흩어진 가족이 모여들고 행방불명이던 식구의 소식을 접해 기뻐했지만, 학양, 그는 한 달이 지나도 소식조차 알아볼 길이 없었다. 크리스마스가 다가오던 어느 날 발신자의 이름도, 주소도 없는 편지 한통이 날아들었다.

"아버지 어머니 안녕하시지요, 저는 9월에 UN군에 입대 …(중략)… 안심하십시오. 학양 올림."

전쟁의 포화 속을 어떻게 뚫고 살아났는지 묻고 싶은 것이 하나둘이 아니지만, 살아 있다는 단 몇 줄의 소식에 그저 감사할 따름이었다.

허나, 다음 해 1월 4일. 중공군의 개입은 국군과 UN군에게 '작전상 후퇴'를 면치 못하게 했으니 우리도 또 다시 처참한 피난길을 재촉하며 구사일생 피난지 부산에 방 한 칸을 구하여 짐을 풀었다.

그러나 불행은 예고 없이 덮쳐 왔다. 연이은 피난의 과로와 무리로 어머님이 덜컥 쓰러지셨다. 입원가료 6개월만인 1952년 3월 23일, 어머님은 눈을 감지 못한 채 돌아가셨다. 관에 매달려 엄마를 부르며 지친 일곱 살 막내 여동생, 다음 날 중학교 입학 국가고사를 앞둔 다섯째 여동생들의 울부짖음. 게다가, 어머님이 가장 아끼며 애처롭게 여기시던 남동생에게는 부음조차 전할 길이 없었다. 겨울의 끝자락을 적시는 진눈깨비가 우리의 슬픔을 대신하는 듯, 온종일 추적추적 땅을 적시고 있었다.

제대 후, 1957년 봄, 그가 23세에 요절하기까지 만 4년 반을 전쟁터에서 받은 정신적 충격과 자괴감, 후유증 등은 그의 심신을 병들게 하여 마침내, 불행하게도 유명을 달리하고 말았다.

전도가 유망한 청년은 안타깝게도 그렇게 짧은 생을 마감했다. 늘 애틋해하던 시인 이상(李箱)의 뒤를 좇듯 그는 가 버렸다.

샛별처럼 반짝이던 그는 무지개 꿈을 접은 채 6.25 전쟁 60주년 봄, 정부는 학도병의 명예를 되살리는 정책을 시행함으로써 군번도 찾았고 명예졸업장은 물론, 모교에 건립된 '참전동문기념비' 엔 그의 이름 석자가 하얗게 새겨져 가을 석양에 반사되어 무지갯빛으로 반짝이고 있다.

밤하늘, 어디엔가 떠 있을 그의 별아! 오직 조국을 위해 몸 바친 영예로움으로 기억됨을 자랑스럽게 기뻐하고 있으리라.

(2010. 11. 15)

김재월(金再月) 외조모님

어머니는 우리 팔남매를 낳아 기르시며 피난지 부산에서 쓰러지실 때까지 교직에 계셨다. 그분은 1930년대, 여성의 사회진출을 탐탁해 하지 않던 사회적 풍토를 개의치 않으시고 가정과 직장을 충실히 지켜 나가신 당찬 분이셨다. 어머니는 만주라는 타지에서 독립운동으로 체포령이 내려 도피생활을 하시던 아버지를 도와 생활전선에 앞장 서셨다.

그러다 보니 외할머니께서 멀고 험한 만주까지 오셔서 독립운동에 앞장서며 온갖 고초를 겪던 외삼촌댁을 뒤로 하고 우리 집 살림을 돌봐주셨다.

외할머니는 우리를 무척 사랑해 주셨다. 이것저것 맛있는 먹을거리를 마련해 주셨고 먹보인 여덟 아이들이 뭔가 더 원하면 밥을 경단처럼 동그랗게 만들어 고소한 콩가루를 묻혀 주셨고, 어린 동생들에게는 사과를 반으로 쪼개 씨를 도려낸 후 숟가락으로 긁어 먹이셨다. 그 손놀림이 어찌나 빠르고 정교했던지 옆에서 보는 재미 또한 쏠쏠했다.

할머니는 어머니의 퇴근시간이 가까워지면 막내를 포대기에 싸 업으시고 송화 강변으로 산책을 나가셨다. 그 뒤를 졸졸 따라다니는 일은 즐거웠다. 그 산책은 온종일 수고하고 돌아오는 딸을 맞으러 나가는 사랑이었다는 것을 나는 늦게야 깨달았다.

우리는 '할머니'를 입에 달고 다니며 졸라대고 투정부리기도 했다. 만주의 춥고 긴 겨울 동안 할머니는 온돌방 윗목의 질시루에 불린 콩을 나물로 키워 구수한 콩나물국이나 반찬을 해 주셨고, 아랫목 따뜻한 곳에는 둥근 항아리에 담요를 씌워 사위가 좋아하는 탁주를 담그셨다. 할머니께 떼를 써서 가끔 새콤달콤한 술찌끼를 얻어먹고 머리가 붕 뜨며 기분 좋아지던 경험도 했다. 우리 형제들의 유년 속에 새겨진 할머니의 정답던 모습은 어머니의 그림자와 함께 그리움으로 남아 있다.

그 시절이 바로 어제 같건만 얼마나 많은 세월이 흘러갔는지, 부모님 가신지도 60성상이 지나갔다. 유독 고생을 많이 하신 탓인지 어머니는 46세의 젊은 나이에 세상을 뜨셨다. 그 때 해방둥이 막내가 일곱 살배기였는데 이젠 환갑을 훨씬 넘어섰다. 부모님 기일에는 형제들이 모여 추도모임을 갖는데 마지막엔 이구동성으로 '우리가 엄청난 시련과 역경 속에서도 자식들을 어엿하게 키워낸 것은 모두 부모님이 물려 주신 DNA와 교육의 덕분'임을 새삼 감사하며 뿌리의 든든함에 머리를 숙인다.

사람은 누구나 뿌리가 있고 거기서 뻗어난 줄기와 가지, 그리고 꽃과 열매라는 오늘이 있다. 비록 부모님 당대에 충분히 이루지 못했으나 그 뿌린 꿈의 씨앗이 뒤늦게 우리 자손들에게 꽃 피게 된 것은 모두 그분들의 뛰어난 예지와 능력에서 얻은 것이라고 믿는다.

현대 생물학, 심리학의 일설에 따르면 자식들의 능력이나 성품이 원천적으로 부모의 유전인자가 바탕이 되지만, 모든 유전자는 각 사람의 행동양식이나 환경 앞에서 잘, 잘못이 가려진다고 한다. 이를테면 같은 유전자를 받았다 해도 사고나 행동들이 다르게 나타난다는 것이다. 그럼에도 불구하고 고아나 다름없이 자란 우리 형제들의 성장한 자식들이 모두 무난한 연유가 어디서 온 것일까.

어느 날, 문득 외할머니 생각이 불씨 일 듯 피어났다. 부모님께서 1920년 대라는 어두웠던 시절, 어떻게 현해탄을 건너갔을까. 특히 다섯 살 때 아버님을 여읜 어머니는 홀어머니인 외할머니에 이끌려 '경상남도 창녕군 영산면 죽사리 일구'라는 벽촌에서 온 가족을 이끄시고 일본 '도쿄'로 이주했다고 하는데, 할머니는 하숙을 치며 어머니를 포함한 4남매의 일본유학을 꾀하셨다니 너무도 놀라운 일이 아닐 수 없다. 여간한 진취성과 개척정신 없이는 오늘날에도 감히 생각하기 힘든 일이 아니겠는가. 어떻게 그 시대에 멀리 앞을 보시고 그 힘든 일을 감당해 내셨는지, 생각할수록 우리 외할머니는 보통분이 아니신 것이다.

그렇다. 그분은 누구도 밝혀 드리지 못했으나 대한의 여성 선각자(先覺者)임에 틀림없다. 선각자 김재월(金海김씨, 再月) 할머님! '아, 그립습니다. 살아계실 때 알았어야 하는데 죄송합니다.' 훌륭하신 외조모께서 연세도 높으셨는데 추운 타향에서 고생하는 사위와 따님을 위해서 노년에 수 천리 멀고 춥고 험한 만주에서 손수 살림을 돌봐 주셨으니, 그 옛날 오가는 일은 쉬웠겠는가. 얼마나 감사하고 존경스런 분이신가.

'할머니, 할머니' 하며 치맛자락을 잡고 졸졸 따라다니며 응석부리고 매달렸던 어린 시절의 우리 외할머니. 아니다. 나는 커서도 그런 사연을 깊이 생각조차 못하고 살았다. 그저 그때그때 내게 달린 식구들을 건사하고 내 직장 지키기에만 급급했고 당장 앞만 보고 달려 와 버렸다. 옆도 살피고 뒤도 돌아보며 살아왔어야했는데 광복 후 외할머님은 큰 아드님이 계신 대구에 내려가셨고, 우리 가족은 맨 몸으로 고국을 찾은 신세였으니, 한 번 가볍지도 못한 채 노환으로 작고하셨다는 기별만 전해 들었을 뿐이다.

산수(傘壽)도 지나 뒤늦게 철이 든 탓인지, 이제야 뒤를 돌아보며 못 다한 아쉬움으로 남은 이 이야기를 글로써라도 바치려 한다. 지나온 철부지 세월에 알지 못했던 부모님 외조모님 등, 조상님들의 깊고 높으신 발자취와 감회가 새롭게 가슴에 엉켜온다. 비록 물질적인 유산은 물려받지 못했으나 그 어느 가정보다 풍요로운 정신적 유산을 물려받아 그 얼과 피가 우리들에게 면면히 이어졌음을 느끼며 가슴이 뻐근해진다.

오늘의 나와 우리 형제가 갖은 고난 앞에서도 굴하지 않고 떳떳이 살아올 수 있었던 원천이 바로 거기 있었던 듯싶다.

'우리 김재월 외할머니!!' 소리 내어 불러본다. 때 늦게나마 어린 우리를 엄마 대신 돌봐 주신 큰 선각자이신 김재월 우리 외할머님을 소리 높여 자랑하며 새삼 명복을 빌고자 한다.

(2011. 4. 29)

61

새 바람 더불어

— 서초고등학교 개설과 발전에 붙여

하아얀 겨울 땅에 찍어야 할 한 점,
그것은 시작의 시간이며 영원과 통해야 할
용솟음치는 젊은 숨결의 탑을 쌓아야 할
숫구치는 가슴과 혜성 같은 예지의 묘목들이 모여들
그들의 성곽을 그려 나갈 오직 한 점이어라.

무지갯빛으로 채색될 한마당,
여기 태초로부터 꿈을 삼키며 자라갈
맥박 치는 겨레의 씨와 날을 바르게 엮어갈
엇갈리는 미래의 갖은 빛발 속에서 알알이 새겨질
이곳은 소망들의 성숙되어 갈 한 마당이어라.

하아얀 겨울의 별자리 눈부신 이 언덕,
이제 성문은 열리고 나팔소리 드높다
서초의 건아들이여
이곳 한마당 결실의 터를 다지며
맑은 새 바람 더불어 인고(忍苦)의 계절을
익혀가는 서초의 슬기 찬 꿈들아!
서초의 지성들이어라.

서초고등학교 개설 현장에 서서 (1983. 12)

어느 뒤뚱발이의 독백

'2009, 세계피겨스케이팅선수권대회'가 TV에 방영되기 시작한다. 아깝게 준우승에 그친 WBC(세계야구선수권대회), 우리 팀의 아쉬움을 만회해 주기 바라는 마음으로 우리 김연아 선수의 순서를 기다린다. 화면 가득히 '로스앤젤레스 스테이플스센터'의 얼음판이 바로 눈앞인 듯 선명하다. 쇼트프로그램 선수들의 아름답고 멋진 묘기가 음률에 실려 우아하게 펼쳐지자 순간, 오래 전 추억이 뇌리를 스친다.

어머님을 졸라 피겨스케이트를 마련한 것은 중학교 1학년 때였다. 일본에서 부임해 온 멋진 여자 체육선생이 피겨스케이팅 선수였기에, 롱스케이팅을 하던 친구들이 그분을 따라 피겨로 바꾸어 배우게 된 때문이다. 11월부터 이듬해 3월까지 꽁꽁 얼어붙는 긴 겨울인 중국 만주지방은 학교 운동장을 스케이트장으로 바꿔 버리며, 체육시간은 물론 점수도 그 실기로 평가받게 된다.

시험이 끝난 어느 방과 후, 나와 몇 친구들이 그 선생님께 불려갔다. 뜻밖에도 겨울 체육대회에서 피겨댄싱을 하는 선수로 뽑혀 그날부터 남아서 연습을 해야 한단다. 나는 어리둥절하고 당황했다. 어머님이 선생님인 우리 집에서는 일찍 귀가해 어린 동생들을 돌보는 일이 맏딸인 내 역할인 때문이었다.

친구들이 부러워하는 그 선수생활을 어머님께 혼쭐이 난다고 마다할 수는 없다. 키는 작지만 몸이 가볍고 날렵하여 제법 기술이 늘어간다는 칭찬도 받은 터인데. 한데 이상하게 다른 애들에 비해 나는 왼쪽 회전이 더 잘 되고, 오른쪽 회전은 중심이 잘 잡히지 않아 얼음판에 자주 엉덩방아를 찧고 아파서 쩔쩔 매기도 했다. 10대 꿈 많던 여고시절, 여섯 명의 선수들은 지평선을 넘어가는 붉은 석양빛이 땅거미가 지도록 추위도 잊은 채 차디찬 링크 위에서 깔깔거리며 눈덩이로 목을 축이며 뒹굴고 엉키며 야무진 꿈을 키우던 일이 아스라이 다가선다.

결혼 다음해 첫 아기를 가진 나는 출산예정일이 되도록 근무에 충실했다. 만삭의 몸으로 퇴근한 어느 날, 남편이 갑자기 발을 보자고 했다. '왜 그래.' 반문하며 발을 뺀 내게 그는 발목을 꾸부려 보라고 한다. 내 걸음걸이가 석연치 않게 보였나보다. 어머! 오른쪽 발목이 굽혀지지 않았다. 그도 놀랐지만 내 자신은 더더욱 놀랐다.

겨우 걸음마를 떼던 첫돌 즈음, 오른발로 바늘을 밟아 죽을 뻔하다 생긴 흉터가 있다. 당시 살던 도쿄의 대학병원에서 수술을 받아 살아났으나 깊은 상처가 발바닥에 남은 연유는 어머님께 들어 익히 알고 있었다. 허나, 그 때 힘줄에 손상을 입어 발목이 불구가 된 것은 내 자신도 어머님도 까맣게 모르는 채 여태껏 살아왔다. 참으로 아둔한 나는 진짜 장애인이 아니던가.

누가 '모르는 것이 약'이라 말을 했던가. 만약 내가 이런 사실을 진작 알았다면 조심스럽고 겁이 나서 더 절룩거리거나 뒤뚱거리며 걷는, 그야말로 완전한 '뒤뚱발이'가 되었을지도 모를 일이다. 그것을 몰랐기에 어릴 적부터 뜀틀, 줄넘기, 오래 달리기, 기계체조, 스키 그리고 피겨스케이팅 등을 한껏 즐기며 자라 왔다.

피겨 훈련을 하면서 오른쪽 회전에 애먹은 것은 바로 굽혀지지 않는 발목에 원인이 있었음을 그제야 알게 되었으니, 얼마나 어이없는 일이냐. 하지만 전화위복이라 할까. 몰랐던 것이 '약'이 되어 마음껏 운동을 했기에 그 발목이 제법 정상에 가깝도록 자동보완이 된 것이다.

그리하여 65세 정년퇴임 후에도 40대 못지않은 기분으로 지하철 계단도 거리낌 없이 다니며 봉사에도 구애 없이 쏘다녔다.

퇴임 삼년쯤인 여름, 어디엔가 가려고 버스에 오르던 나는 순간 왼쪽 무릎이 '픽' 소리와 함께 주저앉고 말았다. 1997년 가을, 그 때만 해도 휴대폰이 흔치 않던 터라 친절한 분의 도움으로 큰아들이 달려와 그 길로 병원에 실려 갔다. '급성퇴행성관절염'이라는데, 통증이 심해 꼼짝달싹할 수 없어 한동안 입원가료하는 불편을 겪었다. 성치 못한 오른발 때문에 왼발에 무리가 간 것이라니, 인체의 각 부분의 역할은 조금도 에누리가 없음을 실감했다. 퇴원할 때 그 다리를 짚을 수 없어 더욱 절름거리는 내게 의사는 거듭 주의를 환기시켰다.

"아프다 하여 걷지 않으면 안 됩니다. 조금씩 운동 삼아 계속 걸어야 닳은 연골 주변의 근육이 발달되어 무릎을 받혀 주게 되니까요."

지하철역에서는 절름거리는 노인들을 많이 만난다. 아무리 장수시대라 해도 노화의 자연현상을 막을 수는 없는 것. 지하철을 이용하며 국철로도 갈아타려면 계단 오르내리기가 성한 사람도 힘에 겨운데 장애가 있는 경우 그

고충과 억울함 분노 등, 뼈에 스미는 아픔이 오죽할까. 그들의 심정이 내게도 아프게 와 닿는다.

요즘 거의 역마다 엘리베이터나 에스컬레이터가 설치되어 장애인들에게 큰 도움이 될 것이며, 특히 노인들에게는 무임으로 어디고 갈 수 있는 편리하고 고마운 곳이 되었다.

문득 이번 우리 야구팀 감독인 김인식 님의 말이 떠오른다.

'나라가 있고 야구가 있다.'

그렇지, 이게 바로 나라발전의 혜택이 아니겠는가. 또한 역대 세계피겨스케이팅 여자싱글사상 최초로 200점을 돌파하는 꿈을 이룬 '피겨 퀸 김연아'는 시상대에 올라 애국가가 울리자 감격의 눈물을 뚝뚝 흘렸다. 그녀의 눈물은 국민들 가슴에 애국가나 태극기의 의미를 새삼 되새기게 하는 감동을 주었으리라.

겨우 18살 소녀 김연아 선수가 퀸이 되기까지의 모질고 힘겨운 그 험난한 노력의 과정과 쾌거는 물론, 피겨를 예술의 경지로 승화시킨 자랑스러운 그녀에게 나는 무한한 애정과 찬사를 보내련다. 어설픈 꿈을 꾸다 만 뒤뚱발이의 옛 이야기마저 '연아 사랑, 피겨 사랑'의 작은 씨앗으로 보태고 싶다.

(2009. 3. 30)

2
잊지 못할 젊은 그 날의 추억

한 마디 내색조차 없이 한밤중에 사라져 버린 우리가
얼마나 원망스럽겠는가!
얼마나 큰 배신감으로 상처를 입었겠는가!
때로는 차라리 그 곳에 가지 않았던 것만 못하지 않았을까,
후회 섞인 죄책감이 지금까지도 지워지지 않는다.
더더욱 나의 친숙부님이 그렇게도 꼭 데려가 달라고 당부하시던 목소리가
매서운 새벽바람을 헤치고 달리는
트럭 뒤에 쪼그린 내 귓가에 쟁쟁 울려와서
가슴이 터질 것 같은 슬픔과 착잡함에 몸을 떨고 또 떨었다.

– 〈잊지 못할 젊은 그 날의 증언〉 중에서

'안녕' 이란 말 한 마디

'아차' 생각난 때는 이미 늦어 펄펄 뛴들 어쩔 수 없던 그 순간을 몇 번이나 애써 지워 버리면서 배에 올랐다. 약 2000명의 승객과 선원을 태운 라인댐(Ryndam)호는 오후 5시, 샌디에고의 출항(出港)을 앞두고 마치 실전을 방불케 하는 '해상탈출훈련' 을 실시했다.

비행기를 탈 때마다 늘 듣고 보던 구명조끼였으나 막상 제대로 입기가 쉽지 않았다. 사이렌이 울리자 사람들이 지정된 갑판으로 쏟아져 나왔다. 완장을 두른 지도요원은 그 많은 승객들이 구명복을 입은 모양새를 일일이 고쳐주며, 휠체어의 노약자나 어린이를 제일 앞줄에 서도록 챙겨주기도 했다. 구명조끼에는 개인별 번호가 새겨져 만일의 사태에도 누구인지를 바로 확인할 수 있게 하여, 승객 전원이 훈련에 참여했는가도 신속히 점검할 수 있는 것 같았다.

깊은 감명과 함께 그동안 내가 체험한 우리 학교 현장의 대피훈련이나 민방위훈련이 얼마나 어설픈 짜임새인가를 새삼 실감하지 않을 수 없었다.

문득 영화 '타이타닉'이 떠올랐다. 침몰하는 배 속에서 마지막까지 승객을 위하여 연주의 손을 놓지 않던 악사들, 선창 꼭대기에서 두 팔을 벌리며 바다에 뛰어들려는 여주인공의 감동적인 장면을 그리며 위로 올라갔다.

배의 난간은 나도 넘어갈 정도로 허술했으나 제일 높은 갑판에서 올려다보이는 돛대 끝은 아찔해 보였다. 이른바 호화유람선인 이 라인댐호는 태평양을 남으로 가르며 이미 캘리포니아 반도의 끝머리인 '카바 싼 루카스'를 향해 떠난 지 하루가 저물어가고 있었다.

잠에서 깨어 보니 벌써 6시 52분 해돋이 시간이 임박하고 있었다. 깜깜한 갑판 위는 아직 청소하는 선원 한두 명이 보일 뿐, 부옇게 낀 엷은 안개 속에 바다와 하늘은 오직 하나였다. 먹구름이 온 천지를 덮은 듯한 어둠을 뚫고 황금 빛살이 칼로 금을 그은 듯 스며들더니 태양이 서서히 그 모습을 드러내기 시작한다.

태초에 땅과 하늘이 갈라지듯 태평양의 해돋이는 그렇게 웅장하고 장엄하여 한동안 나는 숨을 멈추고 서 있어야 했다. 눈부시게 쏟아 붓는 그 아침 햇살을 안고 짙푸른 바다 냄새에 젖어들며 갑판을 돌며 조깅을 즐기는 맛은 뭐라 할까! 형용할 수 없는 상큼한 공기가 폐부를 찌르며 가슴 가득히 차오르니 나는 이 세상에 부러울 것 없는 충만감에 벅차올랐다.

이 둘째 날 저녁 식사는 함장(艦長)의 환영특별만찬이 예정되어 있다. 원래 저녁식사 때는 모두가 정장차림을 하도록 정해져 있으나 특별만찬에는 예복차림을 한다고 했다. 만찬장에 들어서는데 승객들을 일일이 따뜻한 미소와 인사말로 맞아 지정된 좌석으로 안내하는 담당자들의 능숙함이 놀라웠으며 실내 분위기가 완전히 바뀌고 있었다.

세계 각처에서 모인 낯선 남녀노소가 바로 얼마 전까지 별로 보기 좋은 체

69

격도 아닌 몸매에 허술한 T셔츠와 진바지나 반바지를 걸쳐, 거칠고 투박스런 사람처럼 보였었다. 헌데 거의가 검정색 예복차림으로 갈아입은 탓일까? 어린이들마저 더 앙증맞고 인형처럼 귀여웠으며 연회장은 멋스럽고 부드럽고 우아한 향기로움마저 감돌고 있었다.

'와! 이토록 달라질 수가? 하기야 옷이 날개라 하더니! 그래서 사전에 복장 준비에 주의가 강조되어 있었나 보다.'

속으로 감탄사를 되뇌며 우리도 지정석에 앉아 주변을 휘돌아 보았다. 만찬회장은 14층인 배의 7~8층에 꾸며져 있었고 큰 유리창으로 내다보이는 태평양 망망대해에는 벌써 어둠이 살짝 깔려 파도의 끝자락이 한복치마의 흰 안감이 펄럭이듯 하얗게 너울거리며 대양(大洋)의 운치를 제대로 자아내고 있는 듯했다.

나는 미국까지 잘 준비해 온 한복을 깜박 잊고 배에 못 가져온 아쉬움을 달래며 '함께 탄 한국인이 더 있지 않을까?' 사방을 살펴보았으나 눈에 띄지는 않았다.

호화유람선에는 온갖 시설이 갖춰져 흥미진진했다. 캐빈이라 부르는 샤워실과 작은 응접세트를 갖춘 침실이 약 900개가 된다는 선박이니 배라고 하기보다는 바다에 떠가는 큰 호텔을 연상케 한다.

아침, 점심식사는 세계 각국의 음식을 이것저것 선택해서 맛을 즐긴다. 식후에는 날마다 둘러보게 되는 면세점은 물론, 갖은 운동기구를 갖춘 짐(헬스클럽), 카지노, 영화관, 카페, 쇼 극장, 실내외의 수영장과 수퍼, 그 주변에 넓은 썬팅장들. 그리고 컴퓨터를 갖춘 독서실도 있는데 그곳에는 베스트셀러가 진열되어 있으며 서양서적들 사이에 영문으로 된 중국, 일본의 서적도 몇 권씩이나 보였다. 한데, 우리 책은 보이질 않아 눈을 밝히며 겨우 2004년 우리나라 홍보용 화보 딱 한 권을 찾아낼 수가 있었다.

'이 한 권마저 없었더라면? 이나마 어떻게 이곳에 꽂혀진 것일까?'

다행이지만 한심하고 서글픈 심정이었다.

'다음 기회가 된다면 우리의 책 한두 권을 꼭 책꽂이에 기증할 수 있도록 하리라.'

혼자 다짐해 본다.

어릴 때 꿈이던 세계일주도 못다 이룬 터에 생각지도 못했던 쿠르즈로 멕시코여행을 하게 된 것을 감사하며 끝없이 펼쳐진 태평양에서 보낼 7박 8일을 유감없이 즐기려 마음 먹는다.

배에서의 시간은 더 빠른 것 같아 어느새 마지막 날 저녁 '작별 특별만찬'을 맞게 되었다. 이 날은 각별한 메뉴가 풀 코스로 진행되었다. 실내에는 라이브 음악과 벤드의 감미로운 리듬이 넘쳤고 식탁에는 멋과 맛이 어울린 음식접시가 차례로 바뀌면서 화기애애한 분위기가 무르익어 갈 무렵, 갑자기 마이크 소리가 들려 왔다.

"이 자리에 계신 신사 숙녀 여러분 감사합니다. …(중략)… 이제 작별의 시간이 다가왔습니다. 저희들 모두가 감사의 뜻으로 여러분께 인사를 드리겠습니다. 감사합니다."

우레와 같은 승객들의 박수 속에 흰 모자에 앞치마를 두른 요리사 몇 십 명과 그 뒤를 이어 서비스에 여념이 없던 웨이터들이 만면에 미소를 띠고 줄을 이어 좌석 사이를 누비며 손을 흔들었다. 승객 모두는 무릎에 깔았던 냅킨을 들어 흔들며 그들에게 환호했다.

이 눈물겹도록 아름다운 광경에 넋을 잃고 있는 우리 귀에 함장의 마지막 인사말이 마이크를 타고 흘러 나왔다.

"전세계 각처에서 오신 신사 숙녀 여러분! 감사합니다. 우린 또 만날 날이 있기를 바라며 여러분의 건강과 행운을 기원합니다. 여러분 안녕히 가십시오. 굿바이 씨유 어겐. 아듀, 챠오. …(중략)…, 짜이쩬, 사요나라~."

열광적인 박수가 계속 터져 나왔다. 한데, 우리의 '안녕히 가세요!'는 왜 안 나오지? 나는 자책 섞인 심정으로 가슴이 조이고 얼굴이 붉어왔다. 대체, 나는 7박 8일 동안 뭘 한 것이지? 왜? 함장과 말 한 마디를 못 나눠 이 지경으로? 비록 만찬 때 한복은 못 입었을망정! 마지막 인사말인 '안녕히 가세요' 란 말 한 마디로 '코리아'를 알릴 수가 있었던 것을… 누군가가? 아니, 다시 기회가 있다면 결코 이런 아쉬움을 남겨서는 아니 될 것임을… 가슴 아프게 후회해야 했다.

떠올릴수록 두고 두고 아쉽게 놓친 국위선양의 기회라 안타까웠다.

(2005. 1. 25)

인사동 샛길 따라

인사동 샛길 따라 이리 저리 더듬어
'춘원' 반가운 두 글자
나직한 대문 넘어 흘러나는 정겨운 우리 가락
활짝 핀 함박꽃 함박웃음 머금었네.

인사동 샛길 따라 이리 저리 더듬으니
우리네 삶이 촉촉이 배어나 아롱진 거리
세월 따라 구름은 흘러가나
넉넉함 속에 색색가지 무지개가 넘실넘실 춤을 추네.

인사동 샛길 따라 이리 저리 거니노니
너울지는 구름 넘어 향긋함이 넘쳐나네
갖가지로 스며든 옛 조상의 얼과 슬기
천년 만년 뿌리박아 우리네 가슴의 등불삼아 남기를.

(2000. 5. 21)

노제(路祭)에 밟힌 인권

1991년 6월 12일 밤 자정이 넘은 시간. 먹물을 쏟아 부운 듯 무거운 장막에 덮인 하늘. 폭풍전야의 정적! 아니 공포의 침묵이라 해야 될 것이다. 교장실 벽시계의 초침소리가 재깍재깍할 때마다 나의 심장의 고동이 맞물려서 가슴이 움츠러든다. 나는 되도록 냉철하고 신중하려고 애를 쓴다. 그러나 착잡하고 암울한 불안감은 멈춰 주질 않는다.

숨 막히도록 괴롭기만 하던 그날 그 순간. 그것은 나에게 선택적인 상황이 아니었다. 당위성이나 책임 또는 인과응보와는 전혀 관계없이 일방적으로 당해야 하는 어이없는 현실이었다.

어찌 생각하면, 오늘의 우리 현실에서 비롯된 민족적 역사의 굴레에서 빚어진 비극의 소산이 아닐 수 없다. 하지만, 왜 하필 수많은 대한민국의 고등학교 중에서 유독 내가 있는 이곳에서 우리만 당하게 된 것일까? 너무나 억울하고 분통터질 황당한 일이 아닐 수 없고 비통하리만큼 당혹스러웠다.

게다가 직속 상부인 교육위원회나 교육청은 물론 경찰청도 안기부도 아

무런 지원 대책이 없이 수수방관하는 실정이다. 왜냐면 그들이 '평화시위'
라는 명목을 내세우고 있기에 사태를 주시할 뿐 속수무책인 상황이란다.

　이른바 성균관대 학생인 김귀정 양의 장례 행렬이 그녀의 고등학교 모교
인 우리 무학여고 교정에서 노제를 치러야 한다는 것이다.

　지난 1991년 5월 25일(토) 데모 대열에서 최루탄을 피하려다 동료들에게
압사 당한 그녀의 죽음이 '공권력에 의한 명백한 살인' 이라는 그들 장례대
책위원회의 주장으로 부검 운운하여 장례가 연기에 연기를 거듭해 오다가
사망 18일째인 오늘 비로소 장례를 치르게 되어 그 행렬이 세 번째 노제로
이곳에 들이닥친다는 것이다.

　삐삐로 연락된 전갈을 행정실로부터 듣는다. 방금 장례행렬과 만여 명의
시위군중이 왕십리 전철역을 지나 이곳을 향해 밀려오고 있다고 한다. 게다
가 무슨 인심이 그러한지, '구경 좋아하는 한국인' 이라는 말을 들어왔지만
이 공포의 형국에도 아랑곳 않고 일찍부터 구경꾼들이 몰려와 학교 주변을
에워싸고 있으니 이렇게 끔찍할 수가 또 있을까. 참으로 섬뜩하고 한심스러
웠다.

　6월 중순, 초여름의 더위 치고는 유난히 찌는 날씨 탓도 있겠지만 답답하
게 느껴짐은 내 마음에 이는 긴장과 갈등 때문인지도 모르겠다. 나라와 민족
을 살리기 위한 민주화운동이 이토록 온 국토를 들끓게 해야 의미 있는 결과
를 이룬다고 믿는 것일까. 과연, 이렇게 하는 것이 한 몸 던져 나라를 위해
쓰러진 젊은이의 영혼, 그리고 그 시신을 값지게 예우하는 일일까? 아니면
감히 희생된 시신을 가지고 정치적인 흥정거리로 삼으려는 것이 아닌지? 이
더위 속을 이른 아침부터 밤 12시가 넘도록 영구차를 앞세우고 시위하고 다
니니, 시신인들 얼마나 고달프고 처참한 노릇일까. 갖가지 상념이 내 가슴과

머리를 무겁게 오고 간다.

우리는 학교를 사수하기 위해 비장한 심정으로 이 무법천지의 회오리 속에서 만일의 사태를 위하여 갖가지 대책을 논의하며 힘을 모아 대비키로 했다. 드디어 영구차와 붉은 띠를 두르고 쇠파이프를 휘든 귀찰대를 앞세우고 그 데모 행렬은 밀물처럼 교문을 향해 진입해 오고 있었다.

시계는 벌써 새벽 한시를 가리키고 있다. 긴박한 상황에서도 나는 그들의 위해적인 행위는 용납하지 않으리라 굳게 마음을 다잡는다. 왜냐하면 우리 학생, 학부모, 선생님들과 학교를 온전히 지켜내어야 할 막중한 책임이 내게 맡겨져 있기 때문이다.

갑작스럽게 그들 장례대책위원회의 의전대표의 일방적인 통고가 온 것은 바로 이틀 전이었다. 나는 지체 없이 그들에게 쌍방 합의를 유추토록 요청했다. 감수성이 예민하고 여린 수천 명의 여학생에게 미칠 교육적 배려를 소홀히 할 수 없는 까닭에서였다. 누구도 의논상대나 지원이 되어 주지 못하는 상황이 아니던가.

나는 '호랑이를 잡으려면 호랑이 굴에 들어가라'는 말을 떠올렸다. 그래서 오후 2시 그들 대표를 불러 우리 간부 선생님들과 마라톤 회의를 통해 4시간 만에 '노제는 학생들 하교 후에 당도토록 시간을 맞출 것' 등 그들이 꼭 지켜 줘야 할 중요한 10개 항의 합의서를 작성 서명토록 했다.

막상 현실 상황에서 그들이 얼마나 충실히 이행할지 의문스럽기는 했으나, '따르릉…' 긴장된 교장실 공기를 흔들고 인터폰이 울렸다. 교문 수위실에 배치된 교사의 음성인 줄 알았더니 '교문을 열어 달라'는 그 대표자의 목소리다. 전날 약속을 반드시 지켜야 한다는 다짐을 강조했고 최선을 다해 약속을 지키겠다는 대답을 받고서야 교문을 열게 했다.

나는 수화기를 내리고 중앙현관으로 나가 교문 쪽을 바라보았다. 오후 6시경 도착하겠다던 행렬이 자정을 넘어서야 들이닥친 것이다. 아무쪼록 사고 없이 마치고 돌아가 주기만을 빌면서.

함성을 울리며 노도와 같이 뒤엉키며 교문 안으로 쏟아져 들어온 그림자는 약속된 50명을 훨씬 더 넘어 보였고, 교문 언저리에는 수많은 데모 군중이 운집하여 고래고래 소리를 지르며 만장을 휘두르며 구경꾼까지 합세해서인지 큰길 육교 위는 물론 높은 빌딩의 옥상에까지 인산인해를 이루고 있었다. 주변은 무서운 열기로 가득했고 온 천지가 개벽하듯 요지경 속이라 할까. 하지만 교문 안의 그들은 약속을 지키려는지 차도 버리고 만장 하나 들지 않은 채 한 덩어리가 되어 엄숙하게 운동장을 돌아 중앙으로 다가오고 있었다.

헌데, 어둠 속에서 희미하게 보이는 행렬 사이에 뭔가 네모진 것이 보였다.

'앗차! 시신의 관이 아닌가!'

순간 이제까지의 소름끼치던 이 자리의 공포감은 어디로 가고 배신당한 분노에 온몸을 떨었다. 나는 어둠 속을 향해 마이크를 들고 소리쳤다.

"의전 대표, 의전 대표 이리 나오세요."

그는 재빠르게 내게 다가왔다.

"죄송합니다. 그건 제가 못 막았습니다. 이해해 주세요."

그는 아주 예의바르고 공손하게 송구스러워하며 사죄했다. 어쨌든 그들은 약속을 지키지 않았다. 협상조건의 준수를 약속은 했으나 가장 핵심적인 '시신교내반입 금지'는 완전히 배신당한 것이다. 그러나 이미 엎질러진 물이니 더는 어찌할 수는 없었다. 그 대신 그들 대표가 원하던 분향은 절대 허

77

락지 않았다.

　이윽고 그들의 노제는 끝이 나고 장례대책위원장이라는 장기표, 문익환, 계훈제, 백기완, 그리고 지선 스님 등등이 차례로 나에게 악수를 청해 왔다.

　그리고 난 후, 교문을 나선 데모대는 다시 영구차를 앞세우고 꽹과리를 치며 성동경찰서 옆을 지나서 모란 공원묘지를 향해 어둠 속을 서서히 움직이고 있었다. 이 시대의 모든 앙금과 찌꺼기들을 함께 쓸어가라, 다시는 이 땅에 이런 불행한 일이 일어나지 않기를, 이 더위 속에 그녀의 관은 온전할까. 그들의 뒷모습을 향해 두 손을 모아본다.

　미처, 활짝 펴보지도 못한 채 애처롭게 꺾어져 간 무학의 딸, 이 시대의 슬픈 제물로 바쳐진 그녀. 그녀의 넋이나마 저승길에서는 편안하기를 간절히 빌고 또 빌며 나 또한 안도의 긴 숨을 들이켜 본다.

(1993. 2)

그대 행복하여라

우리 서로
그리움의 추억에 다가서니
그대 행복하여라

우리 서로
진한 감동이 가슴에 물결치니
그대 행복하여라

우리 서로
사랑의 만남 속에 설레이니
그대 행복하여라

우리 서로
기쁨 가득한 숨결 나누니
그대 행복하여라

우리 서로
아늑하고 평온한 미래를 꿈꾸니
그대 행복하여라

어느 만남에서 (2003. 10. 8)

어떻게 찾은 깃발인데

　‘그것은 진정 소리 없는 아우성’ 이었다. 펄럭이는 깃발의 물결은 아름답다 못해 눈물겨웠다.

　“아아, 누구던가/ 이렇게 슬프고도 애달픈 마음을/ 맨 처음 공중에 달 줄을 안 그는/ …(후략)….”

　청마(靑馬) 유치환 시인의 〈깃발〉 구절이 가슴에 꽂히며 왈칵 뜨거운 것이 치솟았다. 2002년 월드컵 때, 온 국민이 하나가 되어 손에 손은 물론 온몸에 태극기를 휘감고 흔들며 거리를 누비며 밤새 애타게 ‘대한민국’ 을 외치던 감동이 지금도 눈앞에 생생하다.

　허나, 60여 년 전의 치욕스런 일제하의 아픔과 암흑, 이어 공포에 떨던 동족상잔의 비극 또한 무겁게 그림자를 드리운다. 언제 떳떳하게 흔들며, 수도 서울의 하늘 높이 나부끼게 하는 날이 올까 마음 조이며 가슴 깊이 지니고 다니던 태극기. 그리고 이불 밑에 숨긴 라디오를 오로지 구원의 생명줄인 양 껴안고 지새던 6.25의 악몽 같던 밤들은 결코 지울 수가 없다. 그리하여 연합국의 도움으로 어렵게 되찾은 우리의 태극기를 어찌 잠시나마 뒷전에 밀어놓을 수 있단 말인가.

그런데, 어느 날 이 땅에 국적 없는 낯선 기가 내걸리고 손에마저 쥐어지게 되었으니 얼마나 기막힌 일인가. 남북공동팀의 구성이라는 정치적 상황이라 이해하지만 받아들이기는 어려웠다.

국난의 고비 고비에서 생명처럼 아끼고 경건하게 간직해 온 우리의 정신이고, 주권을 나타내는 소중한 상징인 태극기를 어찌 민족통일의 꿈의 실현을 위한 과정이라는 미명하에 다른 깃발로 바꿔 쓰게 되다니, 가슴이 떨리고 울분이 솟는다.

고종 20년(1883년) 음력 1월 27일 태극기는 공식적 국기로 반포되나 조국 광복 후, 1949년 이승만 대통령 때에 국기제정위원회의 논의에 의해 오늘날의 문양으로 확정된 것이다. 이어 국기봉도 나라꽃인 무궁화 꽃봉오리를 상징하여 금색으로 하고, 그해 10월 15일 문교부 고시(告示) 제2호로 공포되어 우리나라 국기(國旗)로서 대한민국의 주권을 대표하는 국가와 국민정신을 상징하게 되었다.

따라서 태극기는 국가와 국민과 떼어놓을 수 없는 나라의 상징이며, 우리 국가와 국민에게 불가분의 존재인 것을 잊어서는 안 될 것이다.

지난 역사를 통해 우리는 나라 없는 백성의 뼈저린 설움을 기억하고 있다. 또한 이웃에서 나라 잃은 백성들이 '보트 피플'이 되어 세계 곳곳을 흘러 다니며 목숨을 부지하는 비참한 실정도 보아왔다. 그러기에 나라를 되찾은 기쁨과 그간의 굴욕적인 역사인식을 딛고 선 날을 '광복절'이라 하여, 거듭난 대한민국 건국을 대대손손(代代孫孫)에게 새겨두고자 국경일로 삼은 것이리라. 때문에 우리는 국경일에 국기를 달고 그 날의 뜻을 기리는 일을 통해 나라사랑의 마음을 더욱 키워 가야 하지 않을까.

올해, 2008년 8월 15일은 광복 63주년, 건국 60주년을 맞았다. 우리나라가 경사스러운 환갑을 맞은 것이다. 온 국민이 뜻 깊은 이 날을 기뻐하며 경하할 축일이 아니더냐. 넓은 지구상에 작은 나라, 자원조차 별로 없는 좁은 땅덩어리, 적은 인구, 세워진 지 겨우 60년. 게다가 민족과 국토가 양분된 세계 유일의 분단국가인 대한민국이 올림픽과 월드컵을 치루며 당당히 세계 십위권에 서는 기적적인 역사를 이뤄냈으니 얼마나 기쁘고 대견하며 자랑스러운 일인가.

이 뜻 깊고 소중한 날, 축하는커녕 야당의 반대로 원만한 경축식조차 제대로 못한 것이다. 올해를 건국 60주년으로 하면 1919년 수립된 임시정부를 부정하고 반만년 역사를 축소시키게 된다는 이유에서였다. 어느 신문에는 '환갑이 되도록 아직 철이 안 들어 축하잔치상의 내용에 합의를 못한 것'이라고 비판하고 있다.

임시정부의 정통성을 신중히 고려하는 데 누가 이의를 달겠는가. 설사 그렇다 치더라도 일단 당면한 건국기념은 함께 경축해야 할 일이다. 그럼에도 여·야가 양분되어 행사를 그르치는 행태는 너무도 부끄럽고 서글픈 일로 국민에게 큰 실망을 안기는 아쉬움을 감출 수가 없다. 기실, 대한민국의 수립이라는 법적인 국가탄생은 온 세계에 공인된 틀림없는 사실인 것을.

얼마 전, 미국 9.11사태 7주기 추모행사에 대통령선거를 앞둔 민주당과 공화당 두 후보가 치열한 공방과 비방이 오고가는 와중에도 그날 자리를 함께 했다. 희생자의 넋을 기리는 성조기의 물결 앞에서 악수를 나눈 두 사람이 나란히 추모의 묵념을 바치는 장면을 볼 수 있었다. 돌아서서 싸울 때 싸우더라도 거국적인 일에 지도자는 국민 앞에서 단합된 모습을 보여야 한다. 얼마나 아름답고 든든한 느낌을 주는지 부럽기까지 하다.

우리는 태극기 앞에서 대한민국 국민으로서 충성을 맹세한다. 개인주의와 자유주의를 표방하는 미국도 자국민에게 성조기에 대한 충성을 맹세하게 하며 일치 단합된 애국심을 자랑하고 있다.

며칠 후면 10월 1일 국군의 날, 10월 3일 개천절 등 또 우리의 경축일이 다가온다. 대한민국의 국민인 우리 모두가 무엇으로 그에 대한 경외심(敬畏心)과 깊은 감사의 뜻을 나타낼 수 있을까. 오로지 태극기를 다는 것으로써 스스로의 마음 속에 그 의의를 되새기며 나라사랑의 마음을 다져가는 길 뿐이리라.

지난 날, 청마 시인이 읊은 것처럼 이렇게 슬프도록 애달파 하는 마음이 바로 나라사랑의 진면목이 아닐까. 일찍이 나라 없는 설움과 나라가 짓밟혀 잃을 뻔한 아픔을 겪었던 '나' 이기에 이렇게 강조하고 또 강조해 보는 것이다. 선조들과 우리들이 어떻게 찾은 깃발인가를 후대의 젊은이들에게 꼭 전하고 싶다.

(2008. 9. 29)

83

서울 서초고등학교 교가

김영의 작사, 신귀복 작곡

소망의 꽃 벙어리 가슴에 새겨
저마다 높은 꿈을 만발하도록
지성의 전당에서 배움을 쌓아
슬기롭고 아름다운 우리들 되자

후렴 : 세계로 뻗어 나갈 대한의 얼들
　　　키우고 가꾸어 갈 꽃마을 동산
　　　드높은 내 기상 널리 퍼지는
　　　아— 아— 자랑의 서초고교

상서로운 꽃무지개 서려 있는 곳
저마다 색색의 꿈 열매 맺도록
사랑의 전당에서 굳센 의지로
바르고 성실한 우리들 되자

(1984. 3)

세월의 강에 띄운 서울 그림자

— 내 작품 속의 서울, 지금 그곳은

세월의 강물은 쉼 없이 흘러만 간다. 반세기가 넘도록 머물러 온 서울이니 나의 작품 속에도 오래 전 서울 곳곳의 그림자가 깔리고 엉겨 있음은 어쩔 수 없는 일일 것이다. 강태공이 낚시하듯 스쳐 온 서울의 생생한 그림자를 낚아 고이 펼쳐 보련다.

가장 먼저 뇌리를 스치는 것은 내 목뼈가 부러지도록 지독한 고행을 되풀이하던 그 길목의 이야기이다.

가) …(전략)… 광화문의 도렴동에서 청파동 숙대(淑大) 뒷산까지 얼마나 먼 거리인가. 그곳을 열 식구의 배급 식량을 이고 지며 서울역 뒷길인 봉래동 언덕을 가로질러 가파른 고개를 넘어가야만 했다.

당시 서울 시내의 교통수단은 전차(電車)가 주였는데 이 짐을 가지고는 도저히 전차를 탈 수도 없고 태워 주지도 않으니 걸어갈 수밖에 없었던 것이다. 삯을 들여 지게꾼에게 지울 형편은 더더욱 아니다. 가다 쉬다 몇 번을 되풀이하다가 때로는 그 소중한 가족의 양식을 던져 버리고 싶은 심정을 억제하기도 한다. …(후략)…   — 〈짐 보따리 없는 짐〉(1998. 9).

서울에 정착하던 1948년, 주거가 안정되지 못한 우리는 도렴동 인척 어른 댁에 주소를 올려 배급 양곡을 받아 호구지책으로 삼았다. 임시거처인 청파동 숙대 뒷산자락 판잣집까지 열 식구 몫의 밀가루와 안남미 한 달 분을 배급받으면 눈물이 나도록 고마웠지만 그 운반은 예삿일이 아니다.

미어터지는 전차, 간간이 지나는 택시란 생각지도 못할 일. 지게는 품삯이 없으니 내가 이고 지며 나를 수밖에. 왜 그리도 멀고 가파른 흑토 길이었는지, 내동댕이치며 울부짖고 싶던 한 맺힌 길이었다. 허나 지금 그 곳은 서울역 신청사를 비롯해 서소문 일대에 헤아릴 수 없는 고층 빌딩으로 또 아스팔트는 물론 2차 내지는 4차선의 찻길로, 지하에는 전철 1, 2호선이 달리며 버스노선이 거미줄을 치듯 편리하게 눈부신 발전이 거듭되고 있다.

특히 교직에 있던 나는 가정방문을 통해 가서 본 기막힌 현장을 잊을 수가 없다.

나) …(전략)… 6.25 동란의 잿더미 속에서 홀어머니와 남동생을 데리고 남산 중턱의 굴속에서 촛불을 켜고 숙제를 하며 끼니를 때우면서도 늘 깔끔하고 준수하여 나를 놀라게 했던 우리 반 반장이던 여학생. …(후략)…
    — 〈스승의 날 화상〉(2000. 5).

다) 예숙, 그녀와의 인연은 1963년 서울의 모 실업고등학교 2학년이 되면서 시작되었다. …(중략)… 그녀의 집은 상도동이라 했다. 멈춘 시야(視

野)에는 산등성에 걸쳐진 허름한 천막 한 채가 있을 뿐이 아닌가. 엄마의 상냥한 미소가 나를 반기며 맞는 순간 나는 가슴이 뭉클하며 피로마저 잊고 말았다. '이 애가 이런 곳에서.' 너무 처절한 느낌으로 가슴이 뻐근해 왔다. …(후략)…　　　　　　　　　　　　　　　－〈LA에서 온 전화〉(2000. 7).

아름다운 남산순환로 그 어딘가에는 포탄에 집 잃은 사람들이 살던 굴을 찾을 수가 있으며, 상도동 어디에 천막쳤던 흔적을 찾아볼 수 있을까. 높은 언덕바지에 성곽처럼 서 있는 숭실대학의 준수한 모습에 여러 빌딩과 아파트 숲으로 둘러싸인 그 지역. 그 때의 민둥산자락은 자취를 감추고 없다. 그러나 그 남산의 굴속이나 천막 속에서 숨 쉬던 어린 학생의 가슴엔 영원한 고향으로 남아 있을지도 모르겠다.

1983년 12월, 뜻밖에도 강남의 신설 고등학교 개설 교장 겸임발령을 받고, 정신없이 뛰어야 했던 '서초동 꽃마을' 광경을 빼놓을 수가 없다.

　　라) …(전략)… 장화가 발목까지 눈 속에 빠져 들던 일요일 이른 아침. 돌과 흙더미가 마구 뒹굴고 있는 파헤쳐진 깊은 땅 사이에 앙상하게 올라간 콘크리트 기둥들을 바라보며 막막하고 암담함 속에 …(중략)… 그 후 공사는 3년에 걸쳐 교실을 지어가며 수업을 하는 가운데 진행되었으니, 공사로 인한 엄청난 소음과 먼지의 피해는 상상을 능가했다. 또 학교 주변은 길이 나 있지 않았으며 소위 '꽃마을'이라 하여 비닐하우스가 무질서하게 즐비하여 그 곳의 오물과 오수, 그리고 퇴비가 뒤범벅이 되어 큰 신작로에서 교내로 들어오는 신발로는 다시 나가지를 못했다. 즉 교문 앞은 진창바닥을 이루고 여름에는 퀴퀴한 냄새와 큰 파리 떼가 득실거려 수업을

방해받기가 일쑤였다. …(후략)…   — 〈보람과 긍지〉(1990. 12).

2호선 지하철 서초역 주변을 살펴보자. 법원들 건물의 위용을 비롯하여 국립중앙도서관 등, 으리으리한 건물에 둘러싸인 도심이 분명하다. 멀리 서울고교와 특수부대가 보일 뿐, 비닐하우스와 오물에 둘러싸였던 그 곳. 어찌 진흙 구덩이 길 사이를 뚫어야 서초고교에 닿을 수가 있었는지 상상조차 어렵다. 강남 학교들의 탄생이 그리 쉽게 이뤄진 것이 아님을 뼈아프게 체험한 것은 나 혼자만은 아닐 것이다.

맞벌이 가정의 엄마이던 나는 직장과 가정의 원활한 양립에 최선을 다하려 안간힘을 쏟던 때를 놓칠 수는 없다.

마) …(전략)… 그런데 오늘은 초등학생인 형과 아우가 같은 뚝섬으로 간다 하니 한 학년 위인 차분한 성격의 2학년인 형에게 당부를 하고는 한시름 놓은 기분으로 마음이 가벼워졌다. 어깨를 나란히 집을 떠난 두 아이는 …(중략)… 점심시간이 되어 동생을 찾은 형에게 그 애는 "형. 나 돈 좀 줘. 나 아이스크림 먹고 싶어. 난 점심 벌써 먹었단 말이야." "너 용돈 없어? 엄마한테 용돈 받았지 않아!" "난 다 썼단 말이야." "뭐에?" "아까 좌석버스 타느라 오백원 주고 또 오백원 주고 배 탔다 말이야. 아이스크림 먹고 싶어!" …(중략)… 자초지종(自初至終)을 말하는 큰아들은 남은 돈을 내놓았다. 똑같이 용돈을 주었건만. 같은 엄마 아빠에게서 태어난 두 아들의 모습이 이렇게 다를 줄은 미처 몰랐다.

— 〈개성 깊은 골과 형제애〉(1986. 10).

막내아들이 1학년 때이니 40년 전 1966년, 왕십리인 우리 집에서는 아이들이 20여 분쯤 걸으면 닿는 뚝섬유원지. 그 곳까지 처음으로 운행된 좌석버스 '삼미' 는 아이들만 아니라 어른들도 신기하게 바라보던 시대였다. 당시 뚝섬은 한강 지류인 샛강이 흘러 나룻배가 오가며 손님을 건네주었고, 모래사장이 이어진 강가에 나무숲이 우거졌을 뿐 특별한 놀이기구는 없었으나 아이들의 소풍지로 유용한 것 같았다.

그러나 때로 큰 장맛비에 잠기거나 씻겨 내려가는 등 불운을 겪었지만, 요즘 아름다운 '서울의 숲' 으로 탈바꿈되었다. 더욱이 그냥 유원지가 아닌 꽃사슴, 고라니, 다람쥐들이 뛰어놀고 어린이나 어른들 가슴에 기쁨과 사랑을 숨 쉬게 하며 '서울시민' 에게 생기를 불어넣는 쉼터가 되고 있다.

기실, 서울은 내 삶의 희망과 꿈이고 자유와 평화의 한 마리 '새' 였다. 그러했기에 잿빛 어둠에서 비상하여 황홀한 꿈속 녹색지대에서 나는 결실의 계절을 맞은 것이 아닐까. 뼈를 깎는 아픔과 애절함이 여울지고, 6.25 때 피로 물들던 치열한 전투의 넋마저 휩쓸어 흘러만 가는 한강 물.

― 〈꿈의 녹색지대〉(2001. 10).

나는 아련한 강물 위에 그리움의 정과 끈끈한 아쉬움의 구름다리를 엮으며, 흘러간 시간 속의 서울 그림자를 띄워 본다.

아직은 못다 이룬 참된 평화와 자유가 안온한 모습으로 그곳 하늘의 끝자락에 피어 오르기를 기원하면서.

(2006. 9. 15)

백제의 숨결과 그녀

어느 초가을, 새벽 6시는 아직 거리의 어둠이 걷히기에는 너무 일렀다. 도 곡역 전철에서 엊그제 모처럼 귀국한 동창 친구와 합류하여 약속된 고속버 스 터미널을 향했다. 일행은 인사를 나누며 곧 공주행 버스에 올랐다. 길섶 에 하늘거리는 코스모스를 스쳐보며 설레는 가슴을 가라앉힌다.

전공과목이 사회인 내 수업은 당시 대입을 앞둔 고3 학생들로서는 문과에 만 해당되어, 약대 지망이던 이 여행의 주선자인 명혜와는 수업시간에 만날 처지가 아니었다. 그녀가 마침 학급 대의원이었기에 학생지도부 책임이던 나와 가끔 얼굴을 맞댈 기회가 있었을 뿐이었다.

그 지도란 학생들을 진심으로 아끼려는 활동이건만 그들로서는 가장 싫 어하는 역할이기에 나는 그 악역으로 인해 나름대로 많은 갈등과 고민을 겪 기도 했다. 그러니 나는 당연히 인기 없는 선생이었음이 분명했다.

그녀들이 졸업한 후, 나 또한 타교로 전근되었고 이제는 그들 모두 지난날의 꿈이며 소망이던 길을 걷고 있으며 나 또한 추억 속의 자신을 되돌아 볼 세월 앞에 서 있다. 헌데, 어언 졸업 30주년을 맞아 50대 중년의 고개를 넘는 그들에게서 어느 날 내게 초청장이 왔다. 그녀가 회장직을 맡은 동기회 30주년 행사에 참가해 달라는 기별이다.

그 앞 학년들과도 4년 연속으로 그 행사에 참석해 온 터이나 그녀가 주관한 행사는 규모나 진행, 내용이 너무 멋져 어느 기(期)에도 못잖은 대성황을 이루어 그들의 기쁨과 환희는 말할 것도 없고, 그녀의 대단한 능력에 모두가 놀래며 감탄한 것이다. 행사를 이끄는 카리스마와 솟구치는 에너지, 그토록 능숙한 진행 솜씨가 도대체 언제 어디서 쌓아 올려진 것일까?

그 뿐만이 아니었다. 그녀는 디지털 아트(Digital Art-Therapy)로 나를 깜짝 놀라게 했고, 내 홈에 드나들어 알게 된 재미 컴퓨터 벤처인인 내 동기생도 그녀에게 극찬을 아끼지 않았다. 때때로 그녀는 컴을 통해 나를 감동시켰을 뿐 아니라 내게 행복감을 안기기도 했다. 두 자녀의 주부로 집안일은 물론 컴퓨터 작품을 만들고 바깥 활동을 하면서 한편, 옛 스승에게까지 배려하는 시간을 내다니. 언제 만나도 생글거리는 눈매, 초롱초롱한 눈망울은 사람을 빨아들일 듯 맑고 깊다.

이런 그녀가 내 홈을 통해 알게 된 그 내 친구의 귀국을 환영코자 이 여행을 준비한 것이다. 너무 염치없어 극구 사양했으나 하는 수 없이 분에 넘치는 제자 복의 행운과 감동에 응할 수밖에 없었다. 벅찬 가슴을 안고 약 시간 반을 달렸는지 공주터미널에 도착하여 안내를 맡아 준 대학 강사의 12인 승차에 갈아타고 백제의 애환의 땅을 더듬어 본다.

먼저 백제 요(窯)를 탐방, 1400도의 가마 속에서 소나무를 불살아 마지막생(生)인 까만 연기로 온몸을 태워서 태어난 소박함이 물씬 풍기는 토기그릇을 만져 본다. 백제 전통의 뛰어난 맥을 이으려고 홀로 고군분투하는 소장님의 존경스런 모습을 뒤로 궁남지(宮南池)로 향했다. 궁궐 남쪽에 위치한다고 붙여진 궁남지는 우리나라의 가장 오래된 인공 연못으로, 일본 정원의 시조며 무왕 아들 의자왕이 궁녀들과 함께 풍류를 즐겼다는 곳이다.

연못 가운데 작은 섬에 포룡정(抱龍亭)이라는 아담한 정자에는 서동의 어머니와 관련된 일화가 전해진다. 그 서동이 신라의 선화공주와 만나 백제 제30대 무왕이 되었다고 한다.

물 위에는 섬과 연결된 구름다리가 걸려 있고 연못 둘레에는 수양버들이 늘어져 있다. 뜰을 가득 메운 코스모스의 가녀린 줄기가 춤을 추듯 화사한 자태는 마치 옛 영화(榮華)가 간 데 없이 황폐해진 이 곳 한적함을 달래 주려는 듯 하늘거리고 있다. 단지, 예쁜 청둥오리 십여 마리가 세월의 무상함을 노래하듯 맑고 파란 물살을 가르며 물장구를 치며 노닌다.

부소산 산자락에 차를 세우고 낙화암을 향해 산에 오른다. 십여 년만의 산행이라 아픈 무릎이 걱정이 되었다. 제자들에 의지하며 숨을 헐떡여 백마강가 절벽단애를 이룬 낙화암에 서니, 48년 전 서울 초임교의 향토반 학생들과 왔던 때의 감회가 새롭다.

백제 678년 사직이 무너지던 날, 왕을 모시던 궁녀들이 굴욕을 피하려고 바위에서 몸을 던진 곳이다. 그곳에서 내려다보이는 강물은 그들의 원한이 사무쳐 짙푸른 색으로 서려 있는 듯, 보는 이를 아찔하게 한다. 그들의 원혼을 추모하려 세운 백화정에서 머리를 숙이며 뒤쪽을 돌아올라 의자왕이 떠다 마셨다는 고란사 모퉁이의 약수로 목을 축인다.

낙화암을 뒤로 가파른 산비탈을 내려가 백마강 유람선 선착장에서 배에 오른다. 당시 베풀어졌다던 배안 향연의 옛 정취를 살피며 발걸음을 옮긴다. 부소산과 궁남지 사이의 '정림사지 5층석탑'을 보기 위해서다. 예전에는 빈 터 한가운데에 덜렁 서 있던 석탑이 그동안 주변과 울타리를 복원해서인지 더 한층 아름답고 웅장하게 돋보였다.

일행 중, 금속조각가인 제자의 안내로 부여의 '구두래 조각공원'을 찾았다. 넓은 뜰에 전시된 세계 각국 조각가들의 작품을 살피며 격조 있고 섬세한 아름다움을 지닌 백제문양 여덟 가지의 탁본을 손수 떠 볼 체험을 가졌다. 이 또한 뜻밖의 귀한 체험을 얻어 횡재를 한 느낌이 아닐 수 없다.

넘어가는 햇살을 안고 돌아서는 길목에 유관순 열사가 잠시 다니던 '영명고등학교'를 스치며 우리를 태운 차는 공주터미널 예약된 귀경(歸京) 버스시간에 맞추려고 서둘러 달리기 시작했다.

때마침 공주에서는 '백제 문화제의 개막식'이 열려 있어 우리에게 생각지도 못한 볼거리를 더해 준다. 공산성 주변에 많은 학생들이 개막행사를 위해서 수문장과 백제 병사들 그리고 왕과 왕비, 궁녀 등의 고풍스런 복장을 차려입고 횃불을 높이며 청사초롱을 밝히고 있으니 백제 역사의 예스러운 숨결까지 접하게 되어 그 감동이 가슴을 친다.

부여와 공주를 뒤로하며 어쩐지 허전하고 쓸쓸함이 느껴지는 것은 아픈 역사를 간직한 채 사라져 간 백제의 발자국 때문이 아니겠는지! 백마강을 건너는 교각 위에 저녁노을이 눈부시다.

어느새 강물 위에 뜬 백제의 달빛이 보석처럼 아롱져 무슨 생각에 빠진 듯 조용히 미소 띤 그녀의 눈망울을 영롱하게 되비추고 있었다.

(2004. 10)

하이난 섬, 천인갱(千人坑)의 슬픔

꿈속 같던 1박 2일의 덕유산 휴양림 숲 향기를 뒤로 문학행사를 마친 일행은 버스로 금산을 향했다. 한 시간쯤 지나 도착한 곳은 사적(史蹟 제105호)인 칠백의총(七魄義塚)이었다.

널리 알려진 이곳은 1592년 임진왜란 때, 중봉 조헌 선생과 승장 영규대사가 이끈 700여 의병들이 두 배가 넘는 왜병과 싸우다 순국하신 유해를 함께 거두어 만든 무덤이다. 경내에 들어선 우리는 종용사 앞에 멈춰 서서, 분향에 이어 깊은 존경과 감사를 담은 애도의 묵념을 올렸다.

요즘 어지러운 세상사에 비추어 이 영령들의 애국충정과 호국정신은 우리에게 침묵으로써 준엄하게 시사하는 바 큰 것 같았다. 말끔히 다듬어진 파란 잔디로 덮인 봉분을 바라보는 순간, 나는 얼마 전에 가봤던 중국 하이난 섬의 '천인갱(千人坑)'이 떠올랐다.

'동양의 하와이'라 하여 우연치 않게 가 보게 된 하이난 섬에서 뜻밖의 사연을 만나리라고는 전혀 예상하지 못한 일이었다. 우리는 여행일정에 따라 자연의 아름다움을 듬뿍 간직한 이 섬의 곳곳을 돌아보며, 밤에는 야자수 사이로 반짝이는 별빛 아래서 늦은 시각까지 야외서 온천욕을 즐기는 낭만에 푹 잠기기도 했다.

마지막 날 몇 곳을 더 안내해 줄 수 있다는 가이드의 말에 이끌려 희망한 우리 네 식구는 포장도 안 된 오지를 털럭거리는 차에 실려 따라 나섰다.

거의 한 시간 가까이 달려서 도착한 곳은 깊은 산자락에 둘러싸인 널찍한 들판이며, 그 둘레에는 철사로 울타리가 쳐져 있었다. 가이드가 소리를 치니 누군가가 나와 판자대문을 따주었다.

대문 안에 들어선 그 곳은 1945년 제2차 세계대전 종전을 앞둔 일제(日帝)가 징용으로 끌어다 훈련과 작업에 투입했던 조선의 젊은이, 일천 삼백여 명을 '갱'을 파서 생매장을 시킨 끔찍한 곳이었다.

정말 믿기 어려운 기막힌 일이 아닐 수 없다. 수십 년의 세월이 흐른 몇 해 전, 한 중국 농부가 과수를 심으려고 땅을 파다가 많은 유골이 출토되어 깜짝 놀라서 당국에 신고를 했단다.

추적 끝에 조선인을 생매장한 '갱'이었음을 알아냈다니! 이것을 확인한 중국 당국이 그나마 그 터에 울타리를 치고, 1999년 9월 1일 '박해 조선동포 사망 추모비'라고 새긴 비석을 세우며 분향소를 마련해 준 것이라 한다.

그 후 우리나라 어느 교회의 목사님에 의해서 작은 시비(詩碑)가 세워져, 외로운 그들의 넋을 기리게 되었다고 했다. 그 비문 내용은 피눈물 나는 애통함을 위로하고 명복을 비는 간절한 심정을 토해낸 것 같았다.

어둠의 땅에서 힘없이 눈을 감아야 했고, 황량한 벌판에 육신에 눌려 힘 겨워하던 육신들. 그 혼들의 절규소리. 고결한 영혼들의 고통과 한을 어찌

해야 합니까.

　…(중략)…

　이제는 더 이상 영혼들의 자유를 그 아무도 뺏을 수 없다. 영혼들이여 우리의 후손에게 사랑과 희망의 씨앗을 뿌리게 하소서.

　사무치게 그리운 우리 땅으로 되돌아오소서. 대문을 활짝 열고 두 팔을 벌려 반가이 맞을 터이니 안락하고 편안한 집으로 돌아오소서.

1999. 9.

지은이 신우 가족 이미현

　그 후, 우리나라의 어느 방송사가 취재를 했고 그 사실이 정부에도 알려졌으나 "어디 그런 곳이 한두 곳만이냐!"는 반응만 있었을 뿐 아무 도움이 못 되고 만 것이라고 한다.

　그 황막한 곳을 중국 조선족 남자 한 분이 자리를 지키며 안내와 관리를 담당하고 있어 우리에게 대문을 열어 준 것이다. 그 분의 설명을 들으며 안내를 받아 들어선 분향소는 나무판으로 자그마하게 지어진 간이건물이었다. 그 건물 안에는 중앙벽에 '추모비' 사진이 걸려 있고 그 사진 앞 탁자 위에 작은 향로와 향 몇 개피가 놓여 있었다.

　또 그 주변 벽에는 출토된 앙상한 유골사진 몇 장이 걸려 있어 을씨년스런 분위기가 우리의 가슴을 저미게 한다.

　한참 설명을 해 주던 그는 "너무나 오래 되어 천 몇 구의 희생자 중 유골마저도 백여 구만 찾을 수가 있었고, 출토된 그 유골을 감식했지만 십여 구만이 확인될 수 있었다"며 긴 한숨을 내쉬었다.

　죄 없이 강제로 희생된 약소민족의 억울하고 안타까운 통한에 사무친 영혼들의 소리 없는 통곡이 전율과 오열로 뒤섞이듯 분향하는 내 온몸이 떨려오는 것을 억제할 수가 없지 않던가.

우리는 옷깃을 여미며 정성을 다 해 눈물로 분향과 시주를 올린 후, 참담한 심정을 뿌리치며 그 곳을 떠나와야 했다.

진정, 언제, 어떻게 해야 그들에게도 사무치게 그리운 조국 땅 양지바른 곳에 편히 눈 감을 수 있게 되는 날이 올 수 있을까!

나는 칠백의총 앞에서 그 영령에게도 이 처참히 사라져 간 '일천 삼백여 명, 박해조선동포' 젊은 영혼들의 명복과 더불어 소망이 이뤄지기를 두 손 모아 빌고 있었다.

(2003. 7)

그대는 우리의 누구입니까

— 강정일당(姜靜一堂)에게 바칩니다

강정일당(姜靜一堂), 그대는 우리의 누구입니까.
끈질긴 가난과 병마 앞에서 결코 실의하지도
좌절하지 않으시며 초연한 기개와 열정으로 새기신
그대 끈기 있고 당당한 얼과 의지
이제 영롱하고 풍성한 꽃과 열매로 무르익어
우리들 가슴에 그 기상과 모습 설레니 참으로 아리따워라

강정일당, 그대는 우리의 누구입니까.
5남 4녀 모두 잃고도 슬프다 원망 뿌리치며 빈 가슴으로
의롭고 단아하게 걸으신 빈터에 선명한 지혜로 뻗어 내린
그대 곧고 겸허한 자태와 가르침
이제 깊은 골짜기에서 끝없이 맑은 샘물 되어 솟아나
우리들 가슴에 그 정감과 교훈 심오하니 참으로 슬기로워라

강정일당, 그대는 우리의 누구입니까.
풍진 세상의 모진 고난을 기회로 삼아 사대부 아녀자의
체통과 이치를 따르시되
'내훈'* 마다하며 쌓으신 문재(文才)와 성리학

그대 높고 깊은 학덕과 경륜

이제 후대의 등불 되어 별빛처럼 선명히 어둠 밝히어

우리들 가슴에 그 빛살과 향기 그윽하니 참으로 고고하여라.

2005년 7월 7일

金榮義

*내훈 : 조선시대 고전적 여성의 교훈서이며, 세조의 맏며느리인 소혜왕후가 쓴 책.

소나무

– 무학여고 50년을 맞아/ 頌詩

오십성상(五十星霜)이 흐르도록
왼쪽이 막히면 오른쪽으로
오른쪽에 부딪히면 왼쪽으로
한 치 한 푼의 발전의 틈을 향하여
뻗어 나온 그대의 의지를.

때론 아픔 새기며 큰 바위 두 쪽으로 가르고
하늘을 덮도록 그늘 세운 그대
한 시 한 때의 쉼 없는 삶의 모습
보여주는 그 끈기로.

봄 여름 가을 겨울
언제나 곧고 향기 높은 기개와 소망
조신한 미소 머금으며 더위도 추위도
다스려 가는 그대 푸르름과 희망으로.

소박한 꿈 이루려
마디마디 지성(至誠)의 가지 뻗어

翠園 金 榮 義 일곱 번째 수필집

비취빛
삶이고 싶어

뿌리 깊은 나무 끝에 알찬 열매 맺네
천년 만년 학(鶴)들의 향연 이어지는
그 사랑의 부덕함으로.

1990년 새 아침

교장 金榮義

잊지 못할 젊은 그 날의 증언

　지금 메모는 없다. 그러나 깊숙이 새겨진 체험의 기억들이 아직은 선연한 녹갈색으로 짙게 내 가슴 속에 각인되어 남아 있다. 만약 나의 세대에서 경험했던 사실들을 아무런 증언 없이 흘러가는 세월 속에 파묻어 버린다면 그것은 역사 앞에 무책임한 일을 저지르는 것과 같지 않겠는가. 그리하여 진실의 의미와 역사의 흔적을 잃게 될 것이다.

　비록 다른 사람에게는 하찮게 들릴지도 모를 나의 이야기이지만, 그 때 비록 국민소득 60불 밖에 안 되는 보잘것없는 조국을 내가 알고 있는 젊은이들, 남성은 물론 우리 여성들까지도 당시 얼마나 뜨겁게 사랑하며, 미력이나마 조국을 위해 봉사하려 했으며, 불행한 조국과 민족을 아꼈던가를 증언해야만 할 것 같다.

　어느 시대나 젊은이는 있었다. 그리고 그들에게는 나라와 민족이, 또한 역사가 소리 없이 부과시키는 큰 사명이 있기 마련인 것이다. 6.25 동란, 4.19 학생의거, 5.16 군사혁명, 그리고 광주 민주화운동 등 역사에 뚜렷이 기록되는 젊은이들의 투지와 보람과 값진 희생들.

그러나 이제 이 수기를 통하여 나누려는 이야기는 이와 같은 역사의 큰 흐름에 비추어 본다면 한낱 작은 점에 불과한 사소한 시도일 수도 있다. 하지만 그 시대를 살던 많은 사람들, 특히 젊은 남녀 학도들이 미력이나마 자신에게 주어진 상황 속에서, 조국과 민족, 민주주의와 평화를 위하여 얼마나 뜨겁게 진실 앞에 서려 했었던가를 누군가는 이야기해야 할 것 같아서다. 그들이 몸 바쳐 전선에 자원하며 그렇게도 열성껏 활동했었다는 사실은 뒤늦게나마 남겨두어야 할 자취라 믿어 붓을 들게 됨을 밝히고자 한다.

정자마을의 마지막날 밤

정자마을은 그 이름과 같이 어느 사대부가의 큰 묘지가 즐비한 나지막하고 한적한 마을이었다. 한쪽에는 산등성을 끼고 흐르는 남한강의 지류가 가로질러 있어, 광주 땅으로 넘어가려면 사공이 젓는 나룻배를 타야만 건너갈 수 있는 구석진 산골마을이다. 그 곳에 우리 가족은 피난 짐을 풀었다.

한강다리는 끊겼고, 국군들은 부상을 입은 채로 남쪽으로 남쪽으로 후퇴를 거듭하게 되니, 잠시 피난했다가 곧 돌아갈 수 있으려니 했던 기대와 희망은 물거품처럼 사라져가고 있었다. 6월말 집을 떠나온 지도 백일이 가까워졌다. 그 사이 추석도 지나고 보니 산 속인 정자마을의 새벽은 찬이슬로 촉촉이 젖어들어 피난민의 가슴을 서글픔에 저며 들게 한다.

이 2~3일 동안 마을 사람들은 눈에 불을 켜들 듯, 온 신경을 곤두세우고 밤잠을 못 이루었다. 왜냐하면 낮에는 UN군 비행기의 공습이 집중되어 시시때때로 빗발치듯 기총소사로 총알을 쏟아 붓고 지나갔고, 어둠이 깔리면 두더지같이 숨어 있던 인민군들이 떼를 지어 마을을 누비며 이 집 저 집을 노략질하기 때문이다. 남자와 젊은 여자는 이미 이 잡듯이 찾아내어 끌고 갔다. 마루 밑, 천장할 것 없이 식량거리는 싹싹 들춰내어 알겨가는 것이다.

그러던 어느 날 그들이 갑자기 대열을 짓고 마을 앞을 지나 밭고랑 사이로, 그리고는 산등성을 타고 북을 향해 이동하는 듯 보였다.

바로 그 다음날 밤이었다. 우리는 모두 죽을 것만 같던 지옥 속에서 진땀을 흘리며 숨을 죽이고 있었다. 마루 밑에 이불을 뒤집어쓰고 머리를 맞대며 식구들끼리 손을 꼭 잡고 있었다. 죽어도 같이 죽고 살아도 함께 살아내야 했다. 바로 귀밑에서 따발총의 콩 볶듯한 총알 터지는 소리에 섞여 박격포탄이 머리 위에서 터져, 산이 무너져 내리는 폭음과 흔들림이 격렬한 속에서 몇 시간을 지탱했던가! 하루 밤이 몇 십 년의 시간의 길이로 느껴지며 수명이 줄어드는 시간이었다. 치열한 시가전, 한 마을이 쑥밭이 되는 공포와 전율의 순간들을 보내며 그 한 밤을 뜬눈으로 지새웠다. 대체 무슨 일이 일어난 것일까? 그 밤을 떠올리면 50년이 지난 지금도 소름이 끼치고 마치 지구의 종말을 맞는 것 같은 공포의 밤이었던 기억이 생생하다.

새벽 4시가 좀 지난 즈음 같았다. 마을은 언제 그랬던가 싶게 시치미를 떼고 있는 것처럼 불안한 정적이 깔렸다. 그 때 누군가가 소리쳤다.

"만세! 만세! 모두들 나와 보시오, 태극기를 들고 모두 나오세요, 만세!"

노인과 아낙네들의 목소리가 함께 메아리쳤다. 마을 뒷산자락에는 겹겹이 깔려 무더기를 이룬 피비린내 나는 시체들이 온기도 가시지 않은 채 흘러내린 핏물이 절벅절벅 고여 끔찍스러운 광경이 눈앞에 펼쳐져 있었다. 나는 비정하리만큼 독한 마음이 들어서 다시는 고개를 돌리기가 싫었다. 6.25 사변 발발 이후 어디서 총살되거나 사살되었는지 모를 많은 시체들이 남영동 철길 옆을 따라 흐르던 개천 위에 둥둥 떠내려가는 끔찍한 모습을 목격한 일이 있었다. 전쟁의 처참한 장면 앞에서 나는 전쟁의 비정함과 그 비인간적인 만행을 되새기며 국력의 소중함을 가슴 깊이 실감하고 있었다.

1950년 9월 27일 밤을 그렇게 지냈는데, 그 무서운 밤은 바로 정자마을 피난살이의 마지막 밤으로 기록된 것이다.

UN군의 인천상륙작전으로 서울이 탈환되었고, 국군은 계속 북으로 진격하여 인민군을 몰아내어 갔다. 9월 28일 새벽, 중앙청 청사의 인공기(人共旗—북한 인민공화국 국기)가 내려지고 지붕 높이 우리의 태극기가 휘날리던 감격의 아침이기도 했다.

그 동안 이불 속 깊이 숨겨 놓았던 작은 라디오 하나에 희망을 걸고 목숨을 부지하며 살아 나온 백여 일이었다. 그것은 라디오에서 흘러 나오는 '미국의 소리 방송'만이 피난살이의 등불이었기 때문이다.

비록 밀기울로 끼니를 때워가는 삶 속에서도 곧 집으로 돌아갈 수 있으리라는 우리의 정부와 UN군에 대한 신뢰가 있었기에 견디어 낼 수 있는 나날이었다. 얼마나 기다리던 날이었던가! 백여 일이 백년처럼 길고 암울하던 날들! 그 어려움과 고충의 피난생활 속에서 내가 되뇌고 또 되뇌던 소월의 시구(詩句)가 차디찬 별빛에 부서져 흐려진 하늘이 있는 마을, 그리고 몸을 숨겨 생명을 부지했던 그 고마운 마을을 뒤로하고 우리는 그 아침 서울 집을 향하여 길을 재촉했다.

가슴 깊은 곳에서 솟구쳐 나오는 김소월의 시를 딴 나의 시라 할까!

봄 가을 없이 밤마다 돋는 달도

‘예전엔 미처 몰랐어요.’

조국이 이렇게 소중한 줄을
‘예전엔 미처 몰랐어요.’

이렇게 사무치게 그리울 줄도
‘예전엔 미처 몰랐어요.’

이제금 저 달이 설움인 줄은
‘예전엔 미처 몰랐어요.’

달빛을 바라보며 읊고 또 읊으며 몇 백 번을 읊으며 지새운 세월이었던가.
자유 대한을 그리워하며 죽음을 각오하고 남하해 온 엄청난 삶의 격동 속에
서 미처 느끼지 못한 진한 나라 사랑의 뜨거운 피가 끓어오름은 단지 젊음
때문이라 말할 수는 없을 것 같다.

서울 수복, 그리고 젊음의 결집

1950년 9월 28일 이 날의 서울 수복, 서울 탈환이란 말로는 다 할 수 없는
우리 민족의 잊지 못할 역사적 감격의 날이 되었다. 방방곡곡에 숨어 다니며
연명해 오던 시민들이 줄을 이어 자기들의 그리운 집을 향해 서울로 물밀듯
이 되돌아오고 있었다.

"대한민국 만세, 서울 수복 만세…"

그러나 전쟁이 끝난 것은 아니었다. 광화문 중앙청사 높이 태극기가 휘날렸으나 UN군과 국군은 북상하여 도주하는 인민군을 추격하며 진격해 나가고 있었다. 그렇다. 그 동안 얼마나 많은 희생을 치렀으며 큰 고통과 굴욕 그리고 암흑 같은 세월을 억울하게 짓밟혀 지내왔던가! 손을 맞잡고 통일을 염원하지는 못할망정 동족상잔의 이 처참한 비극을 자처하여 저지른 북한은 역사의 이 죄값을 어찌하려고! 그대로 멈출 수는 없는 일이다. 절대로 이대로 멈춰서는 안 된다. 차제에 밀어붙여 남북통일을 이룩해야지.

너나없이 국민적 공감대가 공고하게 확산되고 있었다. 이때야말로 남한 적화의 그들 야욕을 뿌리째 뽑아야 한다는 결의와 소망이 우리들 가슴 깊이 자리잡아 가고 있었던 것이다.

나는 어머니를 도와 피난 보따리를 풀자마자, 대학으로 달려가 보았다. 6.25 전쟁이 발발한 다다음 날이었다. 언제 빨갱이 조직에 가담하고 있었는지, 어디서 미리 준비한 것인지 붉은 머리띠를 두르고 정문에 나와 섰던 그 동문들의 얼굴이 떠오른다.

등골이 오싹해진다. 왜냐하면 그들은 등교하는 선·후배들을 붙들어 전쟁터로 끌고 갔고, 민청, 여성동맹 등으로 강제 가입시키는 무서운 하수인이었기 때문이다. 그러나 그들의 그림자는 이미 보이지 않았다.

교수님들은 다 어떻게 되셨을까? 우리 학과의 선·후배들은 또 어떻게 살아냈을까? 모든 것이 궁금했다. 하루 이틀, 날이 갈수록 낯익은 얼굴들이 모여들었다. 살아 있는 친구들의 모습에 우린 서로 반가움으로 눈시울을 붉혔다. 죽음의 고비를 넘나들며 다시 태어난 듯한 자신들의 삶을 헛되이 할 수는 없다고 누구나 생각들을 하고 있었다.

남녀 학도들은 삼삼오오 모여 앉으면 한결같은 심정으로 머리를 맞대며 나라를 위해 할 일이 무엇인가를 숙의(熟議)하고 또 숙의했다.

"우리 이대로 있을 수 있겠어? 뭐든 할 일을 찾아야지 않겠어, 나라에 보탬이 되는 일 말이야."

진정 모두가 마음 속에서 솟아나는 애국충정을 억누르질 못했다. 이리저리 백방으로 수소문하여 우리의 힘으로 보람된 일을 찾으려 노력하고 있었다. 그러던 어느 날, 우리 그룹의 누군가가 결연한 얼굴빛으로 달려왔다.

"국방부 정훈국에 대학생 의용군을 모집한다는 공고가 나붙었어."

"무엇을 하는 일인데?"

"정훈 선발대로 북한에 파견할 대상자라는 거야, 어때? 우리 한 번 해 볼 만하지 않을까?"

당시, UN군과 우리 국군은 평양을 향해 진군을 거듭하고 있었다. 그러니 정국은 날로 안정되어 갔으나 대학가는 어수선한 가운데 개강이란 엄두도 못낼 상황이었다. 대부분의 남학생이 인민군에 끌려가 생사를 모르거나 아니면 국군에 입대하여 복무 중이었으며, 많은 교수들도 나름대로 거취가 불분명한 실정이었기 때문이다. 우리들은 썰렁한 빈 교정 모퉁이에서 이 궁리 저 궁리를 하면서 삼삼오오 떼를 지어 의논이 분분했다.

이윽고 이른바 '페스탈로치 클럽'이라 일컫던 우리 일행들이 중심이 되어 이에 뜻을 함께 하는 동지를 규합하게 된 것이다.

을지로 6가에 있던 구(舊) 사범대학(師範大學) 건물에서 가장 가까운 거리에 위치한 교수님 사택 방 하나를 집합소로 제공받았다. 우리의 뜻을 가상히 여기신 우리 대학 생물과의 최기철 교수님께서 당신 자택을 내어주시며 격려의 지원을 해 주신 거다.

그 어려운 수복 시절에 얼마나 따뜻한 배려를 하셨기에 그 뒷바라지를 자청하셨겠는가. 그 선생님의 인품과 제자 사랑의 정을 보답할 길이 없다.

그 일의 진행은 단체적 통일이 요구되는 내용이며 시간이 그리 넉넉지 않았다. 우리는 저녁 늦도록 서류 준비와 대책 협의에 몰두하였고 각자가 자원입대함을 분명히 하는 동의서에 서명한 후, 최종 확정된 명단을 정훈국에 제출하였다. 명칭은 '서울대학교 사범대학 학도의용군 정훈공작대'로 등재되었다. 때는 벌써 10월 하순에 접어들고 있었다. 어느 누구도 유혹을 받거나 강요당해서 될 일이 아니다. 각자의 애국충정과 불타는 동지애로 뭉쳐져 추진된 것이며 함께 참여하기로 확정된 동지들은 총 23명이었다.

'베스탈로치 클럽'의 아버지라 불리던 이영덕(교육과 5회) 선배를 비롯하여 우리 모임의 명단은 다음과 같다.

이영덕(교육과 5회), 정원식(교육과 5회), 한용기(교육과 6회), 이효걸(사회과 5회), 유문기(교육과 7회), 황종건(교육과 5회), 민정애(교육과 6회-여), 이상희(사회과 5회-여), 김옥선(교육과 6회-여), 이창선(체육과 7회), 장태환(수학과 7회), 임봉국(사회과 6회), 민병림(체육과 7회-여), 김영의(사회과 6회), 김○○(체육과 7회-여), 황응연(교육과 7회), 허범(교육과 5회), 전찬화(교육과 7회), 서상돈(과미상 7회), 이명원(과미상 7회) (*그 외 3명은 생각이 나지 않음) 이상이었다.

아울러 우리가 그 길을 택한 데는 나름의 이유가 또 하나 있었다. 그 당시 국방부 정훈국에는 서울대학교 문리과대학 교수인 이선근 박사가 국장직을 맡아 활동하고 계셨기 때문에 우리의 결심이 더 쉽게 성사될 수 있었던 것이다. 우리는 역사학자이신 그 선생님이 군복을 입으시고 앞장서신 모습에 존경과 신뢰감을 느꼈다. 나라가 어려울 때 대학 지성들이 솔선해서 나라를 위해 몸 바쳐 일하는 모습은 우리들에게도 큰 감명을 주었고 우리들의 애국심에 불을 댕기게 한 것이다. 그리고 학도의용군 정훈공작대 대장으로서 문리대 정외과 4년인 손도심 씨가 활동하고 있었다.

10월 23~24일경, 드디어 우리 정훈공작대의 발대식이 거행되고 그 곳에서 모든 행동 지침이 교육되고 시달되었다. 발대식은 을지로 부근에 있던 국방부 정훈국 건물의 옥상에서 치러졌다. 군복과 군모, 그리고 완장과 종군증이 지급되어 복장을 갖춘 학도 대원들은 대학별로 줄지어 대열을 정비하고 이선근 국장에게 처음으로 군대식 거수경례를 붙였다. 끝으로 손을 들고 충성의 맹세를 엄숙하게 다지는 선서를 했다.

그날 발대식에 참여한 대학은 확실한 기억은 없지만 약 열 개가 좀 넘는 것 같았으며 지금도 기억에 남아 있는 것을 든다면, 먼저 우리 사범대학이 맨 끝자리에 섰고 그 옆에 상과대학 그리고 문리대와 법대가 혼합된 소대 편성으로 서울대학교가 한쪽에 몰려 정렬했었다. 그 옆으로 단국대학, 국학대학과 지방대학들도 그 발대식에 함께 한 것 같으나, 여학생들은 우리 사범대학에만 끼어 있었고 타대학은 모두 남학생들만 있었다.

우리 정훈공작대는 국군 정훈 병력에 앞서 선발대로 북한 수복지역에 파견되는 것이며, 그 지역은 대학별로 할당되어 행선지를 그 해당 도내의 중심도시를 근거로 하여 선무 활동을 하도록 짜여 있었다. 우리에게는 황해도가 배정되었고 우리 사범대학 소대의 책임자는 이효걸 선배가 맡게 되었다. 발대식을 마치고 나서 출동할 일시가 하달될 때까지 우리는 준비해야 할 일들이 많았다. 정훈 선무 활동에 필요한 각종 자료를 챙기고 만들며 만전을 기하느라고 정신없이 뛰었다. 떠나기 전날 밤, 우리는 전원이 최 교수님 댁에 집합했다. 마지막 점검이 필요했고 행동 통일을 요했기 때문이다.

나는 집에다 긴 편지를 적어 놓고 동생들 저녁 식사를 도와준 다음 생활필

수품을 넣은 배낭을 메고서는 집을 떠났다. 그렇게 하지 않으면 그 길은 도저히 떠날 수 없다고 판단되었기 때문이었다. 왠지 가슴이 착잡하고 눈물이 맥없이 줄줄 흘러 내렸다. 이미 10월도 며칠 남지 않은 때이니 아침 저녁 선뜻선뜻 바람이 찼다.

언제 돌아오게 될지 모르는 길이었으나 우리는 주저하지 않았다. 어차피 한 번 주어진 목숨을 나라 위해 바치려는 굳은 각오였기에 돌아올 기약은 전혀 기대하지도 않았다. 최 교수님의 격려와 당부를 뒤로 하고 하나로 뜨겁게 결집된 우리는 출동의 새벽을 맞았다.

포탄 위에 몸을 싣고 북으로

1950년 10월 ○일, 새벽 4시경. 우리에게 드디어 북으로 출동할 바로 그날이 온 것이다. 그믐달도 이미 기울어 어두운 새벽녘에 발길을 서둘러 지시된 역에 집결한 것이다. 등에는 겨울을 날 수 있는 옷가지와 생필품 등 준비물을 가득 담은 배낭들을 메고 선무 활동에 쓰일 갖가지 준비물, 즉 현수막 벽보 유인물과 그 밖의 자료들을 꾸린 큰 상자 묶음을 두서너 명이 함께 들었다. 어슴푸레한 등불이 비치는 역내에 석탄이 가득 실린 기관차 뒤에 열두어 칸의 화물열차가 줄을 지어 대기하고 있었다.

우리 대원들을 환송하기 위하여 이곳에 당도한 정훈국 학도의용군 대장인 손 도심 선배가 간단한 환송과 격려의 말을 하고 난 후, 플랫폼이 떠나가도록 우리는 소리 높여 만세 삼창을 외쳤다. '나라를 위해 민주주의를 위해 온몸 바쳐 성공적인 활동성과를 거두어 오리라'는 심정의 외침이었으리라.

마지막으로 거수경례를 하고 차에 올랐다.

　막상 떠나려는 때, 두 남자 선배가 함께 하지 않는 것으로 확인되어 우리 일행의 수는 여성 여섯 명을 합쳐 21명으로 줄었다. 그 때 빠진 두 선배(고 이영덕, 정원식)는 후에 방위군에 입대하여 활동하였고 최근까지도 정부 요직을 맡아 국사에 관여한 바 있는 분들이다. 어쨌든 출정식은 치러졌고 가슴에는 긴장감과 설렘, 미지에로의 불안과 함께 평생 잊을 수 없을 감격의 장면이 아로새겨졌다.

　잠시 후 기차는 서서히 용산역을 미끄러지듯 빠져 나갔다. 열차 칸 안에는 굵직한 포탄들이 가지런히 깔려 있었고 우리는 그 포탄 위에 조심스레 올라타고 갈 수밖에 없었다. 우리와 거의 때를 같이하여 북으로 떠나는 타대학 소속의 대원들은 10월말 찬바람 속에서 트럭 뒤에 실려 가거나 걸어서 떠난 경우도 있었다고 하니, 포탄 위라 할지라도 화물차 속에 앉아서 갈 수 있다는 것은 무척 행운이고 다행스럽게 생각하지 않을 수 없었다. 「화기 절대 엄금」의 상황이고 보니 담배를 피우던 남학생들은 긴 시간 동안을 참느라고 많은 고통을 감내해야 했고 많은 인내심이 필요했다.

　얼마나 걸리며 언제 도착되는지 알지도 못했으나 북으로 북으로 달려가는 기차에 몸을 맡기며 우리는 군모와 군복 차림의 자신들의 사명을 다지고 또 다졌다. 화물차의 입구는 꼭 닫고 가야만 되었기에 차칸 안은 천장에 뚫린 작은 공기구멍 두 개만 열려져 공기가 순환되었고 등불 대신 은은한 별빛이 흘러들고 있었다. 해가 기울어졌는지 막상 어두워지니 우리는 서로 눈빛만을 반짝이며 바라보아야 했고 답답해 오는 마음을 군가를 부르며 뿌리치고 있었다.

　"전우의 시체를 넘고 넘어 앞으로 앞으로. 낙동강아 잘 있거라. 우리는 전

진한다. 원한이야 피에 맺힌……."

부르고 또 불렀다. 어둠이 무겁게 깔린 밤, 얼마나 달려서 어디쯤 왔는지 알 수도 없다. 하지만 우리는 오직 명령에 의하여 어디인지 하차하게 되었다. 그 곳 북한 땅 어느 과수원 속으로 인도된 우리는 원두막에서 그날 밤 저녁 식사를 배불리 먹고 나서 다시 그 기차에 올라탔다.

기차는 북으로 갈수록 덜거덕거리며 가다가는 서고, 또 가다가는 섰다. 어쨌든 이틀 밤을 지내고 난 다음날 아침에서야 목적지인 사리원역에 도착되었다. 지루하고 고달픈 화물차에서 벗어난 일행은 비록 이틀 동안 세수와 양치질도 못한 우중충한 몰골이었지만 도착과 더불어 생기가 활짝 되살아났다. 우리는 모두 차에서 뛰어 내렸고 대장인 이효걸 선배는 이리저리 수소문을 하더니 즉각 우리 숙소로 지정된 곳을 알아내어 안내를 받도록 조치했다. 사리원 지역 주둔 우리 헌병대에서도 우리를 마중 나와 한껏 일행을 반겨주었다.

우리는 잠시의 여독도 풀 사이 없이 다음 날부터 정훈 활동 계획을 재점검하고 구체적 시행 사항을 지역에 맞도록 확정했다. 그러는 동안에 벌써 소식이 전해졌는지 사리원 시내 유지들이 태극기를 들고 우리 숙소를 찾아왔다. 뜻밖이었고 감사하기도 했다. 우리를 백안시하고 접근을 꺼려 하지 않을까 하는 우려도 배제할 수 없는 시국적 상황이기 때문이었다.

아군이 북진함으로써 그 동안 북한 공산 정권에 핍박당해 온 그 곳 주민도 있겠지만 반대로 그 정권 하에서 유리한 처지에 놓였던 더 많은 수의 주민들은 필시 반감을 가질 수도 있으리라는 예측도 들었기 때문에 그들이 우리를 환영하는 것이 우리에게는 여간 격려되고 감사한 일이 아니었다.

더욱 사리원이 고향이던 나의 경우는 조심스러움과 설렘이 엇갈리며 남

113

다른 감회가 있었다. 여하간 우리는 주민들의 대체적인 호응을 긍정적으로 받아들이며 안도의 숨을 쉬었다. 우리 사범대학 대원들은 교육학도인 까닭에 교육기관을 우선 접수하고 그 곳을 중심으로 정훈 선무 활동을 전개하도록 복안을 세웠다.

지금 학교 수를 기억할 수는 없지만 총원이 21명이므로 초·중등학교별로 두 사람씩 짝을 지어 파견토록 했다. 그러니까 우리 대원들은 학년별, 남녀 성별로 배정하여 한 학교씩을 맡도록 했으나 이효걸 대장과 회계(복지, 자료) 지원 담당인 김옥선 동지는 본부 근무로 배정되었다.

우리가 수행하는 구체적 내용은 교사와 학생들에게 우선 반가움과 친밀감을 갖도록 분위기를 이끌어 가면서 먼저 국군에 대한 공포감과 불안을 불식시키며 주민들에게 한국의 진실을 알리고 민주주의를 이해시켜야 하는 일이었다. 이와 같은 정훈 선무 활동이 시급한 실정인데도 군인들의 손이 현저히 미치지 못하므로 대학생들에게 의용군으로 가입시켜 그 임무의 일부를 담당하게 하였던 것이다.

특히 대학생들이 민간인 선발대로 수복지역에 먼저 들어가서 그 곳 주민들에게 무리 없는 선무 활동을 통해 민심을 수습하는 막중한 역할을 수행하도록 한 것이다. 따라서 우리는 수복지구에 대한 정훈 선무의 구체적 사안을 다음과 같이 수행하도록 지시된 바 있었다.

첫째, 대한민국의 건국이념과 민족 정책의 정당성과 이해

둘째, 한국전쟁의 진상과 공산 침략자들의 죄악상 및 그 저의

셋째, 민주 이념과 생활 방식의 이해

넷째, 국군에 대한 신뢰감과 대군(對軍) 협조를 강조하는 일

등이었다. 또 그러기 위하여 대한민국 헌법, 민주주의의 우월성, 또 우리

나라의 건국이념 등에 관한 자료들을 준비해야 했다. 그리하여 사리원을 중심으로 황해도 일대에 걸쳐 활동을 전개해야 했다. 그러나 겨우 21명으로서는 사리원 시내 일원을 장악하는 것도 급하고 힘에 겨운 막중한 과업이라 여겨졌다.

나는 일년 선배인 황종건 형과 짝이 되어 어느 초등학교를 담당했다. 먼저 교사들과 인사를 나누며 함께 교육일정을 상의했다. 전교생을 모아 놓고 애국가부터 가르치고 유인물을 나누어주며 연설도 했다. 참으로 책임이 막중했다. 자칫 잘못하면 빈축을 살 수도 있으므로 실수가 있어서는 안 된다. 상황에 따라서는 대민 접근 방법을 달리해야 했고 방법에 앞서 그들과의 인간적인 면에서 신뢰받는 일이 무엇보다 중요시되었다.

그런 까닭에 우리는 더욱 더 절제 있는 단체 행동을 취해야 했고 그들에게 모범을 보여주어야 했다.

아침 6시에 기상하여 일제히 거리 청소에 나섰다. 눈이 온 날에는 눈 치우기를 했고 맑은 날은 거리를 쓰는 일을 하루도 거르지 않았다. 사리원의 11월은 서울의 정초 한겨울의 날씨와도 같이 추워서 아침 6시 어두컴컴한 거리는 추위로 움츠러들기 쉬운 우리를 맞았다.

7시 반이면 아침 식사, 8시엔 출근하여 하루의 빠듯한 일과가 진행되었다. 가장 신경이 쓰인 것은 그 곳 교사들과의 인간적 관계였고 그들과 원활한 대화와 만남이 날로 부드러워져 갔다. 저녁에는 우리의 자체 협의와 반성, 그리고 다음날의 계획과 자료 준비로 이어졌고, 저녁 7시경 저녁 식사 후에야 자유시간이 주어졌다. 9시 반에 소등 취침 등 규칙적이고 규율이 엄격한 군대 생활에 못지않는 조직적 생활을 자치적으로 잘 해내고 있었다.

모든 대원이 어떻게 그리 묵묵히 협동을 잘 했을까 지금 생각해도 참으로

115

신기하고 대견한 일이다.

주말에는 자유시간이 많아 시장 구경도 하며 시내를 돌아볼 수도 있었다. 한 해 후배인 수학과 장태환 동지는 나를 앞세워 시장을 가더니 그 바쁜 생활 중에서도 공부를 해야 하기 때문에 책상을 사야 한다고 이리저리 시장 바닥을 함께 헤매며 기어이 책상을 사들고 돌아왔다.

어느 일요일, 나는 한 친구와 함께 고향인 대원리 길을 향해 할머니와 작은아버지가 사시는 집을 찾아 나섰다. 작은아버지께서는 큰집인 우리가 남하를 했다는 이유로 많은 고초를 당했고, 집도 땅도 몰수되어 읍에서 좀 떨어진 곳의 자그마한 집에 살고 계셨다. 집과 땅만이 아니라 가구와 수저마저 모두 빼앗기고 쫓겨났다고 하셨다. 할머니께서는 그 당당하시던 풍채는 찾아볼 수 없게 꼬부라지셨으며 작은아버지도 이루 다 말할 수 없는 고초를 당하셨다고 하시며 나를 보시고 눈물을 흘리셨다. 그리고는

"애, 영의야, 난 너 돌아갈 때 꼭 함께 따라가야겠다. 꼭 나를 데려가야 한다. 알겠지!"

하시며 당부하는 것이었다. 그 사이 우리 대원들의 소식이 전해져서 그 곳에서도 우리 학생들의 활동을 알고 계셨다.

그리고 아낌없는 격려를 해 주셨다.

우리들의 활동은 날로 성숙되어 갔고, 정훈 공작 차원이 아닌 정훈 교육의 모습으로 주민들에게 다가갔기에 교사와 학생들뿐만 아니라 지역 주민들의 호감을 살 수 있었다. 사리원은 본래 사과의 산지이기 때문인지 지방 유지나 대표들이 사과를 한 가마니채로 갖다 주면서 감사와 격려를 아끼지 않았으니 우리 동지들의 사기는 더욱 올랐고 더욱 힘을 내어 최선을 다하여 일했다. 참으로 보람 있는 나날이었다.

새벽 2시, 청천벽력의 사태가

1950년 12월, 그 곳 영하의 날씨는 매섭고 눈도 많이 내렸다. 우리 대원들은 어느 정도 안정된 사리원을 벗어나 인근 지역으로 활동을 넓혀 가야 할 것으로 전망했다. 서남쪽으로 뻗어 재령·신천 방향으로 나갈 것인가, 아니면 북쪽인 황주로 이동하여 활동하는 것이 바람직할까를 살피고 있었다.

믿을 만한 소식통에 의하면 황해도 도청소재지인 해주에는 얼마 전에 타대학 동지들이 파견되었다는 정보가 있었기에 우리 분대는 다른 쪽 방향을 택하기로 한 것이다.

한데, 그 즈음이었다. 우리 국군과 UN군이 파죽지세로 북진하는 중 뜻밖에도 갑자기 중공군이 북한 전선에 가세되었다는 것이다. 그리고 그 중공군의 수가 헤아릴 수 없을 정도로 많아 그들의 인해전술(人海戰術) 공세가 집요하다는 소문이 들려왔다. 악재이고 고무적인 상황은 아니었다. 그러나 정확한 사태 추이를 파악한 후에 우리의 거취를 신중하게 결정짓기로 의논이 되었다. 그 동안의 정세로 미루어 볼 때 평양은 물론 원산, 함흥에 이르기까지 신속한 북진으로 압록강까지 밀어붙이면 우리의 숙원인 남북통일이 이루어지리라는 기대와 희망을 쉽사리 우리 뇌리에서 지울 수는 없었다. 본래 전쟁이란 밀리고 밀고 하는 가운데 전개되어 가는 것이 아니던가. 그러나 중공군의 불법 개입설이 나돌아도 잠시 후엔 또 격퇴시킬 것이라 믿고 있었다.

그러던 중 12월도 중순에 접어든 어느 날이었다. 하루의 피곤이 몰려 우리는 깊은 잠에 빠져 있었다. 이때 벼락이 떨어지듯 귓전을 치는 큰 소리에 깜짝 놀라 눈을 떴다.

"비상, 비상."

117

"긴급지시, 비상 긴급지시!"

"전 대원은 즉각 짐을 챙겨들고 밖에 나와 정렬하라!"

숙소의 문짝을 깨어져라 두들기며 우리 헌병이 고함치고 있었다. 정말 날벼락이 아닐 수 없다.

"작전상 후퇴입니다. 여기 대기된 차로 조심해 가십시오, 이상."

헌병은 우리에게 거수경례를 하고는 곧바로 어디론가 사라졌다.

"아니 이럴 수가!"

마음 속으로 외쳐 보았으나 사태는 촌각을 다투는 듯, 한 마디 말도 붙여볼 겨를 없이 우리는 그대로 지시에 따를 수밖에 없었다. 그리고 헌병이 손으로 가리킨 쪽에는 푸른 색칠을 한 공군 트럭이 세 대 대기하고 있었다. 우리는 한순간 이렇게 어이없이 그 곳을 떠나야 했다.

'대체 이것이 무슨 청천벽력이란 말인가.'

그 동안 우리의 젊음을 불태우고 정열을 다 바친 이 땅을 뒤돌아볼 사이도 없이 이대로 떠나야 한단 말인가! 황당하기 이를 데 없질 않는가. 멀어져 가는 숙소의 흐릿한 불빛만을 바라보고 있을 뿐 우리는 속수무책을 뼈저리게 실감할 뿐이었다. 하지만 결코 이대로 끝나지는 않을 것이리라. 기어이 다시 우리는 돌아와 정든 주민들이나 의기투합한 많은 북쪽 동지들과 얼싸안고 만날 날이 곧 돌아오리라 다짐했다.

하나 이것이 마지막이 될 줄이야 누가 알았겠는가! 억울하고 원통한 일이었다. 양단된 국토에 놓인 우리 민족의 운명은 우리 자신의 의지로만 해결될 수 없는 일이었다. 따라서 이 전쟁도 국제적인 여론 즉 UN과 미국의 입장과 판단에 좌우될 수밖에 없었던 것이다. 후문에 의하면 당시 이 사태에서 후퇴냐 전진 통일이냐 하는 문제가 미국 트루만 대통령과 UN군 총사령관이던 맥아더 장군 사이의 쟁점이 되었다고 한다.

어쨌든 이런 사태 속에서 가장 충격적인 일은 지금까지 우리들의 활동에 협조적이고 동조적이며 마음 속 깊이 대한민국 이념에 공감하던 북한의 모든 주민들의 신변 문제일 것이다. 한 마디 내색조차 없이 한밤중에 사라져 버린 우리가 얼마나 원망스럽겠는가! 얼마나 큰 배신감으로 상처를 입었겠는가! 우리의 심정은 너무도 암담하여 모두 말없이 절망적인 얼굴을 하고 앉아 있었다. 남겨진 그들이 받아야 할 심신의 고초는 충격 이상의 엄청난 생존의 문제로, 생사를 좌우하는 일임을 우리는 너무도 잘 알고 있는 때문이다. 그런 상황을 우리가 너무도 잘 알고 있던들 우리가 할 수 있는 일이란 하나도 없는 것이다. 때로는 차라리 그 곳에 가지 않았던 것만 못하지 않았을까, 후회 섞인 죄책감이 지금까지도 지워지지 않는다. 더더욱 나의 친숙부님이 그렇게도 당부하시던 목소리가 매서운 새벽바람을 헤치고 달리는 트럭 뒤에 쪼그린 내 귓가에 쩽쩽 울려와서 가슴이 터질 것 같은 슬픔과 착잡함에 몸을 떨고 또 떨었다.

우리가 탄 트럭은 엄동설한 포장도 되어 있지 않은 길을 마구 달리다가 어느새 꼬불꼬불 산골짝 가파른 고개를 힘겹게 오르고 있었고 어슴푸레 동녘이 밝아 오기 시작했다. 필시 사리원에서 개성을 향한 국도라 짐작되었고 포장이 안 된 도로는 험하고 덜컹거림이 심했다.

또 그 곳에 검문소가 있어 UN군 헌병의 삼엄한 조사를 받아야 했는데 특별 비상시기이기 때문인지 어느 초소에서는 모두 내려져 낭떠러지 끝에 한 줄로 세워졌다. 그리고는 한 사람 한 사람씩 가슴에 총구를 들이대면서 일일이 몸 수색까지 당하기도 했다. 일부 북한 정치 요원들이 남한 군속을 가장하고 남하하는 사례가 있어 경계가 삼엄하고 취조가 매우 철저한 때이기도 했다.

어쨌든 만에 하나 의심의 여지가 있을 경우 그 자리에서 체포 사살될 만큼 비상시국 하에 놓였던 '작전상 후퇴'의 길을 초긴장 속에서 서울을 향해 달렸다. 내 부모형제가 기다리는 그리운 서울을 향해 달려갔다. 크리스마스를 며칠 앞둔 서울 거리에도 역시 작전상의 후퇴로 인한 본격적인 피난이 시작되어 있었다. 어두컴컴한 거리에는 사람의 그림자를 볼 수 없었으며 무겁고 섬뜩한 분위기마저 느껴져 을씨년스럽기만 했다.

베를린 장벽은 무너졌는데 우리의 휴전선은 언제 풀릴까

1990년 겨울이 깊어 가는 어느 날, 나는 한 송년 모임에 참가하고 있었다. 30년이 넘는 긴 세월을 한결같이 만나오던 대학 동문 선·후배 이십여 명이 한 자리에 모인 것이다. 평소 모이던 때보다 푸짐한 식탁이 연말 연회석의 분위기를 한껏 돋게 하는 것 같았다. 이야기꽃이 무르익어 가니 지나간 학창 시절에서부터 오늘에 이르는 갖가지 화제가 이 구석 저 구석에서 풍성하게 엮어져 달아오른다.

"올해 회갑을 맞으신 분들 소감이 어떠신지 한 마디씩 말씀하시지요, 뭐든 좋으니까요, 그냥 넘길 수는 없지 않아요?"

세 사람은 차례로 일어서서 나름대로의 느낌이나 소감 발표를 하게 되었다. 나는 차례가 되자 자리에서 일어나 떨리는 목소리로 말문을 열었다.

"저는 오늘 이렇게 살아서 이 날을 맞으니 너무도 감사하고 감격스러워 가슴이 벅차오릅니다. 왜냐 하면, 첫째는 지난 8월 초 저는 백두산을 다녀왔습니다. 비록 중국과 국교 정상화가 이뤄지기 전이기 때문에 저의 제2의 고향인 길림(吉林)까지는 못 가보았습니다만 우리 민족의 영봉 백두산에 올라 소리 높여 만세를 부르며 천지의 물에 손을 담그고 통일을 기원할 수 있었기 때문입니다. 그리고 또 다른 이유는 얼마 전 독일의 베를린 장벽이 무너졌기 때문입니다. 베를린 장벽의 붕괴는 독일 공산 정권의 멸망이고 그것은 바로 민주주의의 승리라고 생각됩니다. 저는 어려서 민주주의를 갈망하여 북한을 탈출하여 목숨 걸고 사선을 넘어 남하한 월남 피난민이기 때문입니다. 6.25가 터지자 피난길에서 기총소사의 세례 속에서 살아남았어요. 그 후 서울이 수복되었고 국군이 북진하는 뒤를 따라 학도의용군으로 자원하여 작은 힘이나마 조국을 위하여 몸 바치려 최선을 다하며 살아온 것입니다. 그리고 그 어려운 난리 통에 무사히 살아남았습니다. 그러니 죽을 고비를 몇 번 넘어서 살아나 올해 환갑을 맞았으니 만감이 교차되고 얼마나 감격스러운지 모릅니다. 비록 남의 나라지만, 공산주의가 멸망하는 진리의 귀결을 살아서 보게 되었으니 저의 역경의 승리 같은 기분이 들며 가슴이 벅찹니다."

나도 모르게 목이 메어왔고 뜨거운 눈물이 주르르 흘러 내렸다.

그리고도 벌써 몇 해가 지났는가! 오늘 우리는 또 다시 6.25 발발 49돌을 맞게 된다. 또 다른 감회와 애통한 심정에 젖어들며 답답하고 안타까움을 금할 수 없다. 왜 유독 우리에게만 아직 민족의 분단이 남아 있어야 하나? 무엇이 잘못되었기에, 아니면 어떤 시련을 더 겪어야 이 앙금과 맺힌 고리가 풀린다는 말일까? 삼 년여의 전쟁으로 폐허와 피로 얼룩졌던 산하(山河), 그 후 47년 동안 휴전이라는 이름의 냉전 속에서 언제 터질지 모르는 시한폭탄을 안고 우리는 아직도 그들의 온갖 전쟁의 위협과 공포의 악몽을 못 벗고 있다. 바로 지난 해 6월 16일에는 50대의 트럭에 황소 500마리를 싣고 정주영 현대 명예회장이 방북을 하지 않았는가. 이 일은 전세계의 이목을 끌었으며 평화를 상징하는 소떼가 지구상에서 가장 첨예한 군사 지역인 DMZ를 넘어가 세계 최초의 민간 황소 외교가 이루어졌다는 긍정적 반응을 일으키기도 했다.

그럼에도 불구하고 이 또한 어찌하랴. 며칠도 지나지 않은 6월 22일, 북은 또 잠수정을 속초 앞 바다까지 침투시켜 우리를 혼란 속에 빠트리려 하지 않았는가! 이토록 충격적인 배신행위가 어디 있겠는가. 그뿐이랴. 지금 금강산 유람선이 남북한을 유유히 오가고 있는데도….

어느 철학자가 말했듯이 '역사는 되풀이 된다' 고 함이 요즈음처럼 실감나게 와 닿는 때가 없는 것 같다. 한껏 만 불 소득의 꿈에 부풀어 낭비와 사치에 치닫던 우리들 앞에 IMF 사태는 생각보다 심각한 상황으로 다가왔다. 북한 공산정권의 반민주적 무모함과 도발적 행위에의 대처와 더불어 IMF의 험난하고 높은 파고(波高)를 어찌 헤쳐 나갈 것인가! 아직도 불안 요인이 산재해 있다. 이것은 대통령이나 어느 한 사람의 힘으로 해결하거나 극복할 수는 없을 것이다. 온 국민이 손을 맞잡고 단결하는 일이 급선무이다. 정부와 국민 모두가 하나 되어 뭉치는 구심점이 필요하다.

60년대 헐벗고 굶주린 시절의 새마을 운동처럼 이 시대 온 국민의 마음을 결집시킬 정신적 지주와 미래에의 지표, 즉 '비전' 이 어느 때보다 절실한 시점임을 외치고 또 외치고 싶다. 그리하여 나의 살아남은 이 보람을 조국 통일과 재건에 일익을 바치고 싶다. 오늘의 이 난제를 무엇으로 어떻게 풀어가야 할 것인가를 생각하며 이 글을 맺는다.

(1999. 9. 28)

3
시간이 멈춰 선 자리

낙엽이 흩날리는 스산한 늦가을 어느 날,
커피 한잔을 들고 아파트 창밖을 내려다보던 그녀는
불현듯, Y 교수와 그 아들의 이야기가 떠오르며
갑자기 얼굴이 화끈 달아올라
온몸이 움츠려져 눈앞이 캄캄해 왔다.
어머! 아버지에게 눈 부라리며 소리쳐 대든 그 외아들,
그리고 아버지 빈소에서 눈물 한 방울 흘리지 않은
내 모습이 무엇이 다를까! 아니야!
어쩌면 맞대고 고함친 게 더 인간적이 아니었을까.
자식의 흠을 묵묵히 가슴에 품은 채 눈감으신 나의 아버지!

– 〈사랑의 부메랑〉 중에서

비취빛 삶이고 싶어

'빛과 소리!' 불현듯, 눈앞에 무지개가 활짝 떠올랐다. 나의 뇌리에 깊고 선명한 일곱 가지 색깔이 또렷하게 찍힌 무지개는 몇 해 전 하와이 앞 바다를 가로질러 커다란 반원을 그리고 있었다. 단지, 햇빛이 물방울에 반사되어 만들어진 무지개를 아름답다 함은 하늘 높이 활짝 떴다가 금세 사라져 버리기 때문이라 한다. 하지만 그 여운은 사람들 가슴에 오래도록 사라지지 않고 머물러 있다. 그러기에 무지개는 그 곳 하와이 사람들의 꿈이고 희망이며 상징이라고 하던 말이 잊히지 않는다.

만일, 빛이 없다면 이 세상은 어떻게 되었을까. 나는 멕시코 크루즈를 하던 때, 망망대해인 태평양 한가운데쯤이라는 '산루카스곶'과 '만사나오 항구' 근방의 바다를 출발 닷새째 되던 밤에 지나가고 있었다. 다행히 다음 날 아침은 날씨가 쾌청하여 해돋이가 깨끗이 보인다는 안내방송이 선실에 전달되었기에 예고된 새벽 6시 52분이 임박한 때를 놓칠세라 갑판 위로 나섰다.

캄캄한 어둠의 막이 사방에 무겁게 드리우고 있어 바다와 하늘은 오직 검은 한 덩어리일 뿐 철벅이는 파도소리만이 내가 바다 가운데 서 있음을 느끼게 했다. 한순간, 번뜩하며 실오리 같은 황금빛살이 칼로 금을 근 듯 그 어둠을 짝 가르며 그사이로 이글이글한 태양이 솟아나 둥근 모습을 드러내기 시작했다. 나는 그 놀라운 광경에 빨려들고 있는데, 갑자기 주변에 천둥소리와도 같은 울림이 갑판 손잡이에 기대선 내 귀를 꽉 막아 버렸다. 대양의 해돋이는 아마도 그런 뇌성마저 동반하는 것이 아닐까 싶었다.

마치 태초에 세상이 열리는 빛과 소리를 들은 것 같고 꿈속인 것도 같았으며 장엄한 교향곡이 울려 퍼지듯 온 세상이 황홀하고 눈부시며 심장이 뛰었다. 태평양의 해돋이는 그토록 웅장하며 신비로워 나는 숨을 멈춘 채 정신없이 서 있을 수밖에 없었다. 이런 엄청난 현장에 내가 서 있게 되다니! 나도 모르는 새에 두 손을 모아 경이로움을 삼키고 있었다.

정녕, 빛은 색을 입히니 사람이 눈으로 볼 수 있지만 몸으로 느끼지는 못한다. 허나 소리는 색이 없어 형체는 볼 수 없는 대신 귀로 들으며 몸으로도 느끼고 마음으로도 들을 수 있는 것 같았다. 하니, 성철스님은 법어에서 '보이는 만물은 관음(觀音)이요, 들리는 것은 묘음(妙音)이라. 보고 듣는 이밖에 진리가 따로 없다'고 하셨나 보다.

분명 빛은 태양에서부터 나온다. 빛이 있기에 만물이 그것으로 인해 반짝이며 빛깔과 빛살, 빛무리가 흐트러져 어둠 위에 밝은 흔적을 수놓는다. 바다 위, 파도자락, 산기슭, 나무와 숲 속을 비칠 뿐 아니라 그림자조차도 빛이 만들어낸 동반자이며 그 빛은 또 다른 빛을 낳지 않던가. 구름 사이로 새어 나온 햇살이 물결 위를 은빛으로 물들이며 출렁이게 한다.

신비로운 빛! 창조주의 오묘한 예술작품이 아니고서야 어찌! 진정 우리의 일상은 빛을 따라 하루가 열리고 생명이 꿈틀거리며 만물이 변신을 하며 함께 소리를 내며 이어져 가는가 보다. 아침이 열리는 소리, 나뭇가지에 물오르는 새순이 싹트는 소리 등, 남 몰래 아픔 삼키는 절절한 몸짓으로 들려오는 소리도 있듯이 소리 없는 움직임이 어디 있던가.

따라서 사람의 일생도 빛과 소리로 점철되어지니 그것은 곧 만물의 생명을 잉태시키며 미래의 희망을 낳게 하는 크고 무한한 사랑이라 해야 할 것 같다. 그렇다면 생명의 원초적 빛깔이란 어떤 것일까. 아이들은 천연색인 자연이 아닐까. 청소년들은 순수하고 꿈에 부푼 장밋빛 또는 무지갯빛 인생, 의욕과 정열에 불타는 젊은이는 무슨 빛깔에 비할 수 있으며 세월 속에 묻혀 중후해진 삶은 보랏빛 또는 소박한 황톳빛이라 할까. 그 속에서도 사람들은 모두 각기 개성적인 다른 빛깔로 자신을 담고 있는 것 같다.

그렇다. 사람마다 자신이 지닌 빛과 향기, 거기서 담아내는 소리가 있을 것 같다.

그것은 원천적으로 조물주와 자연에서 얻어진 귀하고 소중한 생명 그리고 삶 그 자체인지도 모르겠다. 내 자신뿐만이 아니라 이웃은 물론 온갖 무생물에까지 모두 그 자체의 빛깔을 가지거나 담고 있는 것이라 미루어진다. 하면, 나는 어떤 빛이며 무슨 빛깔에 몸을 담고 있는 것일까. 그동안 살아온 독자적인 내 삶의 특성, 풍기는 체취나 성향이 담긴 나의 빛은 무엇인지 반문해 본다.

딱히 알 수는 없는 것 같다. 다만 내게 좋아하는 빛깔이 뭐냐고 묻는다면 나는 주저 없이 비취(翡翠) 빛이라고 말하고 싶다. 너무 강하지 않으면서 은근하고 끈기 있는 이성적인 맑고 차분한 분위기를 담고 있기에 내 마음을 끈다. 비취색은 사전에 고려청자의 깊은 맛을 느끼게 하는 도자기의 쪽빛 푸른 색으로 윤이 나고 아름다워 누구나 따를 수 없는 신비한 비색(秘色)이라고 풀이하고 있다. 얼마나 멋진 빛깔인가.

비록 내가 그처럼 멋지고 우아함을 갖지 못할지라도 그리 되기를 바라는 마음이 간절한 때문이리라. 어느 분이 내게 지어준 필명이 '취원'(翠園)이라 했을 그 때의 기쁨은 무슨 말로 표현할 수가 있었을까.

어느 봄날 고로쇠 물 체험에 나선 정선 오지의 산길에서 한 스님을 만났다. 해발 700m 고지인 그 곳 박지산 암자는 우리나라에서 제일 맑은 정기가 서린 생명력이 넘치는 비취빛 살이 솟는 곳이라 건강을 되찾으려 머물고 있다고 했다.

나는 뜻밖에도 가슴과 온몸으로 생동감 넘치는 정기를 쏘이는 축복 속에 신비의 체험을 안고 비취빛 요정들의 함성 같은 산울림에 취한 맘을 추스르며 귀갓길에 올랐다. 차분하고 멋진 비취빛 같은 맑고 푸른 내 삶이기를 염원하면서.

(2007. 2. 10)

127

꿈속에 피어난 꽃

　'마음의 결백, 청순한 마음' 이 꽃말인 연꽃. 진흙탕 속에 뿌리내리며 자라면서도 갖은 오탁(汚濁)을 정화시킨 채, 고고히 물 위에 떠올라 해맑고 향기 은은히 피어나는 연꽃을 나는 사랑한다. 썩어 더러운 오물과 함께 얽혀 숨쉬면서도 청신한 기품이 넘쳐 흐르며 환상적인 아름다움을 지닌 연꽃은 내 삶의 귀감이기를 흠모했다고 할까!

　내가 태어나던 어느 일요일. 잠시 낮잠에 빠져들던 아버님은 꿈속에 파란 연못에 아름다운 연꽃 한 송이가 활짝 피어 오르는 것을 보시고 '아, 딸이겠구나' 하는 순간 잠에서 깨나셨단다. 드디어 딸아이는 태어났고, 아들이 아니어서 실망도 컸지만 환상적인 꿈속의 연꽃을 잊지 못해 딸의 이름을 연자(蓮子)라고 지어주셨다.

　물론 초등학교에 입학할 무렵 지금의 이름으로 바꿔서 호적에 올리셨다지만. 연꽃은 이런 인연으로 내가 유독 좋아하게 된 것만은 아니다. 청빈한 우리의 옛 선비처럼 인생에 높고 깊은 가르침을 보여주고 있기 때문이다.

연꽃은 '처염상정'(處染常淨) 깨끗한 물에서 살지 않는다. 더럽고 추하게 보이는 물에 살지만 그 더러움을 조금도 꽃이나 잎에 묻히지 않는다. 그리하여 언제나 곱고 깨끗하며 밝고 깔끔함을 보여준다. 또 '화과동체'(花果同體) 꽃과 열매가 동시에 맺어져 여무니, 항상 겉과 안이 투명하게 일치되는 인과(因果)의 도리를 보이므로 우리의 온갖 행위가 그 도리를 깨닫지 못해 죄를 범함을 일깨운다. '불여악구'(不與惡俱) 연꽃 잎 위에는 한 방울의 오물도 머무르지 않는다. 물이 연잎에 닿으면 그대로 굴러 떨어질 뿐, 물방울이 지나간 자리에 어떤 흔적조차 남지 않으니 어떤 혼탁함이나 불순함에도 섞이지 않는 고고함을 지녔으며, 오랜 세월을 두어도 결코 싹트는 힘을 잃지 않는 생명력의 끈기와 의지를. 그리고 '계향충만'(戒香充滿) 연꽃이 피면 시궁창 냄새는 사라지고 향기가 연못에 가득하다.

마치 한 자루의 촛불이 어두운 방을 환히 밝히듯, 한 사람의 인간애가 사회를 훈훈하게 만드는 것을 시사해 준다. 뿐만 아니라, 열매는 물론 꽃과 잎, 뿌리 등 어느 것도 버릴 것이 없이 아낌없이 모든 것을 우리 생활에 베푸는 큰 덕을 갖추고 있질 않는가.

그러하니 감히 왕좌를 버리고 홀연히 고행 길을 택하신 석가 부처님의 높으신 가르치심의 상징으로서 연꽃을 승상함에 무슨 부족함이 있겠는가.

어렸을 한때, 감당하기 어려운 삶의 고비에 처한 때, 어떤 더러움이나 시궁창에서도 반듯하고 우아하게 살아나 향기 그윽하게 피어나는 연꽃에서 나는 흔들리지 않는 청빈함과 큰 희망을 얻은 것 같다.

참으로 나는 연꽃 꿈의 효험을 많이 본 것 같으며, 내가 부처님 곁을 떠나지 못하는 연유 또한 그 인연에서인가 싶다.

(2005. 6. 17)

시간이 멈춰 선 자리

한적하고 아담한 간이역, 양평 구둔역을 향해 차는 달리고 있었다. 구둔역과 이어진 마을에 그녀가 이뤄 놓은 자미원(紫微園) 동산이 있다. 시선이 머무는 곳마다 연두색 신록이 눈부신 5월, 아름다운 봄 풍경이 창밖을 흐른다. 계절을 잊은 듯 5월 초까지만 해도 겨울을 들락거리던 날씨가 며칠 사이에 이리도 화창한 봄 날씨를 불러 올 줄이야.

제자들과 두 대의 차에 나누어 타고 30분 남짓 달린 것 같다. 기사 옆자리에 앉아 간간이 길 안내를 하던 그녀는 '제가 웃기는 이야기할게요' 하고 말을 꺼낸다.

얼마 전에 친구인 K가 찾아왔더란다. 자신의 재혼문제를 놓고 고민 끝에 상담하러 온 것이다. 절대 재혼 같은 건 안 한다던 K는 친구의 강요에 못 이겨, 어느 날 선보는 장소에 나가게 되었다. 인사를 나누고 고개를 드니 70대 초반이라는 그 노신사는 어디선가 본 듯한 낯익은 얼굴인 것이다.

잠시 후, K는 떠오르는 기억에 소스라치게 놀라고 말았다.

그 남자는 바로 중학교 때 선생님이었기 때문이다. 이럴 수가! 당혹스런 K
는 다시는 만나기를 거부했으나, 그 상대는 매우 적극적일 뿐 아니라 상사병
까지 얻게 되었다는 거다. 진퇴양난에 처한 K는 괴로운 심정으로 평소 속 깊
고 친숙했던 그녀와 상의하고 싶어 왔다는 것이다.

"그래, K에게 뭐라고 했어?"

그녀는 단호한 어조로 '절대 하지 마라. 그건 불행의 씨가 될 테니까'라고
해줬지요. 이젠 K도 마음을 잡았고요' 하며 '으흐흐' 소리 내어 웃으며 고개
를 돌려 내 표정을 살핀다.

나는 속으로 '요즘 세상이 바뀌어 재혼하려는 풍조가 강한데, 아직 젊은
사람들이 어째서?' 하는 의아한 심정으로 친구에게 '대단한 일했네' 하자,
평소 과묵한 그녀답지 않게 앞만 보고 달리는 기사를 향해 '기사님도 들어
보세요. 아마도 인생 공부에 도움이 될 거예요' 하며 이번에는 자신의 지난
날을 들려주기 시작했다.

6.25 피난시절, 검사였던 그녀의 친아버지는 검찰청 선발대의 책임을 지
고 미리 서울에 와서 근무하게 되었다. 정부가 수복 전이라 부산의 가족과
떨어져 검찰청 당직실에서 기거하며 근무하던 어느 여름 밤, 약주에 취해 옥
상에서 더위를 식히다가 발을 헛딛는 낙상사고로 아버지는 어이없게 돌아
가고 마셨다. 그녀가 초등학교 2학년 때 일이다. 어머니는 어린 사남매를 거
느리고 외로운 고생길에 접어들었고 경제적 도움이 필요했기에 호구지책으
로 재혼을 한 것이다.

새아버지는 마음이 따뜻하고 착한 분이었지만 그녀와 오빠는 집에 마음
을 붙이지 못하고 어두운 세계를 헤매며 갈등 속에 살아가야 했다. 학업에도
집중 못한 채 큰 상처를 안고 방황하였으니 이것이 가정의 비극이 아니고 무

엇이랴. 차라리 밥을 굶을지언정 엄마랑 오순도순 살았더라면 좋았을 것을, 오빠는 지금도 엄마와 연락을 안 한다며 씁쓸하게 웃음을 흘리며 말을 맺었다.

하지만 정작 씁쓸하고 바늘방석에 앉은 듯 가슴 저린 것은 다름 아닌 그녀의 눈물어린 이야기를 듣고 있던 바로 나였음을 누가 알랴. 고등학교 시절 그녀의 담임이었던 내게 비친 그녀는 항상 반에서 수석을 다툴 만큼 학업에 뛰어났고 학급의 반장이라는 직책을 맡아 기꺼이 봉사했다. 새아버지 밑에서 살지만 매사에 심지가 깊고 과묵한 아이, 가끔 그늘져 보이긴 했지만 착하고 대견한 모범생으로만 알고 있었다. 어려서 불의의 사고로 친아버지를 잃은 아픔, 사춘기에 새 아버지 밑에서 얼마나 마음의 갈등과 상처를 안고 살아왔는지. 미처 거기까지는 살펴볼 생각은 못하였으니, 비록 50년이 지난 지금이라도 두 손을 뜨겁게 맞잡아주고 싶었다.

'미안해! 헤아려 주지 못해 미안했어. 그런 줄은 몰랐어.'

하나, 마음일 뿐, 앞에 앉은 그녀의 눈빛조차 읽을 수가 없었다. 그 순간 시간이 정지되어 50년 전의 그녀의 아픔 속에 나의 몸과 온 정신이 함께 빠져든 것 같았다.

자미원동산은 황홀했다. 두 줄기의 분수는 우리를 환영하듯 하늘 높이 치솟았고 붉고 희고 노란 아젤리아 꽃들이 활짝 피어 꽃무리로 넘실거렸고 갖가지 과수가 저마다 뽐내듯 꽃향기를 뿌리고 있다. 주변에 흐드러지게 피어난 예쁘고 앙증맞은 야생화들, 무릉도원이 이보다 아름다울까 싶었다. 어릴 적 가난과 슬픔과 아픔을 딛고 이룩한 주인공의 순수한 아리따움이 그곳에 녹아든 것이리라.

나는 멈춰진 시간 속에서 겨우 헤쳐 나와 차려진 식탁 앞에 이끌려갔다. 그녀가 전날 와서 준비해 놨다는 비빔밥이 기다리고 있단다. 둥근 식탁에 여덟 명의 제자들과 삥 둘러앉아 함께 머리를 숙였다.

"반세기 전 한 반에서 함께 공부하던 친구들이 산전수전 겪으며 오늘이 있기까지 살아남아 선생님을 모시고 이 자리를 가질 수 있는…… 아멘."

눈을 뜨고 수저를 들려던 순간 '와아우~' 하는 탄성과 동시에 모두 숨을 멈춰야 했다.

비빔밥그릇 속에 담긴 것은 야채도 나물도 아니었다. 거기엔 제비꽃, 보랏빛 꽃송이들, 하얀 빛 냉이 꽃송이, 그리고 꽃다지 노란 꽃송이가 파릇한 쑥과 어우러져 흰 쌀밥 위를 장식하고 있지 않은가. 그 곳의 오염되지 않은 자연청정의 야생화 꽃송이비빔밥. 아니다. 이것은 그녀의 정성이고 땀과 눈물이며 필생의 삶의 보람이 담겨 있는 것이다. 뿐만 아니라 함께 한 그녀들 모두의 삶의 역경마저도 다 싸안아 버무린 비빔밥이며 꽃송이 송이가 유독 불우한 환경에 놓였던 그녀들의 눈물인 양 내 눈에 아롱거렸다.

나는 간신히 빠져 나온 시간 속으로 다시 걸음을 옮겨 그 안에 섰다. 어이없는 일이었다. 내 딴에 '순간순간 최선을 다하는 삶'을 표방하며 부끄럽지 않으려 살아왔다. 그리고 명색이 학생지도 우수교사, 카운슬러로 평생을 쏟아왔건만 그것은 얕은 물에서 첨벙대던 일이었나 보다.

인간에게 후회 없는 삶이란 불가능한 것일까. 눈부신 햇살마저 쓰디쓴 비웃음인 양 번져 오는 것은 시린 가슴의 아픔 탓일까. 멈춰진 시간 속에 남겨진 아련한 내 모습이었을까.

(2010. 5. 17)

고난과 역경은 은총의 뜨락

독일 태생의 영국 작곡가 헨델(1665~1759)은 악성(樂聖)이라고 불릴 만큼 세계 음악사에 큰 자리를 남겼습니다. 아버지의 권유로 법률 공부를 하던 그는 18세 때 고향을 떠나 객지를 떠돌며 음악의 길로 접어들었습니다.

20대 후반인 1711년 그는 재능을 인정받아 영국 여왕의 특별한 비호를 받을 정도로 명성을 떨쳤습니다. 그러나 그의 인기는 이때부터 점점 떨어져 마침내는 사람들에게 버림받게 되었습니다. 그런 데다 갑자기 건강마저 잃고 반신불수가 되고 말았습니다. 그는 병을 고치려 온갖 노력을 했지만 빚만 잔뜩 걸머진 채 건강을 회복하지 못했습니다. 오히려 빚쟁이들에 의해 감옥에 들어가는 최악의 상태가 되었습니다.

그러나 그는 이런 참혹한 절망적인 상황 가운데서도 꿈을 잃지 않고 위대한 명곡 '메시아'(Messiah)를 작곡하여 다시 재기할 수 있게 된 것입니다. 만약 그가 이러한 고난과 아픔을 맛보지 않았다면 사람들의 영혼을 울리는 그 같은 불후의 명곡을 만들 수가 있었겠습니까.

'헨델'은 그의 음악으로 많은 사람들 가슴에 큰 감동을 주었을 뿐 아니라, 그가 보여준 삶 자체가 또한 인간승리의 큰 교훈이자 감명으로 후세에 널리 전해지고 있습니다.

이렇듯 세계적인 명성을 남긴 유명인들의 삶은 결코 순탄하기보다 고난과 역경의 토양에서 배양되고 성취되었음을 놓칠 수는 없을 것입니다. 아니, 비록 이름 없이 평범하게 산 사람일지라도 한 사람이 일구어 낸 그 나름의 성취 뒤에는 남모르게 흘린 땀과 눈물의 흔적이 있기 마련입니다.

어느 날, 나는 한 직장에 근무하는 젊은이들에게 강의를 하고 있던 중이었습니다. 한 청년이 질문이 있다고 해서 들어보니, 제 자신의 성장에 대한 것이었습니다. 그 요지는 '선생님은 얼마나 유복한 가정환경이었기에 그 옛날 딸을 고등교육까지 시키며 부모의 뒷받침으로 해서 교육계에서는 최고의 영광인 교장의 자리까지 갈 수가 있었느냐?' 하는 조금은 빈정거림이 섞인 듯한 내용이었습니다. 갑자기 나온 질문이라 나는 어리둥절하여 한동안 멍하고 있다가 지난날을 사실대로 솔직하게 털어놓기로 하였습니다.

나의 가족은 해방 이후, 그 동안 10여 년을 살아온 중국의 만주지방에서 집과 땅 등 모든 것을 포기한 채 맨손으로 광복을 맞은 조국을 향해 달려 나왔습니다. 그러다 보니 식구는 많고 가진 것이 없어 살림이 매우 궁핍했습니다. 여덟 남매의 맏이인 나는 형제가 많고 집안이 어려워 가정교사와 아르바이트를 겸해서 자신의 대학 등록금을 마련해야 했습니다. 그러다 대학 2학년이 되던 해에 6.25 전쟁이 터졌고 그나마 가정경제를 짊어지고 계시던 어머니께서 피난지에서 병환으로 쓰러져 돌아가셨습니다. 하늘이 노랬습니다. 어떻게 살아가야 할지 막막했습니다. 어머니는 아직 젊은 마흔 여섯, 줄줄이 이은 일곱 동생들. 막내가 겨우 여섯 살이었습니다. 그러니 떠나신 어머니께서는 편히 눈을 감지 못하셨습니다.

나는 방 한 칸 없는 피난지에서 어린 동생들을 이끌며 먹이고 살아가야 하는 큰 짐을 지고 휘청거려야 했습니다. 동생들이 한둘이면 어떻게 될 것 같았습니다. 그러나 그 어느 누구도 남에게 맡기거나 떼어 놓을 수도 없었습니다. 골고루 돌보며 공부도 시켜야 하는 것은 참으로 버티기 어려운 가장(家長)의 역할이었습니다. 나에게 주어진 고통과 고난, 그리고 역경은 이루 말로 다 할 수 없었습니다. 이래도 저래도 못할 막다른 길목에서 나는 몇 번인가 한강 다리에 나가 흐르는 강물에 몸을 던져 버리려고도 했습니다. 어둠이 깔린 물결 위에 돌아가신 어머니의 얼굴이 어른거리며 다가왔습니다.

"얘야, 너마저 없어지면 저 어린 동생들은 어떻게 살아갈 수 있겠느냐?"

어머니의 음성이 귀를 스쳐갔습니다. 눈물이 앞을 가리니 다시 죽을힘을 내어 살 수밖에 길은 없었습니다.

50여 년 세월이 흐른 지금 새삼 그 험하고 막막했던 길을 어떻게 헤쳐 나왔는지 돌이켜 보기조차 힘겹고 괴로운 일입니다. 그런 가운데서도 나는 언제나 희망과 꿈을 가지려 했습니다. 그리고 후회 없는 순간순간을 위하여 혼신의 노력을 기울이며 안간힘을 썼습니다. 역경을 딛고 7전(顚) 8기(起)한 훌륭한 분을 떠올리며 나 스스로를 격려하고 채찍질도 했습니다. 그 결과 오늘 이렇게 여러분과 만나 이야기를 나눌 수 있는 영광과 보람을 얻은 것입니다. 나에게 있어서도 고난과 역경은 희망을 움트게 하는 소중한 뜨락이었습니다. 그리고 고통과 시련은 은총의 꽃을 피우게 하는 거름이었습니다.

예전에는 은혜만이 신의 축복이고 사랑인지 알았습니다. 하지만 어느 날 나는 우연한 기회에 아래와 같은 기도문을 만났습니다.

> **우리의 기도** —작자 미상—
>
> 주여! 전에는 제가 철이 없어 은혜가 시련보다 좋은 것이라 생각했고 시련은 없어지기를 기도했습니다. 그러나 이제야 깨달았습니다. 은혜만이 축복이 아니라 시련도 축복인 것을. 시련에서 받는 은혜는 한없이 고귀하고 시련처럼 보배로운 것은 없다는 것을…. …(후략)…

그렇습니다. 긴 평생을 겪고 보니 고난과 역경은 더 깊은 사랑의 선물이었음을 나는 비로소 깨달았습니다. 얼마나 감사한 일입니까!

나의 이야기를 듣는 청년들의 눈빛이 바뀌고 있었습니다. 그들의 눈망울이 초롱초롱한 빛으로 빤짝이며, 마치 나를 빨아들일 듯한 강한 힘을 느끼게 했습니다. 그들 가슴 속에 강한 의지와 드높은 희망이 불길처럼 솟아오름을 느낄 수 있었습니다. 얼마나 귀하고 소중한 체험입니까! 참으로 가슴 뿌듯하고 감사한 날이었습니다.

(2002. 3. 2)

한 잔의 커피

구수한 한 잔의 커피 향은
봄 여름 가을 겨울
나의 사계절을 출렁이며 그리움의 계곡으로
빠져들게 하누나

아릿한 한 잔의 커피 맛은
깊은 곳 숨겨진 남다른
나의 애환의 갈피를 넘나들듯 향수(鄕愁)의
마디를 적시누나

모락모락 한 잔의 커피에서
번져나는 서린 김은
나의 상처 입은 흔적 살포시 감싸 안고
매만져 주누나

따끈한 한 잔의 커피
찻잔 사이 두고 떠오르는 그리운 얼굴
나의 못다 전한 마음 이어가는 오롯한
만남이 되누나

(2010. 10. 4)

翠園 金榮義 일곱 번째 수필집

비취빛 삶이고 싶어

무임승차 유감

우리는 불과 6분쯤 기다린 후에 바로 천안행 국철로 서울역 홈을 떠나고 있었다. 그동안 모시던 시어머님을 여읜 친구가 아들 내외가 운영하는 병원이 있는 그곳으로 낙향하여 아담한 새 둥지를 틀었다기에 집들이를 겸한 나들이를 떠난 것이다.

마치 소풍가는 아이들처럼 들뜬 마음을 안은 채 달리는 차창 너머로 스쳐가는 초가을의 햇살 속에 단풍으로 물들어가는 먼 산자락의 아름다움에 빨려든다. 세계 어디에 내놔도 손색 없는 아리따운 금수강산, 그 하늘은 무엇에도 비할 수 없는 색상을 우리 가슴에 새기게 한다.

천안이 어디인가, 천안 삼거리 흥타령으로 이름난 풍부한 문화유산이 있는 유명한 곳인데 경로무임승차로 차비 한 푼 안 들고 편안히 앉아 두 시간이면 종착역인 그 곳에 도착하게 되니, 달리는 차창을 뒤로하며 나는 상념의 터널을 지나 어느새 아득한 50여 년 전으로 달려가고 있었다.

1953년 초겨울의 서울은 남겨진 6.25 전쟁의 상처만큼이나 시리고 스산하며 폐허에 몰아치는 찬바람은 아픔이 되어 허파를 찌르듯 꽂혀 왔다. 바로 토요일, 수업을 끝내자 곧장 상경하여 일을 보고 오늘 이 기차를 타고 내려가야 했다. 한데, 차표가 매진이란다. 어찌 해야 하나! 꼭 이 차를 타야만 내일 수업에 지장이 없을 텐데.

가슴이 답답하고 머리가 띵했다. 어떻게든 기차에 올라타기만 하면 얹혀 갈 수 있겠기에 천신만고(千辛萬苦) 끝에 나는 아슬아슬하게 역무원의 눈을 피해 부산행 열차에 몸을 싣고는 안도의 숨을 들이켰다.

휴전협정이 맺어진 지 얼마 되지 않은 시절이라 경부선 열차가 하루 두 편이 오고갈 뿐, 탑승인원도 한정되어 차표 구하기가 하늘의 별 따기만큼 어려웠다. 그러기에 무임승차도 경우에 따라 눈을 감아주며 대신 벌금을 물게 한다는 소문을 들은 적이 있었다.

열차가 수원쯤 다다랐을까. 금테 모자를 쓴 근엄한 표정의 차장이 칸칸을 돌며 표 검사를 하러 들어서고 있었다. 비록 불법 무임승차는 했지만 벌금을 물 각오는 되어 있었고 자초지종을 말한다면 당당한 이유가 될 것이라 생각하며 두근거리는 마음을 다잡았다.

드디어 차장은 뒤 출입문 쪽 의자에 기대어 서 있는 나에게로 다가왔다. 허나 어찌하랴! 사정을 들은 그는 놀랍게도 내게 두 배의 요금을 요구했다. 내 호주머니를 다 털어도 겨우 기차표 금액이 될까 말까 한 형편인데. 사정사정해도 한 치의 조정조차 안 된다고 잘라 말하지를 않는가. 더 이상의 말이 소용없었다. 인정 없는 차장이 야속하고 억울하며 약이 올라 눈물이 쏟아질 것 같지만 체면상 이를 악물고 버티었다.

보기에 얼마나 딱했는지 옆 자리에 앉았던 어떤 젊은이가 말을 거들었다.

하지만 역시 요지부동으로 하차를 시키려 든다. 어쩔 바를 모르고 있을 때 아까 그 젊은이가 자리에서 일어섰다.

"차장님 좀 편리 봐주시지 않고요. 얼마가 부족하세요? 제가 빌려드리지요."

염치없이 그의 도움을 받아 어둠이 깔린 자정 가까운 시간에 목적지 부산역에 당도한 나는 부득불 근무지와 전화번호를 젊은이에게 건네주고 헤어졌다.

약속한 곳에서 요긴하게 빌려 쓴 돈을 갚은 것은 한참 후인 봉급날이었고, 알고 보니 그 젊은이는 재학중인 대학생이며 나는 어엿한 중학교 선생이라는 직장인이었다. 나는 피난지 부산에서 병환으로 돌아가신 어머님을 대신해야 했고, 전투경찰로 현지를 전전해야 하는 아버님을 도와 가장의 역할을 맡아야 했다.

남동생 둘과 여동생 다섯을 거느리며 정착한 그 곳에서는 제법 괜찮은 직장을 잡고 있었으나 어린 동생들을 위해서 꼭 서울로 가야 한다는 확고한 생각을 지울 수가 없었다. 그것은 가신 어머님이 입버릇처럼 '사람은 서울 가서 살아야 한다'고 하시던 말씀이 늘 귀에서 떠나지 않았기 때문이다. 그런 연유로 옮겨 갈 직장을 구하러 다녀오는 길이었으나 전후(戰後)의 상황에서 서울에서 직장을 얻기란 결코 쉬운 일이 아니며 막막할 따름이었다.

이듬해, 다행히 운이 좋아 알음알음으로 새 직장이 마련된 나는 동생들을 이끌고 서울로 이사를 했다. 어느 다방 집 위층 다락방을 얻어 새로운 살림을 시작한 지 얼마 되지 않던 어느 날이다. 뜻밖에 열차에서 신세진 그에게서 연락이 왔다. 나갈까 말까 망설이다가 우리는 마주앉게 되었다.

누가 상상이나 했을까. 잠깐의 작은 실마리가 그렇게 이어질 줄이야. 몇

141

해 후, 이 나의 무임승차 사건이 우리의 특별한 부부의 인연으로 이어져 오늘에 이르렀으니.

그 때 차장 앞에 떨며 빌던 내 모습이 얼마나 비참하고 측은하게 보였으며 그 돈을 갚고 도망치듯 헤어져 달아나던 내 몰골은 또한 얼마나 초라하게 느껴졌을까. 운명이란 참으로 모를 일이었다. 나는 차창 유리에 어렴풋이 비치는 주름진 내 얼굴을 스쳐보며 혼자 쓴웃음을 짓는다.

'인생이란 낯선 여인숙에서의 하룻밤이다' 라는 테레사 수녀님의 말처럼 눈 깜박할 사이에 연기처럼 아스라이 흩어져 간 50여 년의 세월들. 이 흘러 버린 시간 앞에 나는 오늘 살아 남아 있는 뿌듯함이 온몸으로 느껴져 온다. 종착역을 알리는 차내 방송이 아롱거리던 나의 꿈결을 확 날려 버리고 말았다.

지난 겨울, 미국에 사는 수녀가 된 친구가 우리 전철의 경로우대제도에 원더풀을 연발하며 다녀간 것이 엊그제 같다. 왜냐하면 부유한 복지국가일지라도 모두 이런 제도가 있는 것이 아니기 때문이다.

그렇다. 우리 세대가 피땀 흘려 이룬 조국의 부는 비록 미흡하지만, 이 땅에 우리의 전통문화인 효 정신이 살아있기에 이것이 가능했을 것이 아닐까. 우리는 후대에 잘 사는 나라를 물려주고자 아낌없는 열정을 쏟았건만 그들 앞에 다가올 미래는 과연 어떤 세상이 될 것일까.

(2007. 1)

우리 만남은 기적

— 대학동문회 축시

흔히 만남은 우연이 아니라고 합니다.
이 넓고 넓은 세상에서 이렇게 동문수학을 함은
결코 우연이 아닌 것 같습니다.
깊고 깊은 전생의 몇 억겁의 인연으로 얽혀
우리는 이렇게 만날 수가 있었을 것입니다.

세계적으로 유명한 과학자인 아인슈타인은
'만남' 이 얼마나 소중한가를 강조한 나머지
'기적' 이라고 말했습니다.

기적이란 놀라운 것이 아닙니까!
그렇습니다. 진정 우리의 이 만남은 귀하고 자랑스런
만남이 틀림없을 것입니다.

놀라운 기적중의 기적인 우리의 만남을
두고두고 가슴에 새겨 나의 삶의 긍지와 보람으로,
또한 사회의 귀한 등불이기를.

세상의 어떤 어려움이 닥쳐와도 우리 서로 끌어안고
아끼며, 함께 손잡고 다짐하는 모임이기를
뜨거운 박수로써 염원합니다.
우연 아닌 우리의 소중한 기적인 이 만남을 위하여.   (2003. 10. 8)

구름에 실린 마음의 행복

파란 하늘에 흰 구름이 하나둘 떠돌고 있다. 우리의 인생도 저 흰 구름이 흘러가듯 떠돌다 가는 것을, 한참 바라보고 있노라면 언제나 떠오르는 한 글귀가 있다.

'하얀 마음과 검은 마음.'

초등학교 시절 귀에 못이 박힐 정도로 선생님께 듣던 말이다. 신기하게도 학년이 바뀔 때마다 담임선생님도 바뀌었는데 어째 입을 모은 듯 같은 말씀들을 하였기에 내 몸에 배어 버린 것일까.

떠다니는 흰 구름은 곧바로 내게 하얀 마음을 일깨우며, 동시에 내 마음 속에 쌓인 검은 마음은 얼마나 될까를 생각하게 했다. 나쁜 일을 하거나 나쁜 생각을 하면 마음 속에 검은 구름이 쌓여 가슴을 덮어 답답해지고, 좋은 일이나 좋은 생각을 하면 맑고 흰 구름이 확 퍼져 가슴이 환히 트여 시원해진다. 그러면 얼굴도 밝고 예뻐진다는 것이다. 마치 동화 속의 이야기와도 같아 정말 예뻐졌으면 하는 소망과 함께 어린 내 맘에 깊숙이 새겨져 호기심을 자아내기도 했다.

　어찌 됐건 재학시절 나는 별로 상장을 받은 기억은 없지만 짓궂은 장난 한 번 못쳐 본 모범생으로 칭찬 받던 기억은 더듬어진다.

　세월이 흘러 청소년들의 교육을 담당하게 되면서 내게 각인된 교육이론과 교육현장을 접하다 보니 어려서 동화처럼 느끼며 젖어들던 그 이야기가 현실적으로 사람의 인성형성에 큰 영향을 미친다는 것을 절감했다.

　흔히 사람을 '이성적 존재' 또는 '생각하는 갈대'라고 일컫지만 한편 '사람은 감정의 동물이다'라고도 한다.

　그러니 사람은 이성적인 동시에 감정적인 양면을 가진 이른바 야누스의 두 얼굴에 비유되는 존재가 아니던가. 어느 때 갑자기 뜻하지 않은 충격이나 자극으로 인해 흥분하게 되면 그 순간 사람들의 이성은 곧 흔들리며 흐려져 합리적인 생각에 혼선을 자아낸다. 그것은 이성이 감정에 좌우되고 그 노예 상태에 빠지게 되는 까닭이라 한다.

　왜 이성이 흔들려 제 구실을 못하게 될까? 그 까닭은 인간이 근원적으로 '감정적 존재'인 때문이라고 한다. 그렇다면 대체 감정이란 무엇이며 또 어떤 모습의 것일까?

　세계적인 심리학자들이 밝힌 바에 의하면 '감정'은 감성 또는 정서 (Emotion)라고도 하며 인간의 본능이 자극이나 자극변화에 대해 감각이나 반응을 일으키는 현상을 뜻한다고 했다. 그러니까 평소 우리가 갖는 모든 심정, 즉, 기쁨·슬픔·분함·고마움·즐거움·희망·사명감·노여움 등을 말하며 이 모두는 감정이지만 그 느낌의 종류와 기복에 따라 그 현상을 고급과 저급으로 분류하게 된다.

　내가 초등학교시절 일깨워진 '하얀 마음과 검은 마음'이 바로 감정의 종류를 쉽게 이해하도록 한 말이었다.

하얀 마음은 아름다움·감사·사랑·격려·기쁨과 같은 좋은 감정이며 마음을 순수하고 넉넉히 하는 고급 감정이다. 이런 마음은 자신의 심신을 순조롭고 건전하게 만드는 원천이며 삶의 활력소가 된다.

이에 비해 그와 반대인 검은 마음은 증오·분노·시기·교만·허영·잔인·원망처럼 나쁜 감정, 즉 '저급 감정'이라고 분류한다. 이것은 그 나쁜 감정으로 인하여 부지부식 간에 스스로 자신의 의욕을 상실시키고 심신의 부담으로 남아서 피로와 소화불량, 두통, 우울증 등을 유발하여 사기저하, 정서장애로 이어지게 된다.

그리하여 나쁜 감정의 화살은 그것을 맞은 상대—남편, 아내, 자녀, 이웃—에게까지 상처를 입혀 부정적인 결과를 낳는 불행을 확산하는 결과를 낳게 된다고 한다.

이렇다 보니 그 누군들 알고서야 자신을 나쁜 저급 감정의 늪에 몰아넣어 자신을 망가지게 하거나 헤어날 수 없기를 바랄 자가 어디 있을까. 더욱이 부모로서는 귀한 자녀에게 성질을 있는 대로 노출시켜, 그 저급 감정으로 인해서 그 자녀가 실의에 빠지며 정서불안으로 자신을 잃고 방황하는 고통 받기를 바라는 무모하고 어리석은 일은 생각조차 싫을 것이다.

그럼에도 불구하고 사람들은 일상생활 속에서 웃고 즐기며 감사와 배려나 기쁨으로 살기보다는 가까운 처지의 상대에게 툭하면 화를 내며 욕하고 분노하는 저급 감정에 빠지기가 쉽다. 그리하여 자신도 정서적 해를 입으며 애지중지하는 자녀에게도 깊은 상처를 남기는 현실을 보게 되니, 이 얼마나 안타까운 일일 것인가.

왜 이런 답답한 잘못을 범하게 될까? 사람은 누구나 자신을 보다 좋은 감정 속에서 건강하고 행복하게 살 수 있기를 소망한다. 사실, 행복이란 자신이 감정관리 능력으로 만들어 낸 선물인 동시에 그 능력조차 오직 자신의 내면에 잠재되어 있는 하얀 마음을 바탕으로 비롯되는 것이다.

혹자는 '어떻게 항상 좋고 선한 감정, 고급 감정만을 유지할 수가 있겠냐? 사람인데!' 라고 반문할 것이다.

그렇다. 순간적으로 복받쳐오는 악감정을 순화시키며 상대의 입장이 되어 좋은 감정으로 이끌기란 쉬운 일이 아니다. 그러기에 막 철 들어가는 어린 초등학생에게 '하얀 마음과 검은 마음'의 이야기를 귀에 익혀, 늘 마음 깊이 자리잡도록 교육한 것이 아니었을까. 사람에게는 항상 감정의 양면이 따르지만, 원천적으로 순하고 여린 고급 감정보다도, 의식의 밑바닥에 깔린 저급 감정이 더 저돌적이고 강한 힘을 가지고 있기에 그것을 조율하는 지혜와 꾸준한 노력이 뒤따라야 한다.

요즈음 학자들 간에 인생의 성공 여부는 그 사람의 지능지수(IQ)보다 정서지수(EQ)나 사회성지수(SQ)에 달렸다는 학설이 지배적이다. 우리의 주변에서도 충분히 보고 납득이 가는 일이 아닐까. 정서(감정·감성)지수는 결국 감정을 스스로 조절하고 관리하는 능력이며, 그런 바탕 위에 인간관계를 원만하게 이루는 사회성을 갖추게 되면 비로소 어디서고 환영받는 처지에 놓이게 된다.

또 그것은 어릴 때부터 서서히 쌓여 성장하는 과정 속에 계속적인 노력에 의해 성숙된다. 지식이나 기술의 습득처럼 어느 기간 동안 집중적인 훈련이나 지적인 습득을 통해서 단시일에 이루어질 수는 없다. 따라서 자녀의 성공적인 삶을 위해서는 가정에서 부모의 모범적인 태도가 정서적으로 미치는 영향이 매우 큰 점을 명심해야 할 것 같다.

147

아울러 '온고지신'이라 했듯이 우리 노년세대의 경험처럼 어린 초등학교 시절에 '하얀 마음과 검은 마음' 이야기를 지금의 어린이들에게 되살려 그들의 미래의 행복과 발전을 위하여 몸에 배고 가슴에 새겨지도록 어른들의 지혜로운 역할이 절실한 시점이 아닌가 싶다.

자연은 인간의 스승이라 했다. 저 하늘에 무심히 떠도는 흰 구름 한 점에서도 우리는 삶의 지혜를 터득하게 됨을 새삼 깨닫게 한다.

(2009. 5. 10)

창덕궁의 숨결과 감회

바깥 날씨가 꽤 쌀쌀해 보여 두툼한 옷차림으로 집을 나와 돈화문 앞에 당도했다. 얼마만에 와 보는 '창덕궁'일까? 1970년대 중반이었을 거다. 해마다 여름방학에 실시되던 교육부의 '재외동포 학생 모국방문 연수' 프로그램의 지도교수로서 창덕궁 견학을 인솔하던 시절 이후 처음인 것 같다.

가끔 그 앞을 지나면서 옛 모습으로 복원이 된 것을 봐야지 하면서도 따로 시간을 내지 못한 채, 이토록 시간이 흘러 버렸으니 무심하였다고 할까. 그렇다고 해서 화사한 봄도 아니고 초록으로 숲이 우거진 여름도 아니며, 환상적인 단풍의 계절도 비켜가고, 흰 눈 덮인 설경의 고궁도 아닌 삭막한 초겨울에, 웬 비원 나들이라니….

하지만 초당 신봉승 선생님의 안내로 복원된 창덕궁을 답사(?)한다는 기별에 나는 이 기회를 놓칠 수는 없었다.

우리는 창덕궁의 정문인 돈화문의 오른쪽을 돌아서 주차장이 있는 옆문으로 입장을 했다. 앞장서 가시던 안내자는 돌다리인 금천교 앞에 멈춰 서자

말문을 열었다.

'창덕궁은 원래 조선왕조 제3대인 태종께서 정궁으로 삼던 경복궁의 이궁(離宮)으로 창건한 이래 크고 작은 화재와 환난으로 여러 번의 수난을 겪어 왔다. 1592년 임진왜란으로 궁궐의 대부분이 소실됐을 때도 이 다리만은 훼손되지 않아 지금까지 그 모습을 그대로 간직하고 있으며, 바로 사도세자가 석고대죄하던 그 자리라'고 하여 일행들은 다리 한가운데서 몇 번 발을 굴러 보기도 하였다.

그러니 거의 600여 년 전에 만들어진 이 다리는 당시 밑에 개울물이 흐르고 있어 '국정을 논하는 대신들에게 입궐할 때 사사로운 마음을 명당수의 맑은 물에 깨끗이 씻고 임하라'는 뜻에서 조성된 것이라 한다. 특히 단단한 '돌'에 정교한 조각으로 장식되어 있어, 서울에서 가장 오래된 아름다운 다리라고 한다. 이러한 안내자의 설명으로 인해 우리 역사와 함께 숨 쉬며 그 모습 그대로 간직된 다리 하나에도 나는 조상들의 뛰어난 슬기와 사연 깊은 유물의 소중함과 애착이 새삼 가슴에 와 닿았다.

임진왜란 이후 재건된 창덕궁은 광해군 이래 고종에 이르기까지 조선조 후기 13대에 걸쳐 약 270년 동안 우리의 정사(政事)가 이뤄진 역사적 궁궐로서 국가 주요 문화재임은 두 말할 것도 없다. 뿐만 아니라 1997년 12월에 '유네스코 세계문화유산'으로 지정되어 인류공통의 문화유산으로 소중히 보호되고 있다. 일행은 안내자를 따라 오색으로 단아하게 복원되고 단장된 인정전 앞 회랑을 지나 선정전, 희정당, 부용지와 부용정, 그리고 과거(科擧)를 볼 때 임금께서 친히 임하셨던 영화당 등을 둘러보며 흔히 '비원'이라 부르던 후원으로 향했다.

궁의 북쪽 야트막한 산자락에 펼쳐지는 후원은 깊고 그윽하게 살아 숨 쉬는 한국 정원의 정수라는 이름에 걸맞듯 구중궁궐의 고즈넉한 분위기가 아련하게 감돌고 있었다. 새삼 서울 대도시의 한복판에서 이런 때 묻지 않은 숨결을 간직한 대자연을 만날 수 있다는 것이 신기하게 느껴졌다.

이미 낙엽져 마지막 남은 한두 잎을 매단 고목들의 나뭇가지 사이로 파란 하늘이 물감을 쏟아 부은 듯 드리워져 궁궐의 그윽한 향기와 신비감을 더해 주고 있는 것 같았다. 어느새 유서 깊은 고궁분위기에 푹 빠져들어 우리의 몸과 마음이 확 풀려서인지 입었던 코트의 무게가 땀을 솟게 한다.

부용지를 끼고 도는 산비탈 길 옆 두세 곳에는 때 아니게 꽃망울을 터트린 찔레꽃 송이가 마치 우리를 반기는 미소를 머금은 듯 다가왔다.

이곳 후원의 뜰을 가득 메운 나무들은 역대조의 임금께서 갖가지 과일나무를 비롯한 여러 가지 '우리의 나무'들을 심고 가꾸게 하였기에 궁궐 안에서 철마다 여물어 가는 과일을 구경하며 따먹을 수도 있었다고 한다. 이 얼마나 서민적이며 자연 친화적이고 보다 따뜻한 인간미 넘치는 우리 옛 위정자들의 면모라 아니하겠는가! 게다가 거의 700년쯤 된 것으로 추정되는 둘레가 4m 넘는 굵직한 향나무가 용틀임하며 버티고 있는 모습은 마치 금천교마저도 전하지 못할 궁궐 속의 애환을 홀로 삭히느라 몸부림친 자취며 그 사연들을 품어 안은 후덕한 몸매가 아닐는지?

나는 불현듯 북경에서 자금성을 구경하던 때의 일이 떠올랐다. 넓디넓은 자금성은 과연 중국이 얼마나 큰 나라인가를 말하듯 어마어마한 느낌을 주었다. 함께 갔던 관광객중 한 사람이 큰 소리로 말을 던졌다.

"우리 경복궁이나 창덕궁은 자금성의 한 귀퉁이 정도니, 중국이 조선을 얼마나 우습게 보았을까!"

그 때 나도 그 말에 수궁이 갔다. '정말 얼마나 빈약한 나라로 보였을까!'

하고. 그러나 나는 곧 바로 조선족인 가이드에게 질문을 했다.

"이 큰 궁궐 정원에 왜 나무가 없지요?"

자금성 안에 심어진 나무는 한 그루도 보이지 않았다. 다만, 커다란 네모 나무 상자 화분에 제법 큰 나무들이 심어져 여기저기에 놓여 있을 뿐이었기 때문이다. 그것은 궁중에서 나무가 언제 누구에게 의해 어떤 무기로 돌변될 지 불안하기에 궁궐 안에는 나무를 못 심도록 규제했다는 설명이 기억난 것이다.

그렇다. 나라와 민족의 비교가 어찌 국토나 궁궐의 크기나 모습으로 가늠될 수 있을까?

설사, 왕위를 탐해서 때때로 온갖 권력쟁탈의 비장한 살육과 음모나 비리가 거듭되며 억울한 피와 눈물이 궁궐 안에 뿌려졌다고 하자. 그러나 궁궐 안에 연경당처럼 99칸의 민가를 짓고, 그 곳을 통해 백성을 헤아리려 하던 임금, 나무를 심고 가꾸며 숲을 사랑하고 자연을 아낀 역대 위정자의 의식과 인품, 이에 반해 나무가 무기가 될 것을 우려하여 한 그루 나무조차 심기를 규제하는 위정자의 분위기와 사고.

한 나라의 문화와 가치관의 이러한 차이야말로 바로 우리 조상들이 쌓아 온 전통의 뛰어남과 긍지를 나타내는 일이라 아니 할 수 있을까!

이것만으로도 우리는 진정 반만년 긴 역사 속에서 갖은 난관을 헤집고 당당하게 우뚝 선 문화민족이라 자부할 수 있을 것이리라.

오랜만에 고궁을 찾은 나는 그 속에 깃든 조상의 숨결과 지혜를 되새기며, 면면히 흘러 온 우리의 자랑스러운 전통을 다시 한 번 가슴 깊숙이 각인하며 뜻 깊은 감회에 젖어 들었다.

(2003. 12. 5)

翠園 金榮義 일곱 번째 수필집

비취빛 삶이고 싶어

사랑의 부메랑

그 때는 왜 눈물이 흐르지 않았는지 모르겠다. 그 후 많은 세월이 흘렀다. 진달래 개나리가 흐드러지게 핀 어느 봄날 오후, 그녀는 아파트단지 골목길을 서둘러 지나가고 있었다. 사람들 사이를 누비듯 자가용차들이 오가는데 빵빵거리는 클랙슨 소리가 그녀 뒤를 쫓는 듯했다.

'이 시각에 내게 사인을 보낼 사람이 있을 리 없고. 그렇다고 내가 뭘 잘못한 일은 더더욱 없는데 왜 그런담!'

불편한 심정으로 뒤를 돌아보았다.

"선배님! 맞지요. 접니다. 저요."

그녀는 자신을 확인하며 반기는 목소리에 침침해진 눈을 크게 뜨며 바라본다. 운전대를 잡은 체 차창 밖으로 고개를 내민 사람은 놀랍게도 S대 교수를 지낸 Y씨가 아닌가.

"아이고, 웬일이에요. 이곳에."

Y씨는 외딴 곳에서 낯익은 여자 선배를 발견한 것을 무척 반가워 했다.

그는 우리 바로 옆 동에 이사를 온 것이었다.

그날 이후, 그는 아파트의 새 생활에 적응하느라 홀로 겪던 마음고생을 접은 듯, 툭하면 그녀에게 전화를 걸거나 불러내어 이런저런 생활정보를 물어오게 되었다. 장보기는 어디가 좋은지, 병원은, 치과는, 은행은, 등등. 그러다 보니 그녀의 남편과도 가까워져 '형님'으로 통하며 가끔 점심도 함께 하며 드라이브나 산책도 같이하게 되었다.

젊은 날 생생하게 상승바람을 타고 승승장구했다 한들, 퇴임하고 백수가되어 낙엽 지듯 기울어가는 황혼인생들이니 한 울타리 안에서 만난 인연이더없이 살갑고 반가워 허물없는 사이가 된 것이다. 잎새를 지나는 가을바람처럼 거리낌 없이 지난 사연들을 풀어놓으며 서로의 삶을 추슬러가는 것은인생 후반기의 또 다른 즐거움이라 하지 않을까.

그러던 어느 날, Y씨는 속마음 갈피에 묻어두었던 응어리를 털어냈다. 미국의 외아들 내외가 다녀가시라는 기별을 해 왔으나 그는 단호히 거절을 했단다. 아내가 병상에서 사경을 헤매던 당시, 어미를 보살피던 아들이 느닷없이 버럭 소리치며 눈을 부릅뜨고 아버지께 소리쳤다는 거였다.

"어떻게 어머니를 이대로 죽게 놔두는 거예요, 아버지! 이럴 수가 있어요!"

어이없는 아들의 작태에 너무도 황당하여 '아니 얘가, 내 아들 맞아!' 주먹이 막 올라가려는 것을 꾹 참는 순간, 가슴이 마구 떨리고 만정이 떨어지듯 소름이 끼쳐 다시는 아들 얼굴을 마주하기도 싫어졌다는 거다.

"아니 제 어미 죽어가는 거 애비가 더 안타깝고 답답하지, 제 놈이 뭔데 애비보다 더할까. 애비를 위로는 못할망정 대들어! 그것도 일류대학을 나왔다는 놈이. 내가 얼마나 자식을 잘못 키운 것일까."

그는 사랑하는 아내를 잃은 슬픔에다 아들의 배신(?)에 대한 분노와 충격으로 한때 자괴감과 우울증에 살맛을 잃었다고 한다. 이렇게 씁쓸히 털어놓는 그의 눈가엔 이슬이 촉촉해지고 있었다.

"그럴 수가. 아드님이 뭔가 오해가 있었겠지요. 그래도 자식 이기는 부모 없다는데. 아버지가 풀어줘야지요."

그녀는 별 도움이 안 될지라도 그냥 입 다물고 있을 수가 없었고 어쩌다 부자 사이가 이리 어긋났는지 안쓰럽고 딱해 보였다.

그녀의 어머니도 Y씨의 부인보다 훨씬 젊은 46세에 피난지 부산에서 고인이 되셨다. 수복 후, 아버지마저 홀로 계시다가 몇 해 후 돌아가셨으니 팔남매가 조실부모하여 초년부터 남다른 역경을 겪어온 처지였다.

1952년 6.25 전쟁이 한참 막바지에 치닫던 봄철, 어머니가 위독하다는 기별에 일선 전투부대에서 달려오신 그녀 아버지는 오진(誤診)을 한 의사에게 권총을 휘두르며 격분했다. 그 아버지의 울분을 가라앉히려 진땀을 뺀 기억이 새로웠다.

하지만 그녀는 아버지의 죽음 앞에서 눈물을 흘리지 않았다. Y 교수의 아들처럼 어머니를 먼저 가시게 했다는 원망이나 한탄도 아닌 그냥 그렇게 무덤덤했을 뿐이었다. 그건 이미 사랑도 슬픔도 접어 버린 체념의 무덤덤함이었던 것일까. 그러나 그녀는 가끔 자신이 아버지의 빈소에서 눈물을 흘리지 못한 자신의 매정함에 자문자답하며 스스로 야속하여 뒤늦은 자책으로 가슴앓이를 겪기도 했다.

그녀와 동생들은 아버지께 사랑은커녕, 경제적으로도 아무런 도움도 못 받았다. 의·식·주는 물론 교육조차도 그것은 모두 맏이인 그녀의 몫이 될 수밖에 없었으니, 여러 동생들을 이끌고 삶을 이어가느라 누구를 미워하고 부러워할 겨를도 없었다. 오로지 그것은 그녀에게 주어진 피할 수 없는 운명이라고 믿고 살았다.

일제강점기에 일본에 유학, 법과 철학을 공부하며 독립운동에 뛰어들었으나 이렇다 할 결실을 얻지 못한 그녀 아버지는 현실감을 상실했고 아나키스트가 되었다. 그런 아버지의 입장을 이해하면서 기대를 포기한 지 오래였기 때문이리라. 그래서 '내게 맡겨진 것에 최선을 다할 뿐'이라는 삶의 신조로 묵묵히 세월을 헤쳐 왔을 뿐이다.

낙엽이 흩날리는 스산한 늦가을 어느 날, 커피 한잔을 들고 아파트 창밖을 내려다보던 그녀는 불현듯, Y 교수와 그 아들의 이야기가 떠오르며 갑자기 얼굴이 화끈 달아올라 온몸이 움츠려져 눈앞이 캄캄해 왔다.

'어머! 아버지에게 눈 부라리며 소리쳐 대든 그 외아들, 그리고 아버지 빈소에서 눈물 한 방울 흘리지 않은 내 모습이 무엇이 다를까! 아니야! 어쩌면 맞대고 고함친 게 더 인간적이 아니었을까. 자식의 흠을 묵묵히 가슴에 품은 채 눈감으신 나의 아버지!'

울컥 소리 없는 메아리에 그녀의 가슴이 메어 왔다.

'이제야 깨닫는 이 어리석은 불효막심한 여식. 어찌 용서받을 수 있을까요. 아버지!'

아마도 그녀의 포기는 원망에서 비롯된 애통한 그림자로 가슴 속에 오래 스며있었던 것이리라. 마치 Y 교수와 그 아들 사이처럼.

(2010. 3. 20)

숲 속에서 숲을 생각하며

'우리는 왜 숲을 찾고 싶어 하는가?'

자연에서 숲의 무게란 얼마나 되는 것일까? 내 의식 속에 숲의 자리는 어느 정도일까?

6월의 지리산 자연림의 울창한 숲 속에 앉아 나는 머리와 가슴 속의 숲을 생각하며 더듬어 본다. 고도 1,900여 m, 겹겹이 둘러싸인 능선의 우거진 녹음 사이에 뻥 뚫린 하늘 호수에는 흰 구름 두 조각이 둥실둥실 떠 있다. 어디서 왔다가 어디로 가려는지? 온산을 휘감고 번져 오는 향긋하고 상큼한 향기를 뿜는 푸른 나무와 수풀 사이에 햇살이 은빛으로 부서진다. 좔좔 시원스럽게 흘러 내리면서 조잘거리는 계곡 물은 골짜기의 모난 바위 끝을 쓰다듬으며 서로 사랑을 속삭이는 것 같다. 숨바꼭질하듯 짝을 찾는 새들의 노랫소리도 경쾌하다. 아름다운 산세와 풍성한 숲, 이 땅의 수려한 자연이 새삼 자랑스럽다.

꿈결처럼 맑고 안온하며 초록으로 아름답게 둘러싸인 평화로운 한 폭 그림 같은 이곳이 바로 우리 겨레에게 잊힐 수 없는 6.25와 빨치산의 참담한 비극의 현장이었음을 기억하지 못하는 이가 얼마나 될까. 언제 그랬었는지 까맣게 잊힌 듯, 전설처럼 아픔을 간직한 하늘과 골짜기, 숲과 땅은 모두 침묵하고 있는 것이다. 황당하고 잔혹했던 동족상잔의 피비린내가 휩쓸고 간 상처 깊은 골짜기와 우거진 숲은 증인이길 마다하고 역사 속으로 조용히 사라져 버린 것일까?

아마도 자연이 그 모든 것을 정화시키고 다독이며 삭혀서 평화를 되살려 놓은 것일 게다. 그러기에 오늘 우리가 이 숲에 편히 안기며 녹음에 젖어드는 행복을 누리고 있질 않는가. 나뭇잎과 들풀은 땅에 떨어져 쌓이면서 전쟁이 할퀴고 지나간 자국과 뿌려진 피의 얼룩을 차곡차곡 덮었을 것이다. 붉게 물들었던 골짜기와 산기슭의 그 살벌한 흔적들은 세찬 빗물과 개울물이 씻어 내렸을 것이고, 뿌리 깊은 나무들은 얼마나 많은 세월 동안 아픔을 어우르며 몸부림을 쳤을까. 생각할수록 자연의 위대함에 고개가 숙여진다.

게다가 건전하고 가장 숲다운 숲으로 조성된 곳이 바로 이 지리산 자연림이라고 하니 나라 위해 희생된 젊음들이 숲으로 되살아나기라도 한 것일까. '자연은 가장 위대한 의사'라는 서양 속담처럼 자연은 우리의 슬픈 역사의 흔적을 치유하고 회복시키는 힘을 지녔음에 틀림없다.

자연은 곧 우주다. 인간은 그 우주 속의 작은 점 하나에 불과한 존재로 생존하고 있을 뿐 자연은 우리의 생명을 보존하는 '어머니의 품'이다. 그 중에도 '숲'은 자연의 젖줄이라고 해야 옳지 않을까. 숲이 우리의 삶과 직결되어 있다는 것을 모르는 이는 없을 것이다. 숲과 우리는 함께 숨을 쉰다. 숲이 죽으면 우리는 생명을 유지할 수 없다. 땅은 사막화 되고 황사에 쌓이며 숨 쉴 수가 없게 된다. 숲은 그 잎과 뿌리로 물을 머금어 적절히 땅에 공급을 하며,

흙을 보듬어 땅을 안아주고 있다. 온갖 산짐승의 보금자리가 되어 먹이를 주는가 하면 우리에겐 생활에 필요한 목재를 공급하기도 한다.

하나 그뿐이랴. 숲은 인간에게 말없이 삶의 자세와 지혜와 철학을 보여주고 있다. 인간의 이기심을 알면서도 모든 것을 아낌없이 내어주는 나무. 크고 작은 나무가 옹기종기 어울려 숲을 이루고 역할분담하며 더불어 사는 협동과 화합을 보여주고, 또 주어진 자리를 지키며 인내로 제 구실을 다하는 미덕과 눈 비 바람 세차게 휘몰아쳐도 고개 숙이며 마음 비우는 삶을 보여주기도 한다.

때로 숲을 걷다가 갈림길에 마주친다. 어느 길을 선택할까? 앞에 놓인 갈림길은 자신의 인생을 생각하며 선택의 의미를 깨닫고 배우게 한다. 숲은 우리를 위해 모든 것을 아낌없이 주는 어머니의 모습으로 정성을 다한다. 이제 우리도 그 사랑에 보답하는 가슴과 지혜를 가져야 하지 않을까. 인간의 행복을 위해서 모든 것을 내어주고 베풀 줄 아는 나무들, 나무들이 모여 숲을 이루고 생명의 원천을 지켜주고 삶의 지혜를 일깨워주는 숲에 진정 고마움을 느끼는 가슴을 살려 작은 보답이라도 해야겠다.

비단 나무뿐이랴. 길섶에 밟히는 이름 모를 작은 풀잎에도 개성 있는 이름을 붙여주고 오래도록 이 땅에 보존되도록 보살피는 사랑을 쏟아야 할 것이다. 누구든 어디서든 한 그루 나무와 한 포기 풀잎에 주는 배려와 관심을 갖는다면 함부로 나무를 꺾거나 피어나는 작은 꽃송이의 목을 무심히 자르는 일이 자연을 아프게 하는 일이라는 생각을 하게 될 것이다. 자연사랑은 작은 출발에서 비롯될 수 있으리라.

흔히 '내 건강은 내가 지켜야 한다. 건강할 때 건강을 지켜라' 는 말을 한다. 그렇다. 이 무성하고 아름다운 숲. 숲이 우리의 삶이고 생명이거늘 내 몸처럼 아끼고 가꾸는 일에 마음을 모아야 할 것이다. 사람들은 숲에서 맑은 공기를 찾고 시원한 그늘을 즐긴다. 하지만 그것이 자신의 만족만을 채우는 자기 중심의 행위에 그친다면 그건 자연 사랑이 아니다.

숲과 우리의 삶은 뗄래야 뗄 수 없는 불가분적인 자연의 섭리로 얽혀서 살고 있는데 우린 숲을 내 몸같이 아끼고 가꾸는 데 너무 인색하지 않았을까.

인간의 마음과 유전자 속에는 자연에 대한 애착과 회귀 본능이 있다고 한다. 숲을 공부한 임학자인 신원섭 교수가 펴낸 《치유의 숲》에서 '생명을 뜻하는 바이오(Bio)와 사랑을 뜻하는 필리아(philia)의 합성어로 된 바이어필리아가 실제로 인간의 몸과 정신의 질병을 치유하는 효능을 지닌다' 고 한다. 그리고 숲을 향한 인간의 원초적 본능이 있기에 숲을 보는 것만으로도 인간은 행복을 느끼게 된다고 했다.

며칠 후면, 우리 민족의 비극으로 기록된 6.25 전쟁 55주년이 된다. 6.25의 상흔이 가장 짙게 남은 이 숲이 우리의 평화로움과 행복을 되살리고자 길고 긴 55년 동안 침묵의 눈물로 가다듬어 온 것이 아니겠는지? 그 아픔을 삼키며 지나온 세월의 무게가 있어 이 울창한 숲이 더 귀하고 소중하게 느끼게 되는지도 모르겠다.

(2005. 6. 10)

2003년 12월 26일(금) 메모

올 겨울은 예년에 비해 흰 눈을 보지 못할 것 같다.

엊그제 X-Mas-Eve도 그러려니와 25일 X-Mas는커녕 당분간 전혀 눈이 올 징조가 없다는 기상청의 예보가 있었으니. 비록 눈은 내리지 않는 삭막한 일정에서도 나는 충만된 X-Mas 주간을 보내는 복을 받은 것이 아닐까!

X-Mas 전날인 24일은 작은며느리와 딸아이 생일이기에 축하 분위기였다. 또 X-Mas 다음 날인 26일은 우리의 결혼 48째 되는 날이었으니 아이들이 마련한 꽃다발 한 아름에도 감동이 넘치지만, 그 날 저녁의 '인순이 디너쇼'에의 초대는 나에게 끝내 찡한 가슴으로 지켜보게 했다.

그것은 각별히 마련해 준 큰아들 내외의 선물이었기 때문이다.

이제 다가올 미래에 오십 번째의 그 날을 맞을 수가 있을 것인지?

내일을 모르는 삶 앞에 오늘의 행복을 곰씹으며 뜨거운 감사의 기도로 나는 자리에 든다.

친구에게 띄우는 편지

깊어가는 이 가을, 추억의 조각들을 아우르며 그리움의 마음을 전하고 싶은 내 친구여. 나는 지금 망설임으로 이 하얀 종이 위에 내 그리움을 옮기려 하는 순간 이토록 머뭇거려지는 까닭을 무어라 털어놔야 할까요.

삶이 옮겨지는 곳곳에서 맺어진 인연들, 모두가 색색의 빛을 발하는 보석처럼 소중한 친구들인 때문이에요. 나의 친구란 여성이기도 남성이기도 하고, 손위, 동갑내기 때론 어린 사람도 있지요. 흔히 많다는 것은 없는 것과도 같다고도 합니다.

하지만 그대를 비롯한 나의 벗들은 내가 어떤 곤경에 처했다면 누구든 달려와 그 나름대로 힘이 되어 주려 애써 줄 것입니다. 그것은 그들에게 나 또한 그들만큼은 못하지만 나의 최선을 다하려 했고 또 앞으로도 그렇게 할 것이기 때문입니다. 그러기에 나는 지금 내 친구 모두에게 그 고마움을 담아 그 수만큼의 편지를 한꺼번에 띄우고 싶습니다.

때로 '친구'란 단어가 떠오르면 나는 그 유명한 〈관포지교〉나 혹은 유안

진의 〈지란지교를 꿈꾸며〉가 친숙하게 다가와 부러울 만큼 깊은 우정이 퍽 아름답고 값진 것이라 생각됩니다. 그러나 내가 가장 좋아하는 '친구'에 관한 글은 함석헌의 〈그대 그런 사람을 가졌는가〉 하는 시입니다. 옹께서도 '이것은 시가 아니라 내 마음에 칼질을 했을 뿐'이라 하신 것처럼 그 글은 읽는 이의 가슴 심층에 꽂히는 숙연한 무언가를 불러오지 않던가요. 진실로 영혼이 통하는 사이가 아니고서야 어찌 그 시의 구절마다 전율할 만큼의 막다른 상황에서 죽음을 대신해 줄 수 있는 '그런 친구를 그대는 가졌는가'란 물음을 던질 수가 있겠습니까. 참으로 삶이 무엇이며 인간관계란 어찌할 것인지를 새삼 깊이 성찰케 하여 스스로를 되짚어 보게 하는 오묘한 충격과 감동을 솟구치게 합니다.

어릴 때, 내게도 함께 웃고 울던 친구가 있었습니다. 빨간 글라디올러스 꽃이 흐드러지게 피어 있던 아름다운 그녀의 집 마당에서 만나, 다정하게 속삭이며 등교하던 그 때의 모습이 아스라이 멀어진 시간 속에서 다시 피어납니다.

어느 봄날, 그녀의 친구가 폐를 앓아 저세상으로 가버렸을 때, 예쁘게 단장하고 말없이 관속에 누워있던 그 친구의 관 앞에서 우리 둘은 손을 붙들고 엉엉 울었던 기억이 아직도 생생하게 살아납니다.

어디 그뿐입니까. 엄동설한의 눈보라 헤치며 미끄러지듯 거닐던 하굣길. 그 길림(吉林, 중국지방)의 칙칙한 겨울날 어스름한 골목길도 친구가 있어 따뜻했던 것을. 그랬기에 제2차 세계대전 종전 후, 나는 일본 적십자사에 그녀의 생사와 행방을 수소문했고, 마침내 우리는 현해탄을 건너 상봉의 감격을 누릴 수가 있었습니다.

여중생이던 그 시절, 조국과 민족이 다르고 주어진 여건은 달랐지만 우리의 두터운 우정은 그 모든 것을 초월한 순수하고 진실 그 자체로 엮어진 것이었어요. 어언 산수(傘壽)를 넘은 이제까지 살아 서로의 안부를 주고받으니 얼마나 큰 인연인지요. 이는 참으로 인간의 노력만으로는 불가능한 신의 축복이라 할 것입니다.

내 가슴 속에 별처럼 꽂혀 빛나는 친구들. 그중 한 친구는 우리 가족이 이른바 '3.8 따라지', '6.25 피난민' 신세로 전락하여 내게 친구사귀기란 사치스러운 일로, 외로워도 외로워하고 있을 여유조차 없는 부산 피난중에, 함께 자취를 하게 된 같은 학과 일년 후배였어요.

어느 비바람 치는 저녁, 우리는 파도가 넘실거리는 부산 앞바다에서 보트를 저어갔습니다. 쏟아져 내리는 빗줄기가 눈물처럼 얼굴에 마구 쓸어내렸고 배에는 빗물이 차 올라왔지요. 그녀는 노를 저으며 뭐라 소리를 질렀는지, 아니면 둘이서 울부짖었는지 아득한 꿈속에 지워지지 않는 격랑의 큰 그림으로, 또 대신동 대학 뒷산에 올라 시를 읊으며 서로의 마음을 나누던 일 등등. 졸업 후, 그녀의 작품이 문화방송 시나리오 공모에 당선되어 영화화되기도 한 재주 많은 친구였습니다. 박완서 님과 첫 인사를 나눈 것도 그녀의 당선 축하모임에서였어요.

그 후, 우리는 결혼하여 남편끼리도 우정을 쌓았지만 세월이 흐른 지금, 나는 그녀를 만난 지 오래 되어 버렸습니다. 문득 떠오르면 보고 싶은 얼굴, 바로 어제 헤어진 듯 늘 가슴 한켠에 말없이 잔잔한 그리움으로 잠겨 있는 보석 같은 그런 내 친구가 어디 이 한 분뿐이겠습니까.

최근 미국서 흥미로운 조사결과가 나왔다고 합니다. 9년간의 오랜 철저하고 세밀한 추적조사 끝에 마침내 밝혀진 장수하는 사람들의 단 하나의 공통점은, 놀랍게도 '친구의 수' 였다는 뜻밖의 진실을 찾은 것이랍니다. 단명한 사람과 장수하는 사람들의 차이점은 물론 흡연량, 음주량부터 일하는 스타일, 사회적 지위, 경제상황, 인간관계 등이 전혀 무관하지는 않지만, 가장 큰 영향을 미치는 절대적이고 결정적인 것이 바로 '친구의 수'가 장수의 조건이며 비결이라고 하니! 그렇다면, 여럿 친구를 가진 나의 경우, 그 친구들 덕분에 장수, 그것도 건강하게 오래 살게 된다니 '친구'란 얼마나 귀하고 고마운 존재입니까.

　친구들이여, 우리 서로 더 아끼고 사랑하며 반짝이는 별빛처럼 아름답고 보람된 삶의 흔적들을 축복받은 오늘의 시간 속에서 뜨거운 감사의 뜻을 담아 저 높은 하늘가에 정성들여 수놓아가지 않으렵니까. 보고 싶은 내 친구들이여!

(2009. 10. 19)

초록 잔디와 검정 고무신

언제 사다 놓았을까. 고무신 한 쌍이 눈에 띄었다. 그것도 파릇파릇한 초록 잔디밭 위에. 60평 조금 넘을까, 제법 넓은 뒷마당에 잘 가꿔진 잔디가 초록색 윤기로 반짝인다.

부엌에서 마당에 내려딛는 디딤돌 앞에 크고 작은 검정 고무신 두 켤레가 나란히 놓여 있었다. 깜짝 놀랐다. 마치 화폭에 담긴 한 장의 멋진 그림 같았다. 그것도 먼 이국땅 시애틀 교외의 하늘 아래서.

어렸을 때, 하얀 고무신을 신고 싶었다. 꽃이 그려진 꽃신. 집에서 막 신는 검정 고무신은 빨리 닳아 바닥에 구멍 나기를 기다리던 철부지 시절을 떠올리게 한다. 그러면 아이들은 엿으로 바꿔 먹을 수가 있기에 엿장수 가위소리가 나면 식구들의 헌 고무신짝을 찾느라고 마루 밑을 뒤적이곤 했는데, 검정 고무신에는 이처럼 그 시대를 산 사람들의 가슴에 간직된 어린 동심이 묻혀 있는 것 같다.

마구 떼쓰며 어리광부리던 어린 시절의 끈끈한 추억, 그리운 부모님의 체취, 형제 자매 그리고 허물없이 지내던 소꿉친구나 이웃들과의 잊었던 아득한 옛 이야기들이 그 고무신에 서려 있다.

4년 전, 맥시코 쿠르즈 여행에 초대받아 이 집에 갔던 때는 11월, 초겨울이었지만 잔디는 그 때도 푸르렀다. 하지만 고무신은 없었다. 아마, 지난해 한국 나들이에서 마련해 온 것인가 보다. 하늘에 닿을 듯 치솟은 서양 향나무에 둘러싸인 뒤뜰은 더 없이 고즈넉하다. 그 향나무 밑 언저리에는 향기로운 장미를 비롯하여 소담스런 화초들이 웃음 띤 듯 활짝 피었는가 하면, 마당 한 귀퉁이에는 파란 상추 잎이 실바람에 하늘거린다. 이 뒤뜰을 거느린 보금자리기에 그 집 주인이 한결 더 정겹고 낭만적인 취향이라 엿보인다.

누가 꿈속에서 그려 보았을까. 비록 '언덕 위의 하얀 집'은 아니지만 이 아담하고 하얀 2층 집의 아름다움을.

가슴이 뭉클해 왔다. 누가 이런 분위기 속에 사는 주인공을 남달리 파란만장한 인생역로를 더듬어 왔다고 믿어 주련가. 만학으로 떠난 남편의 유학길, 그 후 30년 사이에 몇 차례의 별거의 고통과 겪은 시련들. 쌓이고 쌓여 엉킨 실타래를 인내와 끈기로 풀고 보듬었기에 오늘을 가꾸게 된 그들의 눈물어린 삶의 흔적이 아니었을까.

그러기에 지나온 추억이 더욱 살갑고, 헤쳐 온 발자국이 가슴 깊숙이 각인된 것일 게다.

무심한 듯 놓인 한 쌍의 검정 고무신은 바로 그들이 온몸으로 한 발 한 발을 조심스레 밟아온 삶의 발자국이며 마음의 고향이고 그리움이 쌓인 어머니에의 향취가 아니겠는지. 뿐만 아니라 수만리 고국을 떠나 먼 이국땅을 향해 몸을 실은 희망의 배이며 새로운 도전을 향한 비행기이고, 그 파릇파릇한 잔디밭은 늘 푸른 바다요 끝없이 푸른 하늘인 듯 그들 가슴에 새겨진 것이 아니었을까.

가지런히 놓인 초록 잔디 위 검정 고무신. 거기에는 그들의 웃음, 아픔, 눈물, 그리고 고향과 조국이 아로새겨져 있을 것 같다.

아울러 잊을 수 없는 그들의 질펀한 삶의 이야기들이 소복이 담겨져 있는 것은 아니겠는지. 아마도 더 세월이 흐르기 전에 그것을 소중히 곁에 간직하고 싶었는지도 모른다.

(2008. 10. 20)

翠 園 金 榮 義 일 곱 번 째 수 필 집

비취빛
삶이고 싶어

나에게 문학이란 무엇인가

스산한 초겨울 바람이 볼을 스친다. 낙엽진 나뭇가지 사이로 멀리 창공에 반짝이는 별 하나를 좇아 떠돌던 나의 상념이 멎는다. 철부지 시절, 수많은 밤들을 홀로 담장에 기댄 채, 내 별을 찾아 이야기를 주고받던 숨결이 아련히 피어난다. 나는 아버지의 목소리가 커지고 어머니의 대응이 시작된 듯싶으면 밖으로 뛰쳐 나갔다. 어른의 세계를 모르던 내게는 견디기 힘들었었나 보다.

길 건너, 도도히 흐르는 길림시(吉林市) 외곽을 흐르는 쑹화강의 검푸른 물결소리를 귓가에 벗하며 어둠 속에 선 나는 나의 별을 찾아, 손끝이 시려오는 차가운 손을 모아 기도를 했다. 뉘게 털어놓을 수 없는 안타깝고 답답한 어린 마음의 탄식과 소망을 실어 독백처럼 되뇌곤 했다. 하지만 나의 별은 좋을 때나 기쁠 때나 함께 속삭이며 응대했고 서러움의 눈물을 말없이 지켜봐 주었다.

나는 말이 적고 내향적인 외톨이로 풀피리 같은 여린 소녀로 자랐던 것 같다. 그렇게 시작된 나의 기도와 독백, 때로는 울부짖음과 하소연 같은 몸짓들은 내 성장과 더불어 이어졌고 글과 책을 익혀 내 숨결을 쪽지에 담아가는 동안 그것은 내 스스로를 추스르고 기쁨과 슬픔, 어떤 어려움도 다스리는 지혜로 터득되어 간 것 같다.

어느 깊은 밤, 그 별이 금빛으로 반짝이며 내게 격려의 손짓을 보내주던 가슴 벅찬 기억들. 나의 기원을 들어주듯 미소 지으며 빛나던 아름다운 별빛과의 언어 아닌 언어들이 지금 내게 문학으로 엮어져 내 삶과 함께 숨 쉬고 있다. 그러기에 나에게 문학은 형식도 규정도 구애받지 않는 허술한 모양새로 존재할 수 있었고, 그 나름대로 글쓰기를 멈출 겨를도 없이 지나온 것이리라.

이른바 '문학하는 문인이란 삶의 가치와 역량을 글쓰기에 집중하는 사람'을 뜻하니, 나는 문인은 못되어도 문학인일 수밖에 없지 않는가.

되돌아보니 나를 이끈 그 별빛은 곧 나의 소박한 꿈이고 희망, 그리고 열정 그 자체가 아니었는지. 그리고 그 숨결은 나에게 문학으로 다가와 내 인생여로의 그림자이고 길잡이며 꿈을 위한 기도이고 어쩌면 삶에의 뜨거운 염원이었던 것이 아닐까. 운명의 외줄에 매달린 '나를 지탱해 준 또 하나의 나'가 아니었을까.

(2007. 11. 20)

'문경새재' 에서 보내는 손짓

지난 2월 14일, 문경을 배경으로 SBS 대하사극 '연개소문'(淵蓋蘇文)이 무대 상량식을 치르고 촬영에 들어갔다는 보도에 접했다. 불현듯 지난 여름 다녀온 그 곳에의 향수가 봄 안개처럼 내 가슴 가득히 피어오른다. 그리고 엊그제, 문경새재 고개를 걸어 넘었다며 풋풋한 기세로 자랑하던 일흔 고개를 넘은 2년 후배인 친구의 얼굴도 떠올랐다. 문경은 '새재'를 끼고 있어 많은 이들의 관심과 사랑을 받는 것 같다.

긴 겨울 동안 얼어붙었던 대지는 촉촉한 물기를 머금고 초록의 향기를 다시 피우려 온갖 몸짓으로 술렁인다. 거기 산과 계곡, 숲 그리고 고운 흙 길. 봄을 반기는 새들의 지저귐도 아스라이 노래 소리로 들리는 요즘, 그 곳은 얼마나 멋진 봄 정취로 살아나고 있을지. 내 마음은 벌써 그곳을 달리고 있었다. 나는 문경새재를 딱 두 번 가 보았을 뿐인데, 어찌하여 내게 고향처럼 그리움으로 다가오는지 모르겠다.

어느 여름방학, 내 손으로 개설한 서울의 한 고등학교에서 어려운 여건 속에 첫 졸업생을 배출시킨 기쁨을 함께 하고자 교직원 모두가 한 덩어리가 되어 경북 문경으로 향했다.

새재 고갯길을 숨차게 오르며 흐르는 땀방울은 웃음으로 번져 더욱 두터운 동료애로 스며들며, 수안보온천 물에 몸을 담그고 심신의 노고와 피로, 회포마저 풀던 때가 어언 20년이 지나갔다. 아직 내게 꿈과 야망 그리고 활기가 넘쳐나던 50대의 세월이었다. 허나, 그 곳이 언제 떠올려도 내게 낯설지 않은 까닭은 결코 그 때문만은 아닐 것이다.

문경(聞慶)은 먼 옛날 과거(科擧)를 보러 간 유생들이 급제한 경사로운 소식을 제일 먼저 접하는 반가운 곳이라 하여 지니게 된 지명(地名)이란다. 영남에서 한양을 오르내리던 당시 유일한 통로인 조령(鳥嶺), 즉 새재 고갯길은 백두대간을 이루는 소백산맥의 조령산과 주흘산 사이로 뻗은 고갯마루다. 625m의 높은 관문인 그 곳은 억새풀이 무섭게 우거져 험난한 탓에 '새가 날아서도 넘기가 어렵다' 하여 그리 불렸다고 한다.

또 그 험악하고 긴 새재를 청운의 뜻을 품고 꿈을 좇아 수많은 젊은이가 명운을 걸고 넘나들던 옛 길이었다니. 천년의 세월 속에 선인들의 이별과 만남, 희망과 좌절, 영광과 애환의 눈물겨운 사연과 역사가 켜켜이 쌓이고 얽히며 대자연의 품에 포근히 묻히고 묻혀 구수한 인정과 향취가 깃들여진 탓에 내게 그리움으로 자리잡은 것일까.

지난 여름 마침, 한국수필문학가협회 세미나가 그 곳에서 열렸다. 자연과 문학의 숙명적인 관계, 그 속에 숨 쉬는 인간의 삶의 본질과 자연을 화두로 한 열띤 대화는 자연에 대한 우리의 인식을 머리 아닌 가슴으로 받아들이게 한 것 같다. 밤이 이슥토록 이어진 축제는 자정이 지나서야 맺어져 잠깐 눈을 붙인 이른 새벽, 산새들의 지저귐에 잠꾸러기인 나마저도 눈을 뜨지 않을 수가 없었다.

물안개가 자욱이 장막을 두르며 산봉우리를 사뿐히 감싸고 있었다. 나는 깊숙한 숲 호수 바닥에서 희미하게 보이는 백두대간의 높은 장벽을 꿈결인 양 물끄러미 바라보고 있었다. 숲 바람이 계곡 물처럼 차가운 기운을 몰고 와 살갗을 스쳐가니 오뉴월 장마 더위조차 까맣게 잊었던 것 같다.

아침 식사를 마친 8시부터 문경새재의 제2관문까지 왕복산행이 예정되어 있었다. 나는 망설이며 '과연 고갯길 세 시간의 산행을 해낼 수가 있을까?' 염려스러워 서성거렸다.

4~5년 전, 하늘 아래 다시 머리를 들고 걸을 수가 있을까 할 정도의 큰 병을 앓았고 또 퇴행성관절염으로 보행이 힘든 상태였기 때문이다. 또래 회원 몇 명이 계곡 물에 발을 담그고 쉬자고 권했다.

허나 나는 무의식중에 걷기 시작하고 있었다. 마치 산바람이 등을 떠밀며, 고갯길 양옆을 메운 숲의 손짓에 취하여 발길이 딸려가고 있었다. 오르막 고개 언덕 우거진 초목들이 서로 얼싸안아 터널을 만들며 그 깊숙한 속에서 끌어당기는 강렬한 힘에 내가 빨려드는 느낌이었다고 할까.

그랬다. 진초록색 옷자락을 활짝 펴든 숲은 한껏 아름다운 몸짓으로 춤을 추듯 나직이 깔린 장마 구름 사이를 살풋한 초록바람을 일으키고 있었다. 나는 걷고 또 걸었다. 아픈 다리를 절룩이면서도 아픔을 느끼지 못했다. 혹여, 숲 요정의 마법에 걸린 것이 아닌지 내 자신이 신기로웠다.

협곡을 따라 제1관문인 주흘관까지 2.5km, 사극 '왕건' 촬영소와 '불멸의 이순신'의 촬영지가 더 한층 옛 자취를 실감케 한다. 3km를 더 가면 제2관문인 조곡관에 다다른다. 우거진 소나무 숲 속 길을 오르다 보니 주막집이 나왔다.

일행은 머리를 틀어 올린 웃음 띄운 주모의 얼굴을 떠올리며 잠시 머물러 막걸리 사발을 들이켠 기분으로 툇마루에서 숨을 돌려 다시 발길을 옮겼다. 경상도 신·구 관찰사가 관인을 인계인수하던 곳이라는 교귀정(交龜亭), 길가에 장원급제의 소원성취를 빌며 쌓아진 이끼 낀 돌탑에 나 또한 돌멩이 하나를 정성껏 올리며 손자의 대입축원을 빌었다. 드디어 폭포가 시원히 쏟아져 내리는 조곡관문까지 걸어낸 뿌듯함은 분명 젊음을 되찾은 기분이었다.

다시 가쁜 숨을 돌리고는 5.5킬로미터를 되돌아와야 했다. 길섶을 따라 흐르는 수로의 맑고 차디찬 물에 화끈거리는 발바닥을 식히면서, 나는 기어코 새재의 홈 고개를 밟아낸 성취감으로 뿌듯했다. 그 흐뭇함은 다시 맛볼 수 없는 내 큰 행운으로 두고두고 가슴에 새겨져 있을 것이다. 비록 그 곳을 다시 찾아가 보지 못할지라도.

(2006. 2. 26)

귀로(歸路)에 뜬 달

— 버스 바닥에서의 횡재

언제부터인지 알 수는 없지만 나는 무척 운이 좋은 사람이란 느낌이 드는 것이 한두 번이 아니다. 지금 살고 있는 분당 집만 해도 그렇지만 그 날의 귀로(歸路)는 내게 더할 나위없는 행복감을 안겨 주었다. 근래에 살기에 편한 아파트 주택이 확산되면서 우리도 20여 년을 살던 주택을 벗어나려고 십여 차례 추첨을 시도했으나 번번이 낙방되고 말았다.

마지막으로 한 번만 더 청약을 넣어보고 안 되면 그 돈으로 여행이나 다녀 오리라고 마음먹었다.

1992년 가을, 공부를 마치고 귀국한 큰아들 내외가 쉬고 있어서 대신 가서 청약을 하도록 당부했다. 그것이 뒤늦게나마 당첨이 되어 1996년 봄에 우리 가 이곳에 옮겨와 살게 된 것이다.

한데 이 집은 정남향에다가 12층 소위 '로얄'이라 불리는 층이며 그 단지 앞에는 일반버스, 좌석버스, 그것도 보통과 급행으로 나누어져 거의 20개에 가까운 노선이 운행되고 있으니 교통 또한 편리한 셈이다.

오랜 동안 삶의 터전이 서울이었으니 지금도 무슨 모임이나 만남, 볼일 등이 거의 서울 시내일 수밖에 없는 내게는 교통이 편리하다는 것이 얼마나 다행스런 일인지 모른다. 그 날도 볼일을 마치고 귀가하려 버스 정류장을 향했다. 물론 지하철도 잘 연결되어 있고 게다가 경로우대권으로 무료로 이용할 수 있으니 참으로 고마운 일이다. 하지만 퇴행성 관절로 고생하는 나는 계단이 많은 지하철을 피하고 싶어 버스를 택하게 된다.

엊그제 음력 정초를 지내서인지 퇴근시간이 멀었는데도 사람들의 발걸음이 분주하게 일렁이고 있었다. 아니나 다를까 올라탄 버스에는 이미 빈 좌석이 하나도 없었다. 그런데도 다음 정류장에서 또 여러 사람이 탔기에 통로마저 꽉 메워 서 있기조차 힘든 상태가 되어 버렸다.

'노인들은 되도록 출퇴근시간을 피해서 다녀야 하는데.'

나이든 내가 서서 뒤뚱이는 것이 딱해 보였는지 한 젊은이가 자리를 내주려 한다.

나는 막무가내로 사양을 하고 그 좁은 통로를 비집고 다시 출입구 쪽 가까이 다가갔다. 그리고 기사 아저씨께 말을 건넸다.

"아저씨! 어디까지 가면 손님이 안 타지요?"

"왜 그러세요."

"내가 무릎이 나빠 이 출입구 계단에 앉으려구요."

그는 내 얼굴을 쳐다보더니 운전석 옆에 쑤서 박혀 있던 신문뭉치를 꺼내주면서 다음 정거장만 지나면 앉아도 된다고 일러주었다.

'고맙다' 는 인사를 마친 나는 그것을 깔고 얼씨구나 하고 앞 문짝 계단에 철썩 앉았다. 퇴근시간 대의 분당행 고속화도로는 평소 논스톱으로 25분 거리를 족히 20분 이상은 더 지체되기 마련이다. 무릎을 아끼려고 지하철을 마다하고 버스를 탔는데 3~40 분을 서 있으려면 예삿일이 아닐 테니 순간적으로 떠오른 임기방편을 처음 시도하는 셈이었다.

이전에 몇 번 친절에 응해 양보해 준 좌석 신세를 졌으나 내내 불안하고 미안하여 편치가 않았다. 출입구 계단이나마 앉아 가니 남들이 흉을 보건 말건 남에게 폐 끼치는 일이 아니니 '얼마나 마음이 편안한가!' 하며 출입문의 긴 창밖을 내다보았다.

'어머! 이런 일이 있을 수가!'

나는 하마터면 소리를 낼 뻔한 것이다.

어느새 어둠이 깔린 차가운 초저녁 하늘에 초승달이 아름답게 걸려 있질 않는가.

나직한 야산의 산등성 위에 눈썹처럼 곱게 오려 붙인 듯 맑게 떠 있는 초승달을 바라보게 되다니 이게 대체 얼마만의 일인가?

달을 보자마자 놀라움과 함께 나는 어느덧 아득한 옛 시절로 달려갔다. 반가움 그리고 그리움, 갖가지 추억들이 뒤엉키며 가슴에 밀려들었다.

진정, 흘러간 세월을 한꺼번에 되찾은 것 같은 큰 감동과 벅참을 어이하랴! 만원버스 양철바닥에 앉아 이런 횡재를 할 줄이야!

나는 어린애처럼 설레며 기뻐했다.

지난 세월 동안 그 달은 나의 고통과 시련 그리고 괴로움이나 즐거움을 함께 나누며 희망을 속삭이고 용기를 돋아주던 벗이고 의지(依支)이며 버팀목이었던 것을….

풋풋하게 젊었던 시절, 눈길 한 번 잘못 주면 언제 어디에 끌려가 죽음을 당할지 모르는 공포의 땅에서 나는 초승달을 바라보며 밀어(密語)를 나누었고 위로 받으며 떨리는 가슴을 진정시키곤 했다.

또 6.25전쟁 발발 후 9.28 수복 때까지 인민군을 피해 산골짝에 숨어 살며 허기진 배를 움켜쥐고도 어머니와 함께 내일을 기약하며 견뎌내던 바로 그 달도, 어머니가 돌아가신 후 비통함에 울부짖으며 눈물로 바라보던 달, 험난한 앞날을 위해 기원하던 밤도 그 달은 나를 포근히 감싸주었던 것을….

달은 예부터 혼(魂)의 고향이라 하여 신앙의 대상이 되어왔으며 또 달에는 정령(精靈)이 있다 하여 특히 초승달이 여인들의 애달픈 기원의 대상이 되기도 했다. 그러나 내게 달은 단지, 시련의 고비 고비에서 내 삶을 이끌어 주며 당겨주는 든든한 끈이라 믿어졌기 때문이다. 그러기에 수 없는 밤 젖은 눈으로 간절하게 되뇌던 소월(素月)의 시가 지금도 다시 읊조려진다.

'봄가을 없이 밤마다 돋는 달도 예전엔 미처 몰랐어요./ 이렇게 사무치게 그리울 줄도 예전엔 미처 몰랐어요./ …(후략)….'

진정 이토록 가슴 깊이 간직하며 절절히 삭혀 온 자신의 넋과 혼을 담아 온 그 달을 그 동안 쉽사리 놓아 버리고 살고 있었으니.

그리하여 오래 전에 떠나신 그리운 어머님, 그리고 아버님, 큰 남동생과도 만나 이 달과 함께 속삭이던 사연들을 가슴에 되안아 보았으니. 나는 시공을 초월하여 포근한 꿈속을 달려온 듯 뿌듯하고 흐뭇한 심정에 젖어들었다.

요즘 날씨처럼 바싹 메마른 내 가슴이 새삼 한탄스럽고 부끄러워진다.

설사 좌석에 앉았던들 어찌 이 초승달과의 만남이 가능했으랴!

이젠 봄비에 젖어든 땅처럼 촉촉한 가슴으로 살고 싶다. 그리움에 젖어 살고 싶다. 다시는 평온함 속에서도 그 초승달을 잃지 않고 살고 싶다.

(2002. 4)

나의 자화상

— 대물림의 당나귀 귀

흔히 '얼굴은 마음의 거울' 또는 '40세가 넘으면 자기 얼굴에 책임을 지라' 는 말을 한다. 이는 '얼굴' 이 그 사람의 인품을 나타내는 자화상이 된다는 뜻일 게다. 나는 초등학교 때부터 그림은 아예 못 그렸기에 당시의 도화(圖畵) 평가기준인 갑 을 병(甲乙丙) 중 어쩌다 '을' 을 받으면 뛸 듯이 기뻤을 정도였다. 그래선지 나는 내 얼굴을 그려 본 적이 없을뿐더러 유심히 들여다본 적도 없다. 교직에 전념해 지각을 안 하려고 아침이면 동동 뛰다시피 거울 앞에 서서 이것저것 대충 찍어 바르곤 대문을 나섰다. 그러니 아직껏 내 얼굴에 불만을 느낄 틈도 없었거니와 화장품 바르는 순서도 제대로 몰라 애들에게 웃음거리를 주기도 한다.

어느 날, 무심히 거울에 비친 내 얼굴을 보다가 깜짝 놀랐다. 이마에 굵은 연필로 그은 줄이 있었기 때문이다. '어머!' 하고 휴지에 살짝 침을 묻혀 이마를 문질렀다. 한데 그건 지워지지 않는 깊은 주름이었다. 언제 이 깊은 주름이 생겼는지, 주름과 연필자국도 구별 못하게 눈이 나빠졌는지? 어이가

179

나의 자화상

없어 한심한 웃음을 삼킨 일이 있다.

자화상이란 반드시 얼굴만을 그린 것이 아니라, 자신의 내면, 감정이나 성격 따위를 표출한 것도 해당되는 것이 아닐까. 그리 보면 모든 작가의 작품은 그 사람의 내면을 담아내고 있으니, 바로 그의 자화상이라고 할 것이다.

언제였던가. 내게 '작은 거인'이란 말을 해 준 사람이 있다. 과분한 칭찬이지만 어쩐지 내 마음에 드는 고무적인 표현이라 '나의 자화상'으로 받아들였다. 키가 작은 나는 어려서부터 키 크는 일이면 뭐든 시도했다. 맨발로 말똥을 밟고, 철봉에도 많이 매달려 보았지만 고작 150센티미터 아래서 맴돌 뿐이었다. 하지만, 높은 곳은 의자에 올라서면 닿을 수 있어서 뭐든 해낼 수 있다는 정신으로 살아온 것 같다. 종전 후, 약 30년 만에 중학교 때 짝이었던 일본인 친구를 만났더니 '어머, 너 언제 키가 컸어!' 하고 놀라는 걸 보고 그간의 노력이 헛수고만은 아니었구나 싶었다. 소크라테스가 '네 자신을 알라'고 말한 것처럼 자신을 안다는 것은 인간에게 가장 어려운 일이다. 자신의 참 모습을 알려면 남에게 비친 내 모습에서도 찾아야 하지 않을까.

짧은 삶을 자살로 마감한 천재적인 화가 고흐는 그가 남긴 그림 1,500여 점 중 자화상만 50여 점이 된단다. 모델을 구할 돈이 없어 자신의 얼굴을 그리며, 자신의 고독과 절망을 나타내는 거친 화풍이 19세기 인상주의 흐름에 큰 영향을 끼쳤다고 한다. 고갱과 다툰 후 귀를 자를 만큼 괴팍한 성격 탓에 내면의 고뇌를 노란 색으로 나타낸 것이라고 했다.

이토록 작품은 바로 작가의 자화상이라고 하니, 내 졸작 속에 나의 자화상이 나타날 것이니 글쓰기가 더욱 조심스러워진다. 게다가 굳이 내 얼굴의 특징이라면 대물림인 당나귀 귀를 들지 않을 수가 없을 것 같다.

(2011. 6. 17)

4
꿈이없기를 바랐건만

내게 있어 '서울'은 삶의 희망이고 꿈의 녹색지대였다.
광복을 맞은 조국의 심장인 서울은 중국과 북녘 땅을 거쳐 나온
우리 가족에게는 그냥 살고 싶은 땅만은 아니었다.
오래 전부터 갈망하던 '평화와 자유'의 상징이고 '희망의 삶' 그 자체였다.
자유와 평화, 그것은 빵과 포도주만이 아닌 삶의 숨결이고 맥박이었기에
억압과 감시와 공포의 소용돌이 속에서도
한 줄기 희망과 용기를 솟게 하는 힘이고 빛살이었다.
17세 철없는 가슴도 그 곳의 뜻 있는 젊은이들과 함께
자유와 평화를 향한 갈망의 사무침으로
'서울, 서울'의 이름을 외치며 기도로 지샌 수많은 밤들을
어떻게 잊을 수가 있겠는가!

– 〈서울 사모곡〉 중에서

'건강사업'으로

어느새 봄을 시샘하던 4월의 매섭던 기세도 사라져선지, 어제까지 추적추적 내리던 때 아닌 궂은비 때문인지, 노곤함이 온몸을 휘감아 잠자리도 비몽사몽간인 내 귓가에 갑자기 요란한 벨소리가 따르릉~ 울려 왔다.

정신을 차려 전화 속 목소리의 주인공을 더듬는다. 친구의 밝은 목소리가 내 머릿속 뿌연 안개를 활짝 걷어간다.

"애, 너 어제 왜 안 나왔어. 많이들 나왔던데. 왜 너 생존신고를 않는 거야?"

사뭇 유감스럽다는 말투다. 언젠가 모임에서 내가 이병수 수필집《생존신고》(2008. 7)에 관한 이야기를 한 일이 있다. 즉 출생신고는 부모가 하며 사망신고는 유족이, 모두가 행정기관에 할 의무사항이고 단번으로 끝나는 신고다. 그러나 '생존신고'란 우리 노령자들의 목숨은 마치 사그라져 가는 짚불 같아서 언제 꺼져 버릴지 모르니, 누가 재촉하거나 문책하지 않지만 본인이 정기적 모임에 나감으로써 서로가 생존을 신고, 확인하는 것과 같다는 참으로 수긍이 가는 내용이었다. 그래서 나도 한동안 생존신고를 하느라 부지런히 모임에 나갔었다.

그럼에도 불구하고 방금, 교장으론 후배인 그녀의 추궁(?)에 나는 '앞으로 꼭 나갈게' 라는 흔쾌한 답 대신에 말머리를 돌리고 말았다.

"고마워. 요즘 내가 건강사업에 바빠서 시간 내기가 여의치를 않아서. 미안해."

"뭐! 건강사업? 건강식 판매라도 하는 거야?"

'건강식 판매라니!'

나는 웃음이 터져 나왔다. 팔십이 넘어도 친구끼리는 '얘, 쟤' 하며 뜻밖의 반응이다. 실은, 근래 세간에서 모 교육감과 관련된 교직계의 비리, 여러 교장들이 연루된 부정사건으로 세상이 떠들썩한 이때에, 교장으로 퇴임했다는 말조차 할 수 없는 불편한 심기였다. 어찌 교육계가 이 지경에 이르렀는지, 한심하고 어이없는 부끄러운 일이 아니던가.

하니, 전직 교장들의 어떤 특별한 봉사나 행사를 위한 모임이라면 생존신고도 할 겸 적극 참여하겠지만, 단지 친목을 위해 음식점에 대거 드나드는 일은 정말 내키지 않기 때문이다.

나의 '건강사업' 이란 '인명은 재천(人命在天)이라' 는 불가항력적 상황을 제외하고는 사람이 할 수 있는 자기관리 노력의 총칭을 말하는 것이다. 2008년 이후, 우리나라는 수명장수시대라 일컬어질 정도로 '한국인 평균수명 80세, OECD 평균수명을 처음 앞질렀다' 고 한다. 출산율은 저하되고 평균수명의 연장으로 우리 사회의 고령화 속도가 세계 최고수준으로 급격히 빨라진다는 우려의 소리도 높아 '장수가 축복인가' 라는 화두도 오르내리고 있다.

하지만 어차피 고령화 사회에 진입했다면 우리 노인층 스스로가 할 수 있

183

는 영역에서 그 나름의 취약점을 살려 사회에 긍정적인 작용을 할 방도는 없을까. 나는 요즘 유행어가 된 '9988234'를 떠올리며 그 실현이야말로 곧 그 길이 아닌가 생각되었다. 그러자면, 우선 의약품의 발달이나 생활의 다양한 조건들이 갖춰져야 하지만 그에 앞서 당사자 자신의 다부진 의지가 바탕이 된 삶의 관리가 더 중요할 것 같다. 즉, 생활 속에서 심신의 절제나 인내, 끈기, 조절 등의 꾸준한 노력이 함께 따라야 비로소 개개인의 건강이 잘 유지될 것이 아닐는지.

어떤 질병을 치료하는 것도 마땅히 건강을 지키는 일이지만, 마음에서 오는 노탐, 노추, 비관, 우울증세 등의 정신건강을 위한 조정도 결국 스스로 관리하는 것이 바람직한 일일 것이다. '나 오늘 병원 가는 날이야'던가, '나 요즘 이만 저만 아파서 병원에 다녀' 하는 것보다 '아! 요즘 건강사업이 바빠서.' 이 얼마나 어감도 좋은가.

또 사업에는 손익이 따르기 마련인데 '건강사업'은 본전치기보다 이익이 많다. 우선 정신적으로 밝아지고 육체적으로도 한결 개운해지며 가족이나 이웃에도 부담이 안 될 테니. 나의 경우처럼, 팔목 인대통증, 무릎 관절염, 기침감기, 치통 등 오래 부린 몸은 마치 중고차의 경지를 지나 폐차직전의 고물차처럼 수리하기에도 마땅치 않은 실정이다. 여기 저기 낡은 데가 많으니, 어찌 일일이 병원치료 다닌다고 궁색하게 말할 수가 있을까. 여태껏 지탱해 온 것도 감사한 일일진대.

누가 요즘 인생을 90년으로 보고, 초기 30년은 '해오름시대' 중간은 '물오름시대' 마지막 30년은 '타오름시대'로 분류한 이가 있다. 그렇다. 우리에게 주어진 한 번뿐인 귀한 인생을 우리는 보다 아름답고 행복하게 살아갈 권리와 책임이 있다. 그러니, 생명을 지탱하려는 활동은 단순한 병 치료를 넘어 일관된 '자기관리' 라고 본다. 하여, '건강사업' 은 더욱 존중되고 필수적이어야 하지 않을까.

어느 날, 한 친구가 나를 반색한다.

"저는 요즘 매우 기분이 좋아졌어요."

'무슨 좋은 일이 생겼어요?' 의아해 하는 내게,

"그래요. 사업을 하게 돼서요."

무슨 사업인지 묻는 나를 향해 만면에 미소 띠며 그는 한바탕 소리 내어 웃어댔다.

"그 건강사업이요! 실은, 병원치료 다닌다고 한 때는 정말 짜증나고 한심하고 우울했는데. 선배님 말씀대로 건강사업을 한다는 마음으로 바꾸니 그렇게 홀가분해지고 자식들에게도 당당하고 뿌듯하기까지 하더군요."

얼마나 경쾌하고 진취적인 삶의 모습인가. 사람의 마음이 때로는 비리에 얽히고 악에 물들기도 하지만 맹자의 성선설은 아니더라도 매사를 긍정적인 측면에서 받아들이려는 의지만 있다면 흙탕물에 빠져도 오래 휘둘리지 않을 것이며, 마음의 병인들 쉽게 들겠는가. 나이 들수록 깔끔하고 철저한 자기관리로 건강사업을 충실히 하여 후진이나 풋풋한 새싹들의 밑거름이 되기를 소망하며, 청정하고 아름답고 행복한 인생여정의 종착역에 다다르기를 이 아침에 기대해 본다.

(2010. 4. 18)

무재주 상팔자

떼구르르…, 작은 알약 하나가 손바닥에서 굴러 거실 소파 밑에 숨어 버렸다.

"저런, 쯧쯧."

남편의 핀잔에 나는 웃고 만다.

'뭘 그럴 수도 있는 거지, 별것도 아닌데!'

입 밖에 내지 않은 나의 속 마음이다. 두 사람이 정년으로 직장을 나온 지 10여 년이 흘러 좁아진 생활반경 탓에 아침부터 저녁까지 서로에게 행동이 훤하게 노출된다. 물론 숨길 일도 없지만 잔소리나 간섭이 힘도 안 들고 쏟아지기 일쑤다. 그러나 이미 세월에 씻기고 닦여 웬만한 것은 무신경지경에 달한 유단자가 되었고 또한 웃음은 건강의 보약이고 가정화목의 씨앗이라 여겨 웃어넘기는 것이 최상책이라 생각되었다.

나는 힘겨운 배경 속에서도 45년의 세월을 직장과 가정을 양립시켜 오는 동안, 남들에게 비교적 호감 주는 사람, 판단과 추진력이 있는 유능한 사람이란 말을 칭송처럼 들어온 터인데…, 별것도 아닌 아침 저녁 식탁 앞에서 병마개를 따거나 우유팩을 열지 못한다고 타박이나 핀잔거리가 되니 한심스럽기도 하다. 하지만 솔직히 말해 나는 어려서부터 몇 가지 감각기능이 무뎠던 것을 인정하지 않을 수가 없다.

여섯 살이었을까, 그 때까지 미닫이문을 잘 여닫지 못한 나는 아버지께 꾸중 듣던 일이 생생하다. 손의 힘을 어떻게 써야 문짝을 밀 수 있는지 감지하지 못한 때문이었다. 때로 음식을 맛깔스럽게 해 보려고 애쓰다 보면 결과는 영 아닌 맛이 돼 버려 씁쓸함을 금치 못할 뿐더러 눈썰미도 없고 바느질, 다리미질도 서툴기가 매한가지다. 오죽하면 머리에 뿌리는 스프레이의 방향도 겨우 요즘에야 익혔으니 그 동안 운전대를 쥘 수 있었던 것이 신기할 따름이다.

흔히 '그 어머니의 그 딸' 이라고 한다. 우리 어머니는 인물이나 머리가 뛰어나 일본 도쿄의 명문대학에서 일본 학생을 제치고 수석졸업을 하여 상까지 받으셨고, 바느질은 물론 모든 면에 출중하여 대학 강의까지 맡으셨다. 그래서 우리 자매들은 나를 빼고는 모두가 손재주가 좋아 같은 재료로 음식을 해도 빨리, 또 맛있게 하며 붓글씨나 그림도 능한 편이다. 하필 나만이 돌연변이 '무재주' 로 태어났는지 알 수 없는 일이다. 나의 이런 손치(癡), 눈치(癡), 기계치(癡)임을 아신 어머니는 여성이 살아가는 데는 가정과 전공이 요긴하다 하면서도 결국은 나의 전과(轉科)를 허락하신 일도 있다.

독립운동으로 쫓겨 다닌 아버지를 따라 중국에서 살던 우리는 늘 외할머니와 함께 살았다. 맞벌이하는 어머니의 뒷바라지와 어린 우리를 보살펴 주시던 외할머니는 맏손녀인 내게 입버릇처럼 "애야. 너 공부 많이 할 필요 없다. 네 어미 봐라." "그저 무재주가 상팔자니라. 애써가며 공부 많이 하지 말거라"고 하셨다. 어린 나는 내심 '뛰어난 재주를 갖춘 딸인 우리 어머니의 삶이 외할머니에게는 너무도 힘들게 보여 안타까워서 하시는 말씀' 이겠거니 짐작했고 나도 상팔자로 잘 살고 싶다는 욕심이 일었으나 왠지 듣기 좋은 말은 아니었다.

외할머니는 내가 태어나기 전 1920년대, 홀로 4남매를 거느리고 현해탄(玄海灘)을 건너 도쿄로 삶의 터를 옮기셨단다. 우리 속담에 '말(馬)은 낳으면 제주도로 보내고 사람은 낳으면 서울로 보내라' 고 했듯이 자녀에게 신학문을 접하게 해 주려고 선진국행을 결심하신 것 같다. 거기서 셋집을 얻어 생계를 위해 유학생 하숙을 치며 남매의 공부를 도우셨으니 그 시대의 선각자이며 대단한 여장부가 아니셨을까. 허나, 그 고생의 끝이 세월의 탓도 있겠지만, 자녀들에게 유복하며 안정된 생활로 이어지지 못한 까닭에 그런 말씀을 하신 것 같았다. 그러니 외할머니 말씀대로라면 재주 없는 나야말로 상팔자로 살 수 있는 '적격자' 인 셈이 아니던가.

제2차 대전 종전(終戰) 이후, 살던 집과 모든 재산을 중국에 버린 채 고국으로 돌아와야 한 우리에겐 본격적인 생활고가 이때부터 시작되었다. 어머니는 '무재주 상팔자' 를 믿는 분은 아니지만, 가세가 너무 기울고 자녀가 여덟이나 되니 맏딸인 내게 진학을 포기하고 살림을 도맡아 주기를 바라셨다. 나는 공부가 하고 싶어 몰래 입학시험을 치러가며 주경야독을 했다. 이른 새벽부터 열 식구의 빨래며 식사준비 등, 집안 살림을 해가며 직장과 학원을 거쳐 억지춘향으로 원하는 대학에 진학하여 3학년이 되던 해 6.25 전쟁이 일어난 것이다. 부산 피난지에서 무리가 겹친 어머니는 향년 46세로 돌연 유명을 달리 하셨으니 이런 경우를 청천벽력이라 말하지 않던가.

나의 '무재주' 는 나를 '상팔자' 로 만들기는커녕, 행여 그걸 믿고 학업마저 등한시 했다면 지금쯤 흩어져 버렸을 동생들을 찾는 이산가족 대열에서 얼마나 많은 눈물을 흘려야 했을까. 재주가 없으니 앞뒤 살필 겨를 없이 묵묵히 밭갈이하는 농부처럼 땀 흘리며 온몸으로 주어진 일에 매달렸기에 오늘 그 결실에 감사하는 축복을 얻은 것이리라.

돌이켜 보니, 묵묵히 맡은 일에 최선을 다하는 성품 그 자체가 바로 나의 재주였던 것 같다. 세상에는 재주 없는 이는 없으며 다만 확인을 못해 뒤늦게 알게 되었을 뿐인 것 같다. 그러니 '무재주 상팔자'가 아니라 '타고 난 재주대로 살아가는 것'이라고 바꿔 말해야 할 것 같다.

신은 누구에게나 그 나름의 특성을 지니게 했다. 그것이 일찍부터 밖에 드러날 수도, 뒤에 나타나 빛을 낼 수도 있다. 심지어 동식물에도 그 특성대로 쓰임이 있는 것처럼. 독일 상인으로 떠돌던 '하인리히 슐리만'은 일곱 살 크리스마스 때, 아버지가 사준 목마를 안고 품었던 꿈을 50년 후 실현, 자칫 사라질 뻔한 '트로이 문명'을 발굴하여 전세계를 놀라게 했다.

또 발명왕을 키운 '애디슨'의 어머니, 혼혈아의 어려움을 겪던 '하인즈'를 미국 슈퍼볼 MVP로 우뚝 세운 그 어머니는 우리에게 깊은 감명과 큰 시사점을 안겨준다.

개성화시대를 사는 요즘. 특히 청소년들 내면에 깊숙이 광맥처럼 숨겨진 귀한 능력을 탐지하고 키워 나갈 지혜와 인내, 그리고 격려하는 사랑의 마음이 어른들에게 더욱더 필요한 때가 아닐까.

미래는 꿈꾸는 자의 것이다. 우리의 아들딸이 아름다운 꿈을 지니고 높이 날아 멀리갈 수 있도록 품어주는 일이 우리 세대에게 주어진 절실한 과제가 아닌가 싶다.

(2006. 5. 8)

꿈이었기를 바랐건만

거의 60년 전의 일이다. 난생 처음으로 벌금을 낼 각오로 무임승차를 했다. 1953년 6.25 전쟁의 휴전협정이 체결되어, 정부는 서울로 수복했고 따라서 경부선도 다시 개통됐다. 하지만 고작 하루 세 번(?)을 다니는 열차는 객차 몇 칸만을 달고 오르내렸으니 차표 구하기가 하늘의 별따기 같다는 말이 실감날 때였기 때문이다

토요일 수업을 마친 나는 상경하여 볼 일을 끝내고 다음 날 돌아가는 참이었다. 그 차를 놓치면 이튿날 수업을 못하게 될 다급한 상황이다. 무임승차인지라 당연히 좌석이 없어 어느 객실 칸 뒤의 문에 기대서서 서울역 플랫폼을 빠져 나갔다. 이젠 서 있기만 하면 부산에 도착하려니 하고 한숨 놓이는 듯싶었지만 짤깍 짤깍 차표를 찍는 금테모자의 차장이 금방이라도 들이닥칠 것 같아 가슴이 두근거려 왔다.

아나나 다를까, 내가 있는 칸에 들어선 차장은 지체 없이 내게 다가왔다. 딱한 사정을 털어놓았으나 지극히 사무적인 차장은 듣고도 막무가내로 차

비의 두 배를 내라고 으름장을 놓지 않는가. 참으로 난감했다. 벌금액의 규정이나 고지서, 입금표도 없는 때라, 조금 봐 줄 수도 있으련만. 그런 기미는 커녕, 계속 차장과 옥신각신하려니 좌중의 모든 시선이 내게로 쏠렸다. 바늘방석에 앉은 듯 괴로웠다. 게다가 하필 청년들이 앉은 옆이었으니 얼마나 무안했는지 모른다.

결국 그중 한 청년이 벌떡 일어나더니 부족액을 대납해 주었다. 나는 어쩔 줄 몰라 하면서도 겨우 그 난처한 자리를 모면하게 된 것이다.

그 후, 돈을 갚기 위해 그 청년을 만나야 했고, 그러다가 만남이 이어져 우여곡절 끝에 우리는 마침내 결혼을 하게 되었다. 1955년 12월 26일, 당시 나의 졸업논문으로 교분이 두텁던 이태영 박사는 부군인 정일형 박사를 주례로 주선해 주셨다. 정 박사님은 '우리가 결혼한 날에 주례를 서게 되다니 큰 인연이 아닐 수 없다'며 무척 기뻐하셨다. 그것이 계기가 되어 남편은 한동안 국회에서 정 박사님의 비서실장을 역임했다.

그러나 우리 가정에는 남다른 사정이 있었다. 우리나라 1인당 국민소득 60불 시대부터 친정 동생 일곱을 돌보며 우리 아이 셋을 키워야 했다. 우리 부부는 맞벌이는 물론, 갖은 고난 속에서도 맡겨진 일에 최선을 다하려 노력했다. 남편은 결혼 전에 나의 어려운 형편을 잘 알고 있었기에 매사에 협력해 주었고 처가 식구들을 사랑했다.

수입은 일정한데 쪼개어 쓸 데는 많고, 막막했던 그 고비 고비와 사연들을 어찌 다 표현할 수 있을까. 다만 '지성이면 감천'이란 신조로 꿈을 포기하지 않고 열심히 뛰고 또 뛰었다. 그러다 보니 동생들은 나름대로 힘들었을 것이고, 또 우리 아이들에게도 남들처럼 온힘을 쏟지 못해 성에 차지 않는 부모로 새겨졌는지도 모르겠다.

힘겹고 버거웠던 일들을 싸안고 세월은 흘러 어느새 우리는 고희, 산수(傘壽-80세)를 넘겼다. 이제야 우리 부부는 안정된 자식들의 모습에 삶의 보람을 느끼면서 감사하며 평온한 나날을 보내게 된 것 같았다. 전광석화 같은 세계의 정세변화와 격변 속에서도 올해 2010년이 우리 가족 모두에게 무사히 저물어 가고 있었다.

그 겨울이 깊어가던 어느 날, 나는 그에게 말을 건넸다.

"보세요, 우리가 회혼까지는 욕심 내지 못할 것 같아요. 앞으로 살아야 2~3년이겠지요. 하니 올해 결혼기념일은 기억에 남는 이벤트가 되었으면 해요."

"그래, 좋아요. 그렇게 해 보지."

우리는 의외로 쉽게 합의했다. 평소 같으면 '검소하게 하지', '간단하게 하자'는 등 한 마디 짚고 가는 터인데, 아마도 각별히 의미 있는 날이니까 쉽게 공감해 준 거라 여겼다.

우리 집안에서는 해마다 X-Mas 날에는 특별한 자리를 마련해 왔다. 그 까닭은 X-Mas Eve인 24일은 딸과 작은며느리의 생일, 25일은 크리스마스, 그 다음 26일은 우리의 결혼기념일이고 보니 3일간의 축하를 25일에 묶어서 함께 지낸 것이다. 특히 올해는 결혼 55주년이니 더욱 멋진 이벤트로 온 가족이 즐기기를 자식들도 바라며 좋아했다.

그러던 11월 마지막 날인가보다. 남편이 웬 종이뭉치를 내민다.

"이게 뭐지?"

묻는 내게 그는 웃음 띠며 답한다.

"장례식 비용이야. 부모 장례에 형제들이 돈 때문에 큰 소리가 오가는 것을 내가 많이 봐왔는데, 우리 애들은 절대 그런 일이 없도록 내가 준비를 해

왔지."

나는 어이없는 눈으로 그를 보았다.

"아니 누가 먼저 갈지 어찌 알고, 내가 먼저면 이것은 내가 쓰게 될 거예요. 알았지요."

우리는 서로를 쳐다보며 깔깔거리고 웃었다. 누가 먼저 갈지 하늘이 알 뿐, 난 속으로 내가 먼저 갈 수도 있다고 느껴졌다. 그 즈음 나는 기침, 눈병, 무릎 통증 등으로 병원을 자주 드나들며 병치레를 하고 있었기 때문이다.

마지막 한 장을 남긴 달력이 연말 분위기를 자아내던 12월 초, 건널목을 지나서 인도에 다리를 옮기려는 순간 나는 '앗' 하고 그 자리에 멈춰 섰다. 갑자기 무릎에 날카로운 통증을 느껴 몸을 움직일 수가 없게 되었다.

병원에 실려 갔는데 의사는 수술밖엔 치유할 길이 없다고 한다. 남편은 의사와 상의한 끝에 14일로 수술 날을 잡았고, 한 열흘 입원 후 23일에 퇴원하기로 결정했다.

수술은 간단했고 잘 되었다고 하나 그 후의 통증은 이만저만이 아니었고, 겨울은 거침없이 수은주를 내리며 영하의 추위를 떨치고 있었다. 문병 온 남편이 이틀만 더 있다가 퇴원하라기에 끄덕거리는데, 남편이 유난히 창백해 보였다. 안색이 나쁜 그에게 바로 귀가하여 쉬도록 권했다.

마침 두 아들이 모두 종강한 23일 오후였다. 나는 '아버님이 몸이 안 좋으신 것 같으니 집에 들러 보살펴 드려라'는 당부를 하고 마음을 놓았다.

헌데, 이틀이 지난 26일 아침 일찍이 두 아들이 차를 몰고 나를 데리러 왔다.

"엄마, 어떤 일이 있어도 놀라지 마세요."

아들의 낯선 당부에 초조해진 내가 따라간 곳은 바로 모 병원 중환자실이었다. 이미 산소마스크를 낀 남편은 의식도 가물가물한 상태였고 '급성폐렴'이라고 했다. 단지 이틀 사이에 이렇게 되다니! 너무도 황당하고 어이없어 나는 할 말을 잃었다.

왈칵 솟는 눈물을 삼키며 "이건 아니야. 입원한 나를 문병 다니다가 끝내 쓰러지다니! 이건 아니야. 아니야! 사실이 아니고 소설 속의 이야기지. 이럴 수는 없지 않아!" 허공을 향해 소리 질러 보지만 무슨 소용이 있으랴. 안타깝게도 그 사람은 기다렸던 결혼 55주년 이벤트를 못 누렸으나 뜻 깊은 55주년인 그날을 지나, 야속하게도 새해에 우리 곁에서 떠나고 말았다. 믿어지지 않았다. 정말 내 손으로 간호 한 번, 말 한 마디 주고받지도 못한 채.

40여 일을 중환자실에서만 투병하다가 아들들이 대학의 새 학년 업무가 시작될 바로 전 주중에 유명을 달리하고 만 것이다. 발인을 토요일에 마치니, 어떻게 자로 잰 듯이 날짜를 택했는지! 자식들이 하는 일에 지장을 안 주려는 평소의 신념대로 떠난 그 사람. 장례비까지 내 손에 쥐어주고 간 사람. 너무나 기가 막혀 나는 한동안 멍하니 정신을 차릴 수가 없었다.

잠시 꿈속을 함께 걷다가 갑자기 짝을 잃은 허망함, 억울함, 원통함, 죄의식 등 뭔가 잘못된 것 같은 착잡함이 한꺼번에 엄습해 왔다.

어떻게 이럴 수가! 진정 꿈이었기를 바랐건만.

'어찌 사랑하는 가족을 그리 매정하게 떠나가 버릴 수 있다는 말이에요. 사랑하는 사람이여! 대답 좀 해 보세요'

(2011. 4. 25)

군자란 꽃 한 송이

그대 공들여 십여 년 가꿔 온
군자란 꽃 한 송이
유독 타오르듯 진한 붉은 색을 펼쳤네
단아했던 그의 성품인 양
곧은 꽃대와 더불어.

그대 떠나가 버린 빈 자리에
군자란 꽃 한 송이
유독 탐스러이 활짝 펴 올랐네
그리움의 몸짓, 서글픔의
몸부림이런가.

그대 삶 비추듯
군자란 꽃 한 송이
유독 가슴 시리도록 아리따운 것은
반뜻 뻗어 선 푸르른 꽃대의
외로운 자태 때문은 아니런가.

(2011. 3. 25)

물을 아낀 조상의 지혜

공연히 창밖을 내다본다. 올 사람도 부를 사람도 없는 이 장맛비 쏟아지는 주말 저녁. 창가에 부딪쳐 알알이 얽히며 몸부림치듯 주르륵 떨어져 내리는 빗소리. 조금은 서글픈 듯하고 심란한 듯 짜증스럽기도 하다.

벌써 며칠째 끝없이 쏟아 붓는 이 비가 이번에는 또 어느 곳을 수해로 고통 받게 하려는지? 무겁게 내려앉은 하늘을 물끄러미 바라본다.

빗물이 모여 강을 이루고, 강물은 다시 바다로 흘러들면 어느덧 짜디짠 해수(海水)로 변신한다. 그러니 지구 표면의 70%가 물로 덮여 있지만 사람에게 쓰이는 담수는 겨우 그 2.6%에 불과하다는 것이다. 게다가 지구상의 인구는 팽창하고 산림과 임야는 훼손되어 가니 '21세기는 전세계가 물로 인한 전쟁이 일어날 것' 이라는 '경고' 가 뇌리를 스쳐 간다.

며칠 전, 독일에 사는 딸네 집을 다녀왔다는 친구가 큰 고생을 하고 왔다는 것이다. '뭐가 그리 고생이 되었냐?' 고 궁금해 하는 우리에게 '화장실' 이야기를 털어놓았다.

독일인들의 생활은 매우 규칙적이고 엄격해서 여간 신경이 쓰이질 않았단다. 특히 화장실 사용이 저녁 8시가 지나면 어느 집에서나 물을 내리지 못하게 하여, 그 때부터는 샤워나 용변이 금지되는 셈이란다. 그러하니 이곳에서처럼 아무 때나 샤워를 할 수도 용변을 볼 수도 없어, 변비에 시달렸다는 웃지 못할 내용이었다.

그 까닭인 즉, 첫째 절수(節水)요, 둘째는 아래 윗집 등 이웃에 소음 피해를 주지 않으려는 배려에서 서로가 참고 견디도록 습관화된 것이란다. 우리는 놀라며 이구동성으로 감탄해마지 않았다.

불현듯 언젠가 집안의 조카가 독일 유학을 가서 겪은 또한 웃지 못할 이야기가 떠올랐다.

처음 독일 땅을 밟은 그는 어찌어찌 하여 할머니가 주인인 집에 하숙을 했는데, 첫날 이것저것 자세한 주의사항을 들었단다. 그 며칠 후, 아침 세수를 한 물을 화단에 주어야 하는 것을 깜박 잊고 그냥 마당에 휙 뿌려 버렸단다. 그 때, 어디서 보고 있었는지 득달같이 나타난 주인 할머니께 크게 꾸지람을 듣고 만 것이다.

'아니 세수한 물을 버렸다고 그렇게 야단을 치다니!!'

그러나 어이없고 불쾌한 마음을 혼자 다스려야 했다. 한데, 얼마 지나지 않아서 또 실수를 하고 만 것이다. 끝내는 할머니께 쫓겨나게 되었고 그도 도저히 더 이상 그 할머니 집에 있기가 싫어서 당장 다른 하숙집을 구하려고 짐을 싸들고 거리로 나섰다. 서툰 외국 땅에서 하숙 구하기가 그리 쉬운 일이 아니다.

생각다 못해 파출소의 도움을 얻으려고 했으나 순경은 그 할머니께 확인 전화를 넣은 것이다.

결국, 그 할머니께 다시 돌아가 앞으로 다시는 잘못을 않겠다는 군은 약속으로 용서를 받은 후, 착실하게 한 달을 지나고서야 다른 하숙집에 갈 수가 있게 되었다는 것이다.

그러니 그들의 생활이 얼마나 조직적이고 철저하며, 절약정신은 물론 특히 물에 대한 알뜰함이 어느 정도인가를 짐작할 수 있을 것이다. 세계적으로 물 관리를 잘해서 '물 풍요국' 으로 인정받는 일본은 어떠한가? 그들의 절수와 알뜰한 생활상은 관광지의 목욕탕이나 온천장에서도 쉽게 접해 볼 수가 있다. 또 빗물 한 방울도 소홀히 하지 않으며, 각 집마다 구조적으로 세면대의 오수를 다시 탱크에 모아 화장실 용수로 사용하고 있다.

그렇다면 우리의 물 사정은 어떠할까? 이미 알려진 바와 같이 세계를 '물 기근국가, 물 부족국가, 물 풍요국가의 셋으로 구분한 가운데 우리나라는 모로코 · 케냐 · 소말리아와 같은 '물 부족국가' 로 분류되고 있다.

국토의 일부가 사막인 이집트, 바레인처럼 한 해의 '국민 1인당 물 사용 가능량' 이 1,000㎥ 미만인 '물 기근국가' 보다 겨우 0.488㎥ 정도가 많을 뿐이니 우리에게 닥칠 물의 위기가 얼마나 시급하고 심각한 처지인지를 가늠할 수 있을 것 같다.

하지만 우리 민족에도 물에 관한 인식이 대단히 높았던 것으로 전해 오고 있다. 예로부터 곳곳의 여울이나 방죽에 '물챙이' 를 설치하여 수질오염을 막았고, '냇물에 오줌을 누면 고추 끝이 부어올라 감자고추가 된다.' '사내가 해를 보고 오줌을 누거나 계집아이가 흐르는 물에 오줌을 누면 장가나 시집 가서 아기를 낳지 못한다' 하여 어릴 때부터 귀에 익도록 가르쳐 왔다고 한다.

또 물을 아끼면 부엌일을 주관하는 '조왕신' (竈王神)께서 복을 주신다는 신앙적 차원으로 승화시켜 검약정신과 절수와 수질오염방지를 꾀해 온 조상들의 지혜를 엿볼 수 있다.

이토록 잘 지켜져 온 금수강산과 우리의 생명자원인 물이 오늘에 이르러 부족과 오염으로 위기를 맞을 수야 있겠는가.

'조왕신'에게 복도 받고 나라도 살리며 돈도 절약되는 '일거삼득'(一擧三得)을 누릴 수 있도록 서둘러야 되지 않을까? 쏟아져 내리는 빗줄기조차 아깝고 소중하게 느껴 오는 이 밤이 장맛비 속에 저물어 가고 있다.

(2003. 7. 13)

199

야생화 할미꽃

누가 이 꽃을 '할미꽃'이라 이름했을까, 신기하고 정겨운 이 꽃을. 내가 좋아하고 아끼는 이 꽃을, 일명 노고초(老姑草), 백두옹(白頭翁)이라고도 하는 과꽃과에 속한다는 꽃.

나는 지금도 때로 할미꽃이 그리워진다. 어린 시절 거닐던 길림(만주) 땅이 그리워지면 뒷산이나 뒤뜰, 그리고 소풍갔던 북산(北山)과 용두산(龍頭山)에서 봄이면 언제나 만날 수 있던 그 할미꽃이 눈앞에 아롱인다.

기나긴 만주 벌판의 스산했던 겨울을 밀어 제치고 봄의 햇살이 다가오면 얼어붙었던 눈더미 사이로 뭉클뭉클 솟아나 조심조심 허리를 펴 초롱 같은 꽃망울을 터트린다. 인적 드문 산모퉁이를 골라 넌지시 미소를 머금으며 수줍은 듯 겸허히 주변을 밝힌다.

그리고 여기저기 떼 지어 돋아나 마음껏 팔을 벌려 기지개를 키며 방긋 웃는 민들레꽃이 '내 사랑 그대에게'란 꽃말처럼 온몸을 활짝 펴고 노란 사랑을 풍기면 할미꽃과도 눈이 맞는다. 할미꽃은 '슬픈 사랑의 추억'을 되씹듯 조용한 몸짓으로 응답하며 서로가 봄을 알리는 전령사가 되어 제자리를 지킨다.

어린 마음에 어쩌면 내가 할미꽃인지도 모르겠다는 엉뚱한 생각이 들었다. 그래서인지 할미꽃은 내게 각별한 친근감을 안겨주는 꽃이었다. 보송보송한 아기솜털 같은 흰 털이 겉을 둘러싸아 부드럽고 여린 인상을 준다. 매달린 종 같은 그 꽃은 꽃잎은 없고 꽃받침 여섯 쪽이 꽃잎처럼 어우러져 안쪽은 붉은 자줏빛 비단결처럼 부드러운 속살을 지녔다.

그 속 깊은 곳의 노란 꽃술은 귀한 보석이 박히듯 아름답다. 소중한 보석을 감싸며 이글이글 끓어오르는 뜨거운 정열적인 사랑을 한 발 물러앉아 양보하며 스스로를 다스리는 다소곳하고 고운 심성을 안고 사는 여인의 모습 같지 않은가. 마치 그 꽃말인 '사랑의 추억, 슬픈 사랑, 사랑의 배신' 등 듣기만 해도 가슴 아려오는 뭔가 남 모를 속 깊은 사연을 품고 인내하는 모습이 아니던가. 어려서 내성적이고 여린 탓으로 남 몰래 눈물을 잘 훔치던 내 모습처럼 느껴와 그래서 나는 이 꽃을 좋아하게 되었는지 모르겠다.

화사하지는 않지만 격조 있는 아름다움과 여유로움을 지닌 할미꽃에 이토록 서글픈 꽃말들이 붙여진 데는 그럴만한 전설의 배경이 전해 왔기 때문인 것 같다.

옛날 한 할머니가 두 손녀를 데리고 살고 있었다. 큰 손녀는 미모를 가졌으나 마음씨가 안 좋은 편이고, 작은 손녀는 예쁘지는 않지만 마음씨가 착했다. 늙어서 의지할 곳이 없게 된 할머니는 부잣집에 시집 간 큰 손녀를 찾아갔으나 문전박대를 당하고 만다. 할머니는 하는 수 없어 산골에 사는 작은 손녀를 찾아 나섰다. 그러나 할머니는 산 고개를 넘다가 그만 지쳐 기진맥진하여 쓰러져 숨지고 말았다.

야생화 할미꽃

뒤늦게 그 사실을 알게 된 작은 손녀가 할머니의 시신을 찾아 양지바른 산모퉁이에 묻어 드렸다. 다음 해 봄, 할머니의 무덤에서 꽃이 피었는데 그 꽃이 할머니처럼 털이 희고 허리가 꼬부라져 마치 할머니가 꽃으로 소생한 듯하여 할미꽃이라 불리게 되었다고 한다.

윤극영 작사 작곡인 동요 '할미꽃'의 노랫말에 있듯, '뒷동산의 할미꽃 꼬부라진 할미꽃 젊어서도 할미꽃 늙어서도 할미꽃. …(중략)… 아지랑이 속에서 무슨 꿈을 꾸실까.' 그 꽃은 사람의 발길이 많이 닿지 않는 뒷산이나 산등성 양지바른 곳에 호젓이 피어난다. 할머니와 연관이 없다면 어찌 처음부터 꼬부라진 모습으로 태어났을까.

돌이켜 보니, 내 삶의 추억에는 사춘기도 청춘기도 없이 어려서부터 할미꽃처럼 살아온 것 같았다. 일본에서 태어나 독립운동으로 만주에 도피하여 살게 된 아버지를 따라 10여 년 동안 그 땅의 흙을 밟았고, 고국 해방 이후 조국에 돌아와 남하한 지 3년만에 또 6.25 전쟁을 맞게 되었다. 철이 들까 말까 한 시절부터 숙제를 할 때나 시험 때를 가릴 것 없이 내 등은 여러 동생들을 업어주느라 마른 날이 없었다.

어느 날 놀고 싶은 마음을 억제하지 못해, 셋째 동생을 업은 채 고무줄 넘기를 하다가 업은 아이의 허리가 젖혀져 혼이 난 일이 생각난다. 하굣길에는 가방 메고 시장 봐 오기, 저녁밥 짓기, 빨래하기 등등, 친구들과 어울려 논다는 것은 꿈도 못 꿀 나의 어릴 적 생활의 일상이었다.

맞벌이 엄마를 도와야 했고, 형제가 많아 돌봐야 했고, 누구에게 기댈 사람이 없으니 살림을 돕지 않을 수가 없었다. 물론 밥솥인들 지금처럼 편리한 가전기기란 전혀 없던 시절이었으니. 운명은 이미 나에게 지울 짐을 예비하고 있었고 그것은 인내, 노력, 성실, 근면 따위의 덕목으로는 피할 수도 넘어

갈 수도 없는 나의 숙명처럼 내게 다가왔다.

　어린 동생들 일곱을 남긴 채, 집안의 기둥이시던 어머님이 향년 46세의 젊음을 뒤로 피난지에서 안타깝게도 돌아가셨기 때문이다. 아마도 나는 시집도 안 가고 어머니를 도와 평생을 살아가야 하지 않을까 혼자 속으로 마음먹었던 10대 때서 부터 20대에 가서는 집안 전체를 도맡아 큰 짐을 져야 하는 역할로 바뀌고 만 것이다.

　할미꽃은 결코 온실 안에서 보호받고 재배되는 희귀종 꽃이나 고급 화초는 못 된다. 그저 해마다 봄이 되면 들이나 산에 야생하는 꾸준하고 소박한 생물체일 뿐 누가 반기거나 말거나 때를 알리며 주어진 역할을 그냥 묵묵히 해내는 야생화 들꽃에 불과하다.

　나는 어려서도 젊어서도 할미처럼 살아왔고, 이젠 늙었으니 진짜 할머니가 된 할미꽃이 아닌가. 나야말로 앞으로 이 땅에 묻혀 꽃으로 태어난다면 내가 좋아하는 꽃인 장미, 연꽃도 사랑스럽고 탐나지만 내 삶을 절절히 표방한 할미꽃으로 태어나게 되지 않을까.

　이 봄에 선산 무덤가에 핀 할미꽃 한 송이를 마주하니 아지랑이 같은 꿈길 속, 막막하기만 하던 미래를 꿈꾸듯 이리저리 헤매다 와 닿은 이곳에서 나는 한도 후회도 없이 그대로 수줍듯 다소곳한 그대 할미꽃처럼 조용히 미소 띤 모습으로 다가올 그 날을 기다리리라. 땅에 입맞춤하며……

(2007. 4. 20)

203

애칭으로 불리던 '시막쟁이'

'요, 시막쟁이!'

귓가에 어렴풋이 들려오는 아버지의 목소리. 고향이 황해도이신 아버지는 맏이인 나를 무척 사랑하고 늘 대견해 하셨다.

까마득히 세월에 묻혔던 지난날 아버지의 모습이 불현듯 검푸른 물줄기가 유유히 흐르던 송화강가에서 뛰놀며 함께 단란하게 지내던 만주—길림에서의 어린 시절과 함께 눈앞에 다가선다.

아버지의 늦은 귀가를 기다리다 현관에서 기척이 나면 '아버지—' 하고 나는 뛰어나간다.

달려오는 나를 두 손으로 번쩍 들어올리며 '아이고, 요 시막쟁이!' 하며 꼭 껴안아 주시곤 하셨다.

그리고 졸랑졸랑 뒤따르는 동생들도 안거나 등을 두들기시며 '요 도섭쟁이', '우리 맹꽁이' 등 아버지 특유의 애정 담긴 별명으로 부르시곤 하셨다.

'시막쟁이'의 뜻을 여쭈어 본 일은 없다. 그러나 아버지께 그리 불리면 왠지 칭찬받고 귀염 받는 느낌으로 다가와 나를 매우 행복하게 했다.

자그마하고 연약한 딸인데도 '당차고 야무지다. 대담하고 줏대가 있다.' 뭐 그런 뜻으로 맏딸을 든든히 여겨 불러 주신 황해도 방언이라고 여겨 왔다.

한데, 이번에 방언, 사투리 사전을 뒤져보니 '시막쟁이'는 없고 '심악쟁이'란 단어가 있는데 '빈틈없고 야박하다, 정이 없고 악하다'고 적혀 있다.

이건 전혀 느낌이 아니다. 어쩌면 사전에 없는 '시막쟁이'가 아닐까. 혹 귀엽고 앙증맞은 애를 '요 깍쟁이'라 하듯 아버지는 반의적인 뜻으로 내게 그리 불러 사용하신 걸까.

'시막쟁이!'란 아버지의 사랑이 듬뿍 담긴 그리운 나의 별명이었다.

(2008. 9. 28)

애칭으로 불리던 '시막쟁이'

숲에서 찾은 삶의 소리

— 서울문학인 대회 기념문집 『우리 말, 우리 글 사랑』(2008) 게재

6월 초, 작열하는 태양은 마치 삼복더위처럼 뜨겁다. 풀썩 주저앉아 마구 소리치고 싶은 것은 더위 때문이 아니다. 그 동안 차곡차곡 쌓아 올린 돌탑이 맥없이 와르르 무너지듯 어이없는 당혹감, 아니 충격이라고 할까. 최근 잇달아 벌어진 6.2 선거의 결과, 천안함 사태, 그리고 이 아침에 접한 '나로호'의 폭파 등, 일련의 사건들의 심란한 무게가 나를 억누르고 있었다.

숲 체험 일행을 태운 버스는 충남 서부의 최고 명산인 오서산(烏棲山)의 자연휴양림을 향해 달렸다. 그 숲 언저리에는 명대계곡의 능선을 따라 흐르는 물이 울창한 천연림 사이를 작은 폭포를 이루어 흐른다고 했다.

시선을 창밖으로 돌려도 마음은 편치 않다. 내가 왜 이러지, 유독 나만 당한 게 아닌데. 맑은 물 흐르는 초록빛 숲속에 안기면 뭔가 시원한 청정제로 이 혼란스러움이 말끔히 치유될 것 같은 희망과 기대로 에어컨 찬 바람에 가슴을 식혀 본다.

30도가 넘어 부서지는 햇살에도 숲은 싱싱한 생기를 풍기며 나무들은 그

특유의 잎으로 찰랑이며 은빛으로 반짝인다. 이곳에는 무려 8천 종의 수목들이 자란다니 그 다양함이 놀랍다. 침엽수 아래 옹기종기 다소곳한 야생화와 잡풀들이 정겹고 평화롭다.

까마귀가 많이 서식하여 오서산이라고 하는 이 산에서 까마귀는 보이지 않는다.

나뭇가지 사이로 바람이 은은한 향기를 실어온다. 상큼한 향기를 맡는 찰나, 나 또한 오늘 살아 있음의 벅찬 감동이 다가왔다. 쌓였던 내 안의 갈등의 회오리가 거품처럼 사라진 것 같다. 나는 어느새 가벼워져 바람과 함께 숲을 누비는 날개를 달았다.

여기저기 새들의 지저귐이 청청하다. 산이 품어내는 음이온 탓일까. 숲 또한 나름의 갈등을 겪을 때, 힘겨운 숨결로 다가와 소리 없이 추스르며 살며시 미소 짓지 않을까.

그렇다. 태초부터 자연에서 태어난 인간이니 대자연인 숲은 어머니의 품과도 같지 않을까. 바다 같은 하늘을 이고 흰 구름을 피어 올리며 대지에 뿌리내린 든든함, 그냥 그대로 우리의 고향이며 생명의 모태이기에 이리도 아늑하고 편안함에 젖어 드는 것이리라.

졸졸졸 계곡물 줄기의 가락, '쩨쩍 삐익 삐익 쭉쭉' 새들의 옥구슬 같은 사랑 이야기, 살랑살랑 엮어내는 잎새들의 초록 합주로 숲은 끊임없이 내게 말을 건네 온다. 하지만, 그 황홀한 숲에서 나는 '파랑새'를 찾지 못했다. 숲을 뒤로 떠나려는데, 꿈결처럼 어느새 숲이 내 안에 있질 않는가. 싱그러움, 평온, 감동과 함께.

(2010. 6. 17)

그냥 그렇게…

'그냥 그렇게…'라는 말을 나는 좋아한다. '왜 좋아하냐고요?' '그냥요' 하고 답할 수밖에 없다. 그냥 어쩐지 그렇게 좋아졌으니까.

삶의 지혜를 주신 어머님은 오래 전에 내 곁을 떠나셨다. 늘 벼랑 끝에 홀로 서 털어 버릴 수 없는 삶의 무게로 휘청이곤 했다. 뿌연 안개 낀 허공을 걷는 떨리는 가슴으로 한 발 한 발 내딛으며 그냥 걸었다. 달이 비추면 달빛을 따라, 별이 반짝이면 별빛을 따라가며 속삭여 봤으나 어느 곳에도 지름길이나 기댈 언덕을 찾을 수가 없었다.

하지만 어두운 밤이 새면 밝은 아침이 오고, 비온 후에 맑은 햇살은 더 눈부시게 빛났고, 얼어붙은 겨울 뒤엔 꽃 피는 봄이 다가왔다.

겪어야 할 어려움에 걱정과 불안으로 밤을 지새웠지만 특별히 할 수 있는 것은 아무것도 없었으니, 나는 그냥 그렇게 세월 속을 걷고 또 걸었다.

그랬다. 어쩔 수 없는 나의 한계를 깨닫기까지 나는 두려움에 마음 조이며 헤매는 어리석음을 거듭해야 했다. 누구도 믿지 못해 살피고 다지고 또 두들기며, 외나무다리에서 행여 한 발작도 헛딛지 않을까 안간힘을 쓰니 마음과 몸은 지칠 대로 지쳐 버렸다.

그리고 나서야 나는 그냥 그렇게 물이 흐르듯 순리대로 따르는 것이 바로 인생의 지혜며 정답임을 알았다.

'그저 순리에 맡겨라' 는 비틀즈의 12번째이자 마지막 앨범 《Let It Be》(레 릿비, 1970년)은 세계적인 호응으로 확산되었다. 아마도 인간은 기본적 정서 가 통하기에 그렇게 공감대가 이루어진 것이 아닐까.

사람이 무엇을 어떻게 억지로 할 수가 있겠냐. 내가 놓인 물길 따라 최선 을 다해 배를 저어 갈 뿐. 울고 싶을 때 울게 그냥 둬, 그냥 그대로, 그냥 그렇 게 살자, 등.

'그냥 그렇게' 란 말에는 조작이나 통제가 없는, 있는 그대로를 자연스레 받아들여지는 편안함과 신뢰가 깔려 있다.

그래선지 푸근한 삶의 숨결이 가슴을 파고든다. 언뜻 모호한 여운을 주는 듯하나, 무언가 함축성 있는 아름다운 우리 말이라고 말하고 싶다.

(2008. 10. 8)

겨울, 그 풍성한 여운

나는 겨울을 사랑합니다. 눈발이 휘날리며 꽁꽁 얼어붙는 겨울을 더 좋아합니다.

끝없이 하얗게 덮인 만주(滿洲)의 설원(雪原)은 유년시절을 지낸 나의 포근한 고향이기도 합니다. 눈 위에 수없이 찍힌 발자국은 때로는 촘촘하게 뒤퉁이며 때로는 성글게 이지러져 버거운 걸음으로 이제껏 길 없는 길을 더듬어 온 내 삶의 흔적이 있는 때문인지도 모릅니다. 그래서 겨울은 잃어버린 내 시간들을 찾게 하는 계절인 것 같습니다. 허나, 그뿐이겠습니까.

겨울은 만물이 깊은 잠에 빠진 듯 숨죽인 차가움 속에 많은 생명을 잉태하는 따뜻한 어머니의 품과도 같습니다. 언뜻 대화마저 거부하듯 얼어붙은 결빙 속에도 또한 부드럽고 청순하며 온화한 흰 눈을 가져옵니다. 그 눈은 모든 이의 아픔을 안으며 겨울 동안 우리 가슴에 꿈과 희망과 아름다움을 품게 합니다.

싹둑 잘려 상처 입은 가로수나 멀리 산기슭에 외롭게 서 있는 앙상한 나목

(裸木)들의 가지마다 살포시 내려앉아 속속들이 감싸 따뜻이 여며주는 하얀 눈은 어머니의 손길입니다.

활짝 피어 오른 현란한 눈꽃은 그 아름다움과 화사함이 어느 계절 어느 꽃들에 비할 수가 있겠습니까. 그러기에 하얀 눈발이 꽃잎처럼 흩날리는 날이면 내 가슴에는 잔잔한 희열이 솟으며 뭔가 설렘 같은 기대가 일렁입니다.

낮은 곳에는 낮은 대로, 높은 곳은 높은 채로 쌓이며 편안함을 주는 눈은 자칫 높은 것은 깎아내려 낮게 함이 공평과 평등이라는 일부의 착각을 일깨워 주는 말 없는 스승입니다. 나는 차갑고 짜릿한 엄함 속에 온화하고 부드러운 눈이 있기에 이 계절을 더욱 사랑하는 것 같습니다. 아마도 눈은 겨울이 베푸는 미덕이고 최고의 선물인 것 같습니다.

하지만 한편 겨울은 길고 지루하며 사람을 움츠리고 우울하게도 합니다. 꽁꽁 언 얼음만큼 굳은 인내심으로 마음을 다잡는 고통과 번거로움을 감내하게 합니다.

그것은 한 해의 끝으로 찾아와 그 다음 새해의 시작으로까지 이어지는 매섭고 긴 시간을 거쳐야 할 뿐더러, 우리 삶의 끝과 시작을 매듭짓는 힘든 과제가 함께 잠재되어진 때문이 아니겠습니까.

그러나 해마다 어김없이 찾아드는 희망의 봄을 움트게 하는 저력과 원천이 어디서 오는 것입니까. 그는 봄의 저변에 단호하게 얼어붙었던 긴 겨울이 그동안 흩어진 잔영(殘影)을 추스르며 에너지를 불어넣은 생명력의 소산이 아닐는지. 끝과 시작을 함께 보듬고 침묵하는 신비의 하얀 겨울을 어찌 좋아하지 않을 수가 있겠습니까.

문득, 봄이 겨울 속에 함께 있듯이 우리 인생의 시작도 바로 끝과 함께 있는 것이라 느껴 옵니다. 그래서 겨울이 깊을수록 봄은 더 화사해지며, 어둠

211

겨울, 그 풍성한 여운

이 깊을수록 새벽이 더욱 밝게 솟아오르는 것이 아니겠는지.

힘겨워하는 이의 가슴 속 절망이 클수록 희망에의 간절함이 더욱 소중하고 강한 햇살로 느껴질 것입니다. 어떤 슬픔이나 괴로움, 아픔과 어려움도 차가운 얼음 밑을 소리 없이 버티며 기어이 뚫고 나오는 봄의 여린 새싹처럼 우리의 가슴에도 연약하지만 끈기 있는 새로운 힘과 목표와 기대가 솟아오를 것이라 믿어집니다.

이토록 겨울은 우리 가슴 가슴에 희망과 꿈을 심고 가꾸어 활력을 솟게 하며 삶의 가치를 풍성하게 하는 둥지라고 말하고 싶습니다. 겨울, 이 얼마나 소중하고 벅찬 감동과 사랑의 계절입니까.

이 축복의 계절에 새해를 맞는 모든 이들에게 뜻 깊은 겨울의 에너지가 충만하기를 빌며, 나 또한 내 앞에 펼쳐질 설원을 한 발 한 발 소중하고 조심스레 딛고 나가렵니다.

앞으로 새겨질 발자국의 자취조차 뒤돌아보지 않고 그냥 이 계절을 아끼며 사랑하며 걷고 또 걸으려 합니다.

(2006. 12. 13)

서울 사모곡(思慕曲)

　뜨거운 눈물이 뚝뚝 손등에 떨어져 내렸다. 막상 떠나야 한다고 생각하니 서운함이 왈칵 치밀어 왔다. 마치 사랑하는 사람과의 이별처럼 가슴이 저리며 아파 왔다. 이웃들은 아파트로 이사 가게 된 우리를 무척 부러워하며 짐을 정리하며 내놓은, 아직은 쓸모 있는 물건들을 기꺼이 들고 가고 있었다.

　누군들 손때 묻은 정든 곳을 떠나려면 서운함이 없겠느냐. 불과 서울 도심에서 전철로 두어 시간이면 닿는 거리의 신도시, 사람들이 우스갯말로 '천당 밑에 분당' 이라 하는 곳에 옮겨 갈 뿐인데, 그리 섭섭해 하다니, 자칫 행복에 겨워서라고 할지도 모르겠다.

　여태껏 살던 이 집은 20년 전, 고1이던 작은 아들의 설계로 지어, 큰아들이 고3이 되던 해 이사를 와 애 셋을 모두 출가시키며 살아온 우리 가족의 애환과 숨결이 고스란히 담긴 아담한 2층집이었다. 그러니 오랫동안 귓가에 익은 전화 벨소리나 철따라 피고 지던 갖가지 꽃과 나무들이 그득한 정성 깃들여 가꾼 예쁜 앞뜰을 두고 가는 마음 또한 아쉽기 그지없었다. 게다가 반세기 동안 내 삶의 자국이 묻어 있는 서울을 떠나려는 것이니. 하지만 내가 느끼는 서운함은 그런 이유에서가 아니었다.

　내게 있어 '서울'은 삶의 희망이고 꿈의 녹색지대였다. 광복을 맞은 조국의 심장인 서울은 중국과 북녘 땅을 거쳐 나온 우리 가족에게는 그냥 살고 싶은 땅만은 아니었다. 오래 전부터 갈망하던 '평화와 자유'의 상징이고 '희망의 삶' 그 자체였다. 자유와 평화, 그것은 빵과 포도주만이 아닌 삶의 숨결이고 맥박이었기에 억압과 감시와 공포의 소용돌이 속에서도 한 줄기 희망과 용기를 솟게 하는 힘이고 빛살이었다.

　서울 하늘을 향해 날마다 두 손 모아 뜨거운 염원을 속삭이며, 밤하늘 어둠 속에서 별빛을 바라보며 피눈물의 절규로 점철된 그 밤들을 겪지 않은 이는 알 수 없는 일이리라. 17세 철없는 가슴도 그 곳의 뜻 있는 젊은이들과 함께 자유와 평화를 향한 갈망의 사무침으로 '서울, 서울'의 이름을 외치며 기도로 지샌 수많은 밤들을 어떻게 잊을 수가 있겠는가!

　그러기에 필사의 탈출로 북위 38도의 사선(死線)을 넘어 이곳을 향했고 그토록 그리던 자유와 평화의 땅을 꿈결처럼 밟던 그 새벽의 감격을 나는 잊을 수가 없다. 첫발은 설렘으로 떨렸고 미지의 땅을 밟는 느낌은 신비롭기까지 했다. 하늘은 더욱 파랗게 맑았고 간절한 소망을 이룬 가슴엔 환희와 소리 없는 환호가 녹색바람처럼 일렁거렸다.

　그러나 뜻밖의 6.25 전쟁의 소용돌이, 그 후 서울 수복까지의 처참했던 삶의 과정은 내게 꿈보다는 현실의 혹독함을 각인시키듯 소망했던 이 땅에서 어머니와 동생, 그리고 아버지, 소중한 이 세 분의 생명을 앗아가고 말았다.

　붉게 타오르던 서울에의 동경(憧憬), 희망을 담은 푸르디 푸른 진록색의 꿈은 뜻밖에 전개된 격동의 민족적 환난과 개인의 불운의 연속 속에서 점차 어두운 잿빛으로 찌들어 가야 했다. 슬픔은 슬픔을 낳고 온갖 불운과 고난, 괴로움과 고달픔은 내가 어디까지 가면 지칠 수 있는지를 시험하려는 듯 끝없이 덮쳐 왔다.

　나는 좌절과 실망이 거듭될수록 더욱 절박한 심정으로 운명의 끈에 혼신을 다해 매달리며 발버둥쳤다. 마침내 나는 어린 여섯 동생들을 이끌고 피난지 부산에서 또 다시 힘겨운 상경의 꿈을 이루어 냈다.

　앞이 보이지 않는 질긴 고난이 삶을 옥죄어 왔다. 때로 한강 물 위에 어른거리는 어머니의 얼굴, 아버지와 앞서 간 남동생의 슬픈 그림자를 내려다보며 몇 번이고 주저앉던 발길을 되돌리며 내게 주어진 삶의 책임을 되씹곤 했다. 헤아릴 수 없는 곳곳을 전전하며 내 앞에 놓인 형극(荊棘)의 길을 극복하려 안간힘을 써야 했다.

　그러나 서울은 내게 언제나 희망과 용기를 샘솟게 했다. 그 힘은 '진인사대천명'(盡人事待天命)이라는 명분과 '하늘은 스스로 돕는 자를 돕는다'는 진실을 되새기게 했으니, 역시 서울은 나에게 희망과 용기뿐만 아니라 내 삶의 핵(核)이며 의지였다.

　어머니처럼 포근히 안길 수 있던 곳, 서울의 품에 기대었기에 삭막했던 내 삶의 뜰에 소박한 꿈을 가꿀 수 있었던 것이 아닐까. 평생의 그림자가 석양빛을 받아 길게 땅거미를 드리운다. 사랑이 열매 맺은 그 곳은 걷잡을 수 없던 내 운명의 실타래와 겹겹이 엉키며 명암이 엇갈린 사연들의 앙금을 윤회의 들녘으로 녹이며 나의 서울을 장식해 준다. 사랑하는 마음의 고향, 자유와 평화의 상징, 정열을 쏟아 부었던 그 의지(依支)를 떠나려 하니 만감이 교차될 수밖에 없는 것을…….

　내 삶이 온전히 바쳐진 곳이여! 뼈를 깎는 아픔과 애절함이 여울지고, 6.25

215

때 피로 물들던 치열한 전투의 넋마저 휩쓸어 간 한강물은 오늘도 말없이 흘러 가고 있을 뿐이다. 뿌옇게 황사 낀 서울 하늘을 물끄러미 바라보며 그 흔적과 함께 엮어진 내 그림자를 더듬어 본다. 떠나온 지 10년의 세월에도 사랑하는 서울은 내 가슴 속에 그대로 숨 쉬고 있다.

이제껏 한 올 한 올 누벼온 두터운 인연의 실타래를 고이 접어들고 나는 서울 드림의 빛살로 온통 물들여진 내 삶의 석양을 다시 바라본다.

'조국을 떠난 이의 가슴에 조국사랑이 더욱 짙어진다' 고 한다. 나는 지금 이 곳에서 아련한 꿈길처럼 흘러간 세월의 강물 위에 짙은 그리움의 정과 끈끈한 아쉬움의 구름다리를 엮으며 인연에 얽힌 뜨거운 서울 사랑의 가슴을 띄워 본다.

(2006. 11. 9)

청태산 숨결을 가슴에 담고

울창한 숲으로 이름난 청태산(青太山) 주봉을 바라보며 우리는 숲 오감체험의 등산을 가게 되었다. 철들어 처음으로 신발을 벗어들고 맨발로 산길을 올라야 했다. 산은 바위와 돌 그리고 단단한 흙으로 덮인 거친 땅이라 여기며 한 발 한 발 조심스런 발걸음을 뗐다. 장마 때라 그랬을까. 어떤 카펫이 이토록 부드럽고 폭신할 수 있으랴.

70여 년도 넘은 옛날, 걸음마도 채 못 떼던 돌 무렵 나는 오른발로 바늘을 밟았다. 발바닥에 꽂힌 바늘은 혈관을 통해 심장으로 빨려 들면 죽게 된다고 했다. 살 운이 있었던지 바늘 끝이 부러져 박힌 덕에 의술이 미개했던 그 시절이지만 원초적인 시술로 아문 발바닥이지만 지금껏 걸어 왔다. 하지만 그때 힘줄 일부가 잘려 걷기가 거북하며 아직 남은 상처 때문에 맨발로 산을 오를 자신이 없어 망설여졌다. 허나 '이 나이에 죽기 전에 한 번쯤이야' 라는 심정으로 벗은 발을 내딛었다.

산기슭, 온통 짙어가는 초록색 물결 사이를 헤치며, 숲과 솔향기, 물소리,

217

청태산 숨결을 가슴에 담고

새소리에 취해 나는 안내자의 해설을 간간이 귀에 스쳐 들으며 정신없이 뒤를 따랐다. 헌데, 한 발짝 한 발짝 내딛는 내 발바닥을 통해 온몸에 기(氣)가 솟아오르는 감촉을 느꼈다. 겹겹이 쌓인 흙더미 위에 솔잎 낙엽을 겉덮개로 한 산은 마치 어머니의 속살에 닿는 듯 푹신푹신한 탄력으로 내 아픈 발바닥을 어루만지며 감싸 주질 않는가. 그뿐만이 아니다.

산은 숨을 쉬고 있었고 그 숨결이 내 가슴에 전해 왔다. 그 벅찬 떨림에 나는 다리가 후들거리며 그 곳에 엎어져 울고 싶었다. 뭐라 형용할 수 없는 포근한 그리움이 솟구쳐 와 떼를 쓰고 소리치며 마냥 울고 싶었다.

등반한 지 30분쯤 지난 즈음, 안내자는 아담한 정자를 끼고 졸졸 흐르는 냇가로 우리를 이끌며 발을 헹구도록 했다. 물가로 내려가던 나는 갑자기 휘청하며 비틀거렸다. 순간, 누군가 서너 명의 손이 나의 여기저기를 꽉 붙잡았다. 우리 일행은 어느새 이름 모를 들풀이 되어 서로 부둥켜안고 서 있었다. 나는 고맙다는 인사도 잊은 채 물끄러미 바라봤고 그들은 풀잎 같은 초록색 미소로 내게 사랑을 보내고 있었다. 우리는 말이 필요 없었다. 그건 진정하고 순수한 서로를 아끼는 아름다운 향기였다.

그렇다. 나무, 숲과 꽃들, 개울, 바람, 새, 벌레 등 자연은 우리 인간과 모두 대자연 속에서 한 사슬로 이어진 생명으로 서로 사랑해야 존재할 수 있는 운명공동체가 아니던가. 또 산은 대지의 맥이고 핵이며, 대지는 이 모든 생명을 품은 어머니의 가슴이다. 함께 기를 나누며 호흡하는 생명의 원천임을 새삼 온몸으로 느끼니 감동과 감사로 벅차올랐다.

그 동안 찌들었던 몸과 마음이 맑은 물에 씻겨난 듯 해맑아진 빈 가슴에 정감 어린 산의 숨결을 가득 채우며 아쉬운 귀로에 올랐다.

(2007. 7. 18)

흰색 바지에 백구두

K 여사는 한껏 멋을 냈다. 나이 든 제자들 앞에서 조금이라도 더 젊어 보이고 싶어서다. 어제까지 뿌리던 궂은비가 그쳐 하늘은 높고 맑다. 연두색 나뭇잎에 물방울이 보석처럼 빛나는 신록의 계절, 상큼하고 멋진 날씨다.

무역회사 여사장인 제자가 운전기사 대신 직접 차를 몰며, 친구들을 태우고 끝으로 스승인 여사를 모시러 간 거다. 요즘의 불경기가 새삼 피부로 와닿는다. 일행은 반장이던 친구네가, 마치 동화 속에 나오는 듯한 아담한 '구돈역'(九吨驛) 앞산을 농원으로 꾸민 곳을 향했다. 먼저 와 있는 제자들과 반갑게 어울린다.

그곳은 농원이기보다 무릉도원(武陵桃源)이라 할 만큼 꽃나무가 아름답게 산을 메워 환상적인 낙원을 방불케 한다. 이 화사한 날씨에 아름다운 곳에서 제자들에게 둘러싸인 만남에 여사는 평생을 교직에 머문 보람을 느끼며 가슴이 벅차 온다. 농원의 꽃들은 봉오리에도 미소를 머금고 일행을 반기듯 향기롭다. 반세기도 전인 50년대 가르친 제자이니 스승과 제자의 격의 없는 대

흰색 바지에 백구두

화가 뭉게구름처럼 피어 오른다.

"선생님, 오늘 흰 바지가 매우 잘 어울리시네요."

"고맙다. 내가 그대들을 만나니 모양 내느라 일부러 차려입고 온 걸."

아침 저녁 쌀쌀한 봄 날씨에 입기 알맞은 여사의 흰 바지는 안쪽에 리넨을 받혀 도톰한 소재였다. 지난 해 겨울 유행을 탄 흰색 바지는 차가운 날씨에도 아랑곳하지 않고 너나없이 입었기에, 좀처럼 유행에 무감각한 여사까지 흰색 바지를 마련한 것이다.

제자들은 육십이 넘어도 저희끼리 항상 애들이다. '얘! 너~', '그럼 얘, 쟨 안 그래' 깔깔거리며 이야기의 불꽃이 이리 저리 전광석화처럼 오고 간다. 간간이 스승인 여사를 화제 속에 넣었다 뺐다 하는 솜씨 하나는 빼고서 어릴 적 모습이 그대로지만, 그동안 그녀들 나름의 삶의 희비와 굴곡이 얼굴 어디엔가 흔적으로 남아 더욱 대견함으로 다가온다.

"선생님, 흰 바지에는 흰 구두라야지요."

짓궂은 한 아이가 여사의 검정 신을 두고 말을 건넨 것이다.

"아니 흰 구두가 아니라 백구두지."

"그럼 백바지에 백구두라고 해야 되네."

"예전에 명동의 멋쟁이 신사면 백바지에 백구두였지 않아."

"너희 왜 백바지에 백구두인지 알아?"

"아니, 모르는데?"

"백바지에 검정 구두를 신어봐. 검정 구두약이 흰 바지에 묻으니까 안 되는 거지."

모두들 배를 잡고 웃는다. 사춘기 애들처럼 별것이 아닌 것을 넌센스 퀴즈처럼 야단들이다. 순간, 옆에서 지켜보며 함께 웃던 여사의 얼굴에 갑자기

먹구름이 드리운다.

'아! 흰색 바지에 백구두!'

52년 전, 앞서 가 버린 여사의 남동생 모습이 눈앞에 나타난 때문이다. 어려서부터 착하고 총명하다는 주변의 아낌과 사랑을 받던 그는 천재소년이었다. 6.25의 전쟁의 비극에 떠밀려, 고등학교 2학년 때 UN군 학도병으로 자원했다.

휴전 후, 어느 날 생사를 모르던 그에게서 연락이 왔다. 서울역에서 맞은 그는, 훤칠한 키에 백색 정장에다 백구두를 갖춘 미(美)청년으로 열차에서 내려서질 않는가! 전쟁터에서 거지꼴 병사로 살아 돌아온다는 것만도 고마울 따름이었는데. 얼마나 반갑고 든든하고 자랑스러웠던지.

하지만, 낭만적이고 이상주의자이던 그는 22세도 못 넘기고 생을 마감했다. 얼마나 원통하고 원망스러운지 소녀가장이던 여사는 가슴이 꽉 막혀 눈물도 울음도 한탄도 제대로 토해내지 못했다.

한데, 그가 생시처럼 웃음 띠며 눈앞에 다가섰다. 평소 '지금 알고 있는 것을 그 때 알았더라면' 하고 때로 제 탓인 양, 가슴앓이하던 그 누나의 한을 풀어주려 나타난 것일까.

여사 눈에 이슬이 맺혔다. 사람마다 웃음 뒤에는 애틋한 슬픔이 얽혀 있는 것일까.

(2009. 6. 25)

221

어디에 눈길을

누구였던가. 남편이 돌아간 후
황홀한 저녁 놀조차
눈물이 흘러 나
몇 해 동안 바라볼 수가 없었다는데

나는 지금 바람소리에 가슴 에이고
어디를 보나 뭘 봐도
눈시울 뜨거워지니
몇 해나 지나가면 노을만 보고 눈물짓게 되려나

봄기운 타고 밀려드는
향기로운 풀꽃 향기는
뉘를 위한 향연인지
한층 더 처절한 안타까움이 빈 가슴을 울리는 것을!

(2011. 3. 30)

병상 문학기행

— '나쓰메 소세키' 의 〈몽십야〉(夢＋夜)

놀란 가슴과 분노가 사그라지지 않았다. 긍정적 사고라는 잣대로 내가 처한 상황을 받아들이려 안간힘을 써 보지만, 나는 그 억울한 기분을 쉽게 떨쳐내지 못했다. 번갈아 음식을 해 나르며 병수발에 애쓰는 세 아이들에게 조금이나마 걱정을 덜어주려는 마음조차 그 심정을 삭히기에는 아무 도움도 못되었다.

교직 반세기의 보람차고 무사고 운영의 영예를 지키려던 마지막 해, 1994년 10월 예고 없이 닥친 '성수대교 붕괴의 참사' 는 재학생 8명을 희생시키고 내 가슴에도 큰 멍을 남긴 채 떠나야 했던 참담한 기억이 아직도 생생히 남아 있는데, 이번에는 별안간 달려온 자전거가 산책하던 나를 뒤에서 덮쳤으니 완전 무방비로 충돌을 당해, 어깨 뼈 골절과 전신 타박상을 입고 만 것이다. 주의나 조심으로 될 일이 아니었다.

그랬다. 누구 못지않게 매사에 빈틈없이 조심스레 살아가려는 내 생활 스타일을 비집고, 나이 79세라는 노년에 왜 이런 터무니없는 일이 끼어드는지 모를 일이다. 어쩌면 애초부터 내 운명에 얽힌 걸림돌은 아니었는지도 모르겠지만.

육층에 자리잡은 좁고 긴 2인용 병실의 침침한 커튼을 넘어 나의 상념은 건너편 아파트 숲으로 빠져들고 있었다. 전치 6주의 진단, 제법 큰 사고로 입원했다는 소문이 돌았나 보다. 졸업 후 간간이 소식만 들리던 한 남자 동기생이 병실 문을 두들겼다.

꿈에도 생각지 못한 놀랍고 반가운 문병객이었다. 훤칠한 키에 듬직한 체구가 세월이 흘렀음을 새삼 느끼게 했다. 들고 온 홍삼드링크 상자와 무거워 보이는 종이 쇼핑백을 내려놓으며 그는 만면에 장난기 있는 웃음을 띠며 말을 건넸다.

"아니! 김 선생. 어쩌다가 이렇게 다쳤어요. 뜻밖의 소식을 듣고 지루한 병원생활이 딱해서 재미 있는 책이나 보라고 들고 왔어요."

하며 일본 문고판의 소설책 대여섯 권을 주르륵 쏟아내어 보였다.

깁스로 옥죄인 왼쪽 어깨와 팔의 통증, 바른쪽 팔에는 링거주머니와 연결되어 꽂힌 바늘이 나를 신경질적으로 반응하게 했다.

"아니, 문병에 무슨 책을. 눈도 아파죽겠는데."

뜻밖의 문병을 와 준 것만도 고마운데 못마땅한 속마음을 내뱉고야 만다. 얼마만의 만남일까, 병상에 있다는 여성 동기를 위해 그것도 무거운 책을 들고 온 사람에게, 같은 과의 동기가 허물없다 함은 이처럼 금세 스스럼없이 대할 수 있는 때문이리라. 그는 자판기 커피대접으로 그간의 사연을 늘어놓고 병실 밖으로 사라져갔다.

나는 쇼핑백에서 다시 책들을 꺼내 한 권씩 제목을 훑었다. 그 책들 사이에서 '일본의 셰익스피어' 라고 불리는 '나쓰메 소세키' (夏目漱石, 1867~

1916)의《도련님》(1906)과 그의 미완성 유작인《명암》(明暗, 1916) 그리고 일본 문학에 첫 노벨상 수상의 영예를 안긴 '가와바다 야스나리'(川端康成, 1899~1972)의 대표작《설국》(雪國, 1948)이 내 시선을 끌었다. 환자의 고통은 아랑 곳없이 책을 빼들고 온 친구라며 야속했던 순간은 어디로 가고 나는 성큼 책 을 펴들었다.

불현듯 그리운 중학교 시절이 펼쳐졌다. 일제하(日帝下)의 국어시간에 배 운《이 몸은 고양이로소이다》(吾輩は猫である)를 쓴 '나쓰메 소세키'의 이 야기에 이끌려《도련님》책을 사러 친구들과 쏘다녔던 때문이다.

그것은 윤리적 배경에 깔린 인간의 에고이즘을 깊이 추구하는 일인칭의 산문적 작풍(作風)이라 일컫는다. 특히 자신을 투영(投影)하여 집요한 심리묘 사와 분석으로 인간의 근원적 고뇌를 태연한 듯 표출하며 고독하게 방황하 는 삶의 괴로움을 나타내고 있어 소녀시절 느꼈던 쓰라린 감상(感傷)을 다시 되씹게 했다.

본명이 긴노스케(金之助, 김지조)인 그는 소설가이자 평론가며 영문학자이 기도 했다. 40세에 이르기까지는〈도련님〉(1906)을 비롯하여 당시의 자연주 의 경향을 벗어난 작품세계를 그렸고, 아사히신문(朝日新聞, 조일신문)사 전 속집필가로 입사하여〈우미인초〉(虞美人草, 1907) 등의 대작을 끝으로 낭만적 경향을 벗어나고 있다.

그 후 에고이즘을 적나라한 비판적 시각으로 통찰하고 자신을 끈질기게 추적하여 번뇌하는 작가로서의 면모를 유작〈명암〉(明暗, 1916)으로 더듬어 볼 수도 있었다. 한데, 그 속에서 나는 상상조차 못했던 그의〈몽십야〉(夢十 夜 중 第二夜, 1908)를 접하게 되었다.

그 이야기는 10개의 꿈 중 두 번째, '이런 꿈을 꾸었다'로 시작되는 소름

끼치도록 충격적인 내용임에도 어쩐지 무척 신선하고도 강렬하게 내 마음을 움직였다.

그것은 '비 오는 날, 산속 숲길을 여섯 살 배기 눈 먼 소년을 업고 어디 버릴 곳이 없나 살피며 간다. 분명히 자기 자식인 그 아이가 가다가 백 년 전 자신이 죽인 사람이라는 사실을 알게 되어 겁에 질리고 두려워 엄청난 고통을 받는다. 게다가 그 아이는 자기를 업은 아버지의 과거와 현재 그리고 미래를 모두 알고 있다' 는 스토리었다.

참으로 등골이 오싹해지면서도 씁쓸한 인생의 윤회와 순환적인 시간의 의미를 매섭고 날카롭게 파헤친 것이라 느껴졌다. 작가, 그는 갖가지 병마에 시달리며 50세에 생을 마치는데, 42세에 일본문학 '최고의 작가상' 을 고사했고, 또 44세에는 '문학박사 학위' 수여조차 거부할 만큼 자신에게도 엄격한 윤리의식의 소유자였음을 각인시킨다.

한편 독자에게는 인생을 다시 성찰하게 하는 엄숙한 채찍으로 다가온다. 그가 비록 정통적인 불교도가 아닐지라도 마치, 우리 불가의 윤회설을 설득력 있게 보여준 것이 아닐까 싶었다.

나는 책을 덮었다. 바로 내게 황당하게 닥쳤던 몇 가지 사고는 어쩌면 이미 전생의 인연으로 묶여 내게 나타난 업보가 아니었을까. 하면, 이야말로 몇 만 겁 내 생의 굴레에서 '그 이상의 행운, 불행 중 다행' 이 또 있으랴. 뜨거운 감사와 경건함의 두 마음으로 나는 가슴이 벅차올랐다.

(2008. 5. 15)

사랑하는 가족에게

사랑하는 우리 삼남매 내외들아. 상미, 상권, 상호, 수미, 상헌, 영이! 이렇게 또박또박 너희 이름을 가슴으로 부르며, 내 목숨처럼 소중한 너희에게 진심으로 고맙다는 마음과 함께 마지막 당부를 전하려 한다.

지난 2월 10일(음력 1월 8일)에는 뜻밖에도 사랑하는 아버님 상을 당해 얼마나 큰 충격과 슬픔을 함께 했느냐. 그 상황에서 너희가 얼마나 큰 힘이 되었는지, 또 얼마나 간절하게 아버님 쾌유를 기원했는지 떠올리기만 해도 눈물겹도록 고마웠다. 아버님도 하늘나라에서 너희 정성을 갸륵하게 여기고 계실 것으로 믿는다.

이번 일을 당하고 보니, 이제 나도 언제 너희 곁을 떠날 날이 닥칠지 모른다는 생각에 이 글을 미리 써 두고자 한다.

우리는 이 넓고 넓은 지구상의 그 많은 사람 중에서 한 가족을 이루었다. 불가에서 부모 자식의 인연은 전생의 몇 천 겁의 두터운 인연이 쌓여야 이뤄

진다고 했듯이, 하늘의 특별한 섭리가 아니고서야 어찌 이 소중한 만남이 가
능했겠는지 감사할 따름이다. 아버님과 나는 너희를 낳아 키우면서 어렵고
힘든 고비도 겪었으나, 너희가 장성하면서 안겨준 몇 배의 기쁨과 즐거움이
오로지 우리 인생의 희망이고 보람이었다.

　하나, 젊은 날 빠듯한 형편에 너희 셋의 뒷바라지를 하는 한편 내 동생들
까지 보듬고 살아야 했기에 경제적 어려움이 극심하여 너희에게 마음만큼
못한 점도 많았음을 헤아려 주리라 믿는다. 게다가 내가 대학입시를 앞둔 고
교생의 지도를 맡아 가정에 소홀한 때가 많아 어린 너희를 얼마나 서운케 했
을까를 생각하면 지금도 가슴이 쓰려 온다.

　그러나 그 역시 너희와의 운명적 인연이라 생각하며 그 와중에도 최선을
다 하려고 몸부림치며 노력한 우리를 기억하고 이해해 주기 바란다.

　'샘터사'에서 낸《맞벌이 엄마 아빠의 자녀교육 실패와 성공사례》는 글
자체보다 애쓴 그 흔적의 산물이라고 말하고 싶다. 그럼에도 불구하고 너희
가 건강하고 반듯하게 잘 자란 것은 하늘과 조상님의 보살핌이라 생각되어
깊은 감사를 드린다.

　사람은 누구나 한 번 태어나면 반드시 죽음을 맞게 되지. 그러나 유독 안
타까움을 금할 수 없는 것은 너희 아버님이 가족들의 따뜻한 간병의 손길 한
번 못 받고, 말씀 한 마디 못 하시며, 중환자실에서 가족이 임종을 지키지 못
한 것 때문이다.

　바로 이틀 전, 일반병실에 옮길 것이라는 희망적인 의사의 말을 철석같이
믿지만 않았어도 이별하기 전에 '고맙다'란 말은 할 수 있었을 걸, 원통하고
한이 되는구나. 게다가 아버님은 너희들 직장에 부담을 안 주시려고 날짜까
지 자로 잰 듯이 골라서 떠나셨고, 손수 장례비까지 챙겨 주셨으니 얼마나

많은 배려와 깊은 사랑을 우리에게 주셨는지 생각할수록 가슴이 찡하니 아려온다. 단지 위안이 되는 점이 있다면 더 오랜 고통을 겪지 않으시고 하나님 곁에 편히 가셨으리라 믿어져 감사를 드리고 싶다.

돌이켜보면 나는 22세에 친정어머님이, 32세에 아버님이 유명을 달리 하셨는데, 내가 팔순을 넘게 살았으니 이 또한 큰 축복이라 여긴다. 떠나기 전에 뭔가 남겨주고 싶지만 내게 물질적인 것은 없구나. 다만 너희가 크는 동안 내게서 듣고 보고 체험한 것들이 정신적인 유산이라고 말하고 싶다.

그 첫째는 어떤 경우에도 꿈을 잃지 않을 것, 둘째는 생각은 깊고 다양하게 하되 일단 마음 먹으면 절대 포기하지 말 것, 셋째, 순간순간에 최선을 다할 것. 그리하여 매사에 정성을 다 하면 하늘도 감동해 도움을 준다는 이를테면 '지성이면 감천이라'는 정신을 잊지 말거라. 성경 말씀에도 '하늘은 스스로 돕는 자를 돕는다'고 했거늘.

또 하나 꼭 명심할 것은 '형제간에 사랑하며 우애 있게 지내라'는 아버님의 유훈을 평생 동안 절대 어긋남이 없도록 실천해 줄 것을 당부한다. 너희도 알다시피 부모는 인생의 선배이자, 자신과 피와 살을 나눈 뿌리니 자손에게도 가르침이 되어 든든한 줄기와 가지로 뻗어가길 바라고 기원한다.

끝으로 내가 죽거든 국립보훈묘지도 있으나 선산 아버님 곁에 묻어주기 바란다. 혹 내가 의식 없이 앓아누우면, 절대 수술을 하거나 인공호흡기를 대는 일이 없도록 해 주며, 죽어도 너무 슬퍼하지도 말거라.

나는 내 생의 최선을 다해 열심히 산 것과 올곧은 너희를 자식으로 둔 것을 자랑으로 삼고, 사랑하는 너희들의 손을 잡으면서 미소 지으며 눈 감을 수 있기를 소망하고 있단다.

그리고 장례식 절차는 너희가 놓인 처지에서 가장 좋은 방법을 의논하여 행하기 바라며, 특별히 내가 바라는 바는 없다. 왜냐면 어느 길로 가나 귀착점은 하나라고 믿고 있기 때문이다.

허나, 나도 사람인지라 욕심 같아서는 윤우는 물론, 원희, 태희, 장가들고, 두희가 대학 다니는 것만 보고 갔으면 싶지만 그것이 어디 인력으로 되는 일이겠느냐. 마음만은 사는 동안 늘 그리 바라왔었단다.

호스피스 전문의 오즈 슈이치는 《죽을 때 후회하는 스물 다섯 가지》라는 저서에서 1000명의 죽음을 지켜보며 밝힌 중에 그 첫째가 '사랑하는 사람에게 고맙다는 말을 많이 했더라면' 이라 하는데, 나야말로 사랑하는 너희에게 '정말 고마웠다' 는 말을 미리 새겨주고 싶다. 그리고 만약 이 엄마 생각이 날 때면 내 삶의 애환을 담은 수필집 일곱 권이 있으니 그것을 통해 너희를 향한 엄마의 진솔한 사랑을 확인해 주면 고맙겠다.

살다 보면 뜻밖의 고통과 괴로움도 있겠지만 그 뒤에는 어김없이 기쁨이 찾아오는 법, 어떤 경우에도 인내와 용기로써 극복해 낼 것이라 믿는다.

사랑하는 내 아이들이여! 부디 건강에 유의하고 겸손한 자세로 매사에 감사하며 아무쪼록 삼남매 내외, 서로 사랑하며 행복하기를 나는 지하에서도 빌고 있으련다. 그리고 얘들아! 이승에서 너희를 만나 행복했고 내가 너희들의 엄마였다는 것이 자랑스럽고 고맙다. 부디 오래 오래 행복하기를 바란다.

2011. 6.　　엄마　김영의

낙엽 되어 바람에 날리면

훌쩍 어디론가 떠나고 싶은 심정은 누구에게나 거침없이 찾아드는 가을이 전하는 전염병 같은 증세인가 보다. 닿을 수 없는 높이로 떠 있는 파아란 가을 하늘, 울긋불긋 화사한 빛깔의 단풍, 그 아름다운 향연에 이끌린 탓일까? 아니면 본래 우리네 가슴 속에 묻혀 있는 보헤미안의 나그네 기질에서 이는 바람 때문일까? 가을이 문턱을 넘어오면 사람들은 너나 할 것 없이 자연 속을 서성이고 싶어 한다.

가을은 영고성쇠(榮枯盛衰)를 반복하는 자연현상의 과정일 뿐이라 하지만 결실의 계절이고, 수확의 계절이지만 또한 이별의 계절이며, 그리움의 계절이라 슬프도록 아름다움이 깃든 계절이라 하지 않는가? 그러기에 갖가지 열매는 그 모체(母體)인 줄기나 가지 혹은 뿌리에서 떨어져 이별을 해야 하는 것인가 보다. 허나, 잎새들은 열매와는 무관한 채, 그저 때가 되면 까닭 없이 침묵하며 미소 짓듯이 자신을 불태우고 춤을 추며 가벼운 몸짓으로 바람에 날려 땅에 떨어져 간다.

스산한 가을바람에 낙엽이 으스스 떨어진다. 쏴—악 물결치는 바람과 사근사근 이별의 속삭임을 나누며 팔랑팔랑 떨어진다. 텅 빈 마음으로 바람에 날리는 그들 모습이 어쩐지 가슴 저리게 다가온다. 낙엽귀근(落葉歸根)이라, 마치 연어가 태어난 고향의 강으로 거슬러 올라가듯 잎새 또한 떨어져 뿌리로 돌아가는 것이려니.

아직은 생명이 묻어 있어서인지 물기가 있어 울긋불긋하고 노랗게 물든 잎새들. 그러나 함께 떨어지는 그 낙엽 가운데서도 한 잎, 두 잎, 바람에 휩쓸려 도르르 구르다가 또 다른 바람결에 나부껴 다시 뒹굴며 옮겨가는 잎새도 있다. 낙엽에도 나름대로 제 각각의 운명이 따로 있는 것일까? 저토록 더 날려 외로이 헤어져 홀로 굴러가고야 마니. 물끄러미 바라보고 있노라니 착잡함이 소용돌이치며 안쓰러움과 함께 가슴이 아려온다.

마치 서정시인(抒情詩人)이라 불리는 김동명이 읊었던 시구(詩句)처럼 '…(전략)… 잠깐 그대의 뜰에 머무르게 하오. 이제 바람이 일면 나는 또 나그네같이, 외로이 그대를 떠나오리다' 하며 담담히 받아들이는 그들의 모습이 아니던가. 떨어지는 아픔과 야속함, 다시 날려 떠나가야 하는 슬픔과 억울함, 그리고 쓸쓸한 외로움의 떨림도 없이…. 그것은 어쩌면 새 봄, 새 잎으로 다시 태어날 희망과 기쁨의 꿈이 있는 탓에 가능한 것일까? 아니면 생의 마무리를 위한 고별의식의 몸짓이라 말해야 할까!

우리네 인생은 자신의 운명 앞에 오만하거나 한탄하며 몸부림으로 아우성치며 원망하거늘, 낙엽은 그 아름다운 빛깔로 단풍지며 마지막 삶을 장식하며 찬란했던 화려함을 모두 털고 미련 없이 담담히 순응하는 모습이 경외(敬畏)롭다.

낙엽은 덧없이 버림받아 땅 위에 있는 것이 아니라 새 생명의 씨앗을 품고 푸른 꿈속에 고요히 잠드는 것이리라. 이처럼 작고 하찮은 낙엽 한 잎새에서조차 우리는 위대한 자연의 스승을 만나 깨우치니 답답한 가슴이 맑고 드넓은 하늘처럼 활짝 트여진다. 갑자기 으스스 낙엽져 가는 소리가 가슴이 시리도록 안온하고 평화롭게 느껴옴이 신비롭다.

　바스락거리는 낙엽을 밟으며 그들만의 언어의 의미를 되새겨 본다. 그리하여 우리는 낙엽을 밟는 것으로 그 위대한 이치에 조금이나마 다가서려 귀를 기울여 봐야 하지 않을까! 나는 길가에 뒹굴어 가는 낙엽들을 멍하니 바라보며 잠시 사색에 빠져든다. '만약 내가 낙엽이 되어 바람에 날린다면…(?) 지나온 세월에 얽힌 모든 영욕을 뒤로 훌쩍 빈 가슴으로 가벼이 집착에서 벗어날 수가 있을까?' 자문자답해 본다. 이제 확실한 것은 분명 언젠가는 나 또한 낙엽이 되어 불어오는 바람 따라 어느 길목에 나뒹굴며 발끝에 채이고 밟혀진다는 것을….

　빨갛게 물든 낙엽 한 잎을 주워 어루만져 본다. 벌레 먹은 자국이 동그란 구멍으로 사랑스럽게 무늬져 있다. 애처롭고 예뻐 몇 번씩 쓰다듬어 본다. 살며시 쓰다듬는 나의 손바닥의 살갗을 뚫고 따뜻한 생명의 온기가 자르르 전해 오는 것 같다. 아마도 낙엽과 나는 자연 속에서 한 맥으로 통해 있는 때문이리라!

　이슬이 촉촉한 늦가을 들판에 서서, 낙엽처럼 바람에 날려 땅에 밟힐지라도 나 또한 텅 빈 가슴으로 다소곳이 순명(順命)하며 또 다른 내일의 꿈을 안고 흙 속에 고이 잠들 수 있기를 염원해 본다.

(2010. 11. 9)

운명의 싹

어제 내린 봄비에 단물 머금은 텃밭
흙더미 사이로 앞 다투며
움터 오르는 새 생명들

따사로운 햇살 초록빛 의지와 꿈
함께 살찌어 가려는
순정의 싹들이거늘

어느 날 몰아치는 세찬 바람에
뿌리째 뽑혀진 어이없는 아픔을
주어진 운명이라 침묵할 뿐

하늘과 땅 사이 수많은 삶 속에
세월만이 새겨져 생사의 갈림은 뉘라
선택조차 허락되지 않는 것을

오곡백과 열매 맺는 계절 너 또한
앞서 사라진 이의 뒤를 좇아
흙이 되어 땅으로 돌아갈 뿐인 것을

(2004. 5. 15)

5

한 가닥 초록빛 짚의 손길

생활수기 · 세상에 드러나지 않은 선행자

좌절을 희망으로 바꿔 놓은 이 만남이 없었다면
나와 우리 남매는 지금껏 제대로 살아남아
떳떳이 숨 쉴 수가 있었을까를 생각하게 된다.
나에게 교직은 천직이고
한 번 스승은 영원한 스승으로서의 자세를 지녀야 할 것이라 알고 있다.
하지만 그 교직의 길조차도 그분들의 길잡이가 없었던들
들어서지도 못했을 것 같다.
또 새롭게 수필이라는 세계에 입문하게 되어 다시 태어나는 기쁨을 얻었다.
그 길에서도 나는 여러 선배들의 도움에 힘을 입어
새 걸음마를 시작하며 오늘에 이르렀다.
게다가 문학에는 제도적 한계가 없다, 생명과 영혼이 살아 있는 한.

– 〈글을 맺으며〉 중에서

글을 열며

이제, 험난했던 좌절과 역경의 고비 고비를 넘어 산수(傘壽)에 이르러 겸허히 뒤를 되돌아보게 되었다. 오직 감사할 따름이다. 인생을 물처럼 살라는 말이 있듯 나는 그리 살고 싶었고 또 그냥 그렇게 물의 흐름에 맡겨 노를 저어가고 싶었다.

하지만 그런 작은 소망마저 내겐 허용될 수 없는 질곡의 긴 세월이 앞을 가로막고 있었다. 겨우 철들 즈음, 때론 험난한 계곡의 낭떠러지에 직면하며 외나무다리를 건너야 했고, 겨우 정신차려 숨을 돌려 보니 망망대해에서 방향 잃은 조각배가 되어 허우적이며 필사적인 사투를 거듭해야 했다. 그것도 어린 일곱 동생들을 한 배에 태운 채, 굶어도 내칠 수가 없고 떼어놓기는커녕 흩어지지 않으려 몸부림쳐야 했다.

차라리 고아였다면, 동생들 숫자라도 조금 적었다면 이토록 힘이 들지는 않았을걸! 끼니가 간데 없고, 학비를 감내할 방도가 막막했다. 동생들은 월사금이 미납이라고 교실에서 쫓겨나와 울부짖었다. 별별 생각과 고민으로 밤을 지새지만 앞은 보이지 않았다.

한강다리 위에서 어두운 강물을 내려다보았다. 그 때마다 어머니의 얼굴이 눈앞을 가려 되돌아오기를 몇 번이나 했을까. 그래도 나는 미소 띠며 다닐 수밖에 길이 없었다. 왜냐하면 남에게까지 서글프고 불쌍하게 보이기가 내키지 않았기 때문이라 할까. 아니, 사실은 내가 살아 남기 위해서 그럴 틈마저 없었다고 하는 것이 솔직한 대답일 것이다.

그러했기에 심태진 장학관(도움을 주신 감사한 분)은 나의 첫 수필집《꿈과 현실의 다리》의 추천사에서 '당시 김 양은 기적 같은 생활을 초인적인 힘과 슬기로운 방법으로 능히 해내고 있었습니다. 그녀는 직장에서 궁한 소리 한 마디 없이 피곤한 기색 한 번 보이지 않고 맡은 일을 빈틈없이 해내는 모습은 …(생략)…' 이라고 적고 계시다.

하지만 그 엄청난 고난의 막다른 골목의 고비고비마다 하늘이 무너져도 솟아날 구멍이 있다고 하듯 나를 잡아준 것, 그것은 내게는 크고 귀한 구원의 손길이었다. 마치 떠내려가는 풀잎이 지푸라기에 걸려 강변에 닿은 것처럼 그 한 가닥의 지푸라기가 아니었던들 오늘의 나는 결코 살아남지 못했을 것이다. 그것은 누런 것이 아닌 풋풋하고 생생한 초록빛 지푸라기로 나를 붙들어 잡아준 것이다.

'만남은 곧 운명이다' 는 말이 있다. 사람이 태어나 살아가는 동안 누구를 만나느냐에 따라 갈 길이 달라지기 때문이다. 오늘의 나를 있게 한 만남의 사연, 살며시 한 가닥 지푸라기를 내밀어준 손길의 면면을 나는 잊을 수가 없다. 세상에 알려지지 않은 선행자의 은혜로운 손길, 내 생애를 인도해 준 귀중한 그 인연을 이제 밝히고자 한다.

그것은 단지 나의 개인사에 그치는 것이 아니라 이 시대를 산 존경스런 어

237

른들이 행한 숨은 선(善)이고 세상을 향한 가치 있는 본보기라고 생각되기 때문이다.

비록 그분들은 기억조차 못할 수도, 별것도 아니라는 가벼운 마음으로 지났을 수도 있을 것이지만, 그것으로 인해 내 생애에, 좌절을 용기와 희망으로 바꿔놓는 크나큰 계기와 힘이 된 것을 숨길 수는 없다. 무엇으로도 갚을 길 없는 그 분들의 아름답고 고마운 사랑의 빚에 나는 작은 보답의 뜻으로 이 글을 엮어 감사의 마음을 세상에 전하고자 한다.

나는 실로 수많은 분들의 크고 작은 도움으로 살아왔다. 하지만 모두를 소개할 수는 없다. 가장 위급하고 처참한 기로에서 좌초한 때, 손을 내밀어 이끌어 주신 어른들에 관한 사연을 간추려 어설픈 솜씨지만 이에 담으려 한다.

여기 제시하게 된 분들은 위로는 장관, 총장, 교장, 교수, 교의(校醫), 교육부의 공직에 계시던 분을 비롯하여 나의 시어머님 그리고 집의 도우미 언니 등 12분과 끝으로 현재 내가 수필에 전념토록 이끌어 준 분까지 열세 분에 관한 고마움을 피력하려 한다.

(2009. 7. 28)

백낙준 장관과 송경국 과장

어머님은 내가 열여덟 살 되던 늦가을. 나를 선두로 여덟 명의 아이들을 업고 안으며 옹진 앞바다를 건너 38도의 사선(死線)을 넘어 서울에 당도했다. 이런 저런 어려움은 어느 월남 피난민에게나 닥치는 고생길이지만, 교직에 계셨기에 나름대로 차츰 자리를 잡아가고 있었다.

그러나, 몸과 마음이 피난의 고달픔에서 미처 풀리기도 전인 다음 해, 날벼락 같은 6.25의 전화(戰禍)를 겪게 된다. 흔히 인생은 운명이 아닌 선택이라고도 하지만 이건 선택의 여지가 없는 잔악한 현실이었다. 9.28 수복 후, 다시 1.4 후퇴로 인해 우리의 본격적인 피난살이가 시작되었다.

부산 영도 섬 세 평짜리 2층 셋방 한 칸에 일곱 아이들을 남긴 채, 어머님은 과로에 과로가 겹쳐 수업 중에 쓰러져 병원에 눕고 말았다. 여름에 쓰러진 어머니의 병명은 해가 바뀌어 이듬해 봄이 다가올 때까지 주치의였던 그 병원 원장이 병명도 가려내지 못했다. 그래도 우리는 그분만을 의지할 뿐, 속수무책으로 시간이 흘러갔고 어머니는 날로 쇠잔해지셨다.

투병중인 어머님의 빈 자리를 위해 나는 하는 수 없이 동생들에게 역할분담을 시켰다. 바로 밑 여동생은 학교를 쉬고 어머니의 간병을, 그 밑의 여동생에게는 나머지 동생들의 식사 돌보기를 맡겼고 나는 돈을 벌어야 했다. 일선 전투부대에 계시던 아버님은 소식조차 접하기 어려워 의지할 형편이 못되었기 때문이다.

나는 낮에는 교육부 총무과에 근무하면서, 틈을 얻어 대학 강의를 듣기 위해 뛰었고, 밤에는 입주 가정교사로 일하며 퇴근길에는 요일별로 개인 과외지도를 해야 했다. 어머니의 약값과 입원비, 그리고 아이들의 학비 생계비를 모두 마련해야 했기 때문이다. 때론 어머님의 수혈을 위한 피를 구하기 위해서 부산 부둣가에 정박하고 있는 스칸디나비아 병원선을 찾아가기도 하며, 후회 없는 어머니의 병 구완을 하려 온 몸으로 뛰었다.

간병하는 동생과 나는 매끼 삶은 감자 하나씩으로 점심을 병실에서 때웠고, 나머지 동생들은 도시락을 싸 주며, 긴축에 긴축을 하는 살림이지만 내겐 늘 그조차도 버겁고 감당하기 어려운 실정이었다.

대학 3학년 학년말시험 기간이었다. 컴컴하고 을씨년스런 부산 '피난 서울대학 부속병원' 병실에서 6개월간의 투병의 보람도 없이 어머님은 끝내 숨을 거두시고 말았다. 겨울의 끝자락을 아쉬워하듯 진눈개비가 온종일 뿌리는 음산한 3월 하순. 텅 빈 별관 병실 빈소 앞에 우리 형제 자매는 가슴에 피를 토하듯 울부짖었다.

관에 매달려 엄마를 부르며 지친 일곱 살 막내 여동생, 바로 다음 날 중학교 입학 국가고사를 앞둔 넷째 여동생. UN군 학도병으로 어느 전투에 투입되어 있는지도 모를 큰 남동생은 삼일간의 장례절차가 끝난 다음날 밤에서야 겨우 집에 당도했다.

나중에 알고 보니, 그것은 부산 피난 교육부 촉탁으로 근무하는 나를 어여삐 여긴 당시 백낙준 장관님(작고)의 특별 배려로 UN 작전본부를 통해 소재 파악이 되었기에 귀가조치가 가능하게 된 것이라고 했다. 포탄이 불꽃 튀는 전쟁의 와중에 한 아르바이트 학생의 모친상에, 그렇듯 자상한 배려를 누가 그리 쉬 할 수 있는 일이랴.

백낙준 장관님은 체격이 크셨고 네모진 얼굴에는 어려서 '마마'를 앓으셨는지 살짝 얽은 자국이 남아 있으셨으며 음성이 매우 맑고 낭랑하셨다. 나는 〈프랑스혁명사〉를 탐독하며 그 혁명을 주도한 귀족 출신의 한 영웅 '미라보'에 매료된 바 있었는데, 백 장관님은 내게 바로 그 '미라보'를 연상케 하며 호감이 갔다. ―파리의 세느강에 걸린 '미라보다리'는 그를 기념해 세워졌다고 함.― 그분은 근엄해 보이셨으나 당시 교육부에서 근무하는 어린 사환에게도 복도에서 스치시면 꼭 손을 들며 미소를 던지시곤 했다.

어느 날, 내가 큰 도로의 건널목에서 신호대기에 걸렸는데, 바로 앞에 멈춘 차에 장관님이 타고 계시질 않는가. 창 너머로 언뜻 나를 보시고는 손짓을 해 주셨다. 그분은 이렇듯 자상하고 정이 많으신 분으로 많은 직원들에게 사랑을 주고 받기도 하신 멋진 분이셨다. 하지만, 나는 어머님의 상을 치룬 후에도 감히 장관실을 찾아 인사도 못 드리고 가슴 깊이 뜨거운 감사의 마음만을 새겼을 뿐이었다.

당시 전 국민이 피난살이하는 상황에서 촉탁이라는 일자리를 구하기란 매우 어려웠고, 가정교사 일자리도 그리 쉽게 얻어질 수가 없는 때였다. 나는 천우신조(天佑神助)라고 해야 할까. 참으로 운이 좋아, 요사이말로 '아르바이트 챔피언'처럼 혼신을 다해 어머님의 쾌유를 위해 빌며 뛰었다. '제게 힘을 주십시오.' 나는 한 걸음 걸음마다 기도로써 버텨가며, 한편 어머님이 아끼던 모든 귀한 물건들을 내다팔아서 병원비에 충당했다. 어머님만 살려내면 돈이나 물건은 후에 얼마든지 마련할 수가 있을 거라는 일념에서다.

허나, 결과는 너무도 허망할 뿐이었다. 결국 어머님은 가셨고, 밀린 병원비는 눈덩이처럼 감당하기 어려운 처참한 지경에 놓여 버렸다.

나의 직속상관이신 총무과 송경국 과장님은 내 사정을 미루어 아시고, 당신이 앞장서서 성금을 거두어 이를 해결을 해 주신 것이다. 모두가 어렵던 피난살이 속에서 이같이 고마운 온정을 모으시기가 얼마나 벅차셨을까. 나는 염치없이 그저 고마울 뿐이었다.

하지만 장례를 치루고 기진맥진한 몰골로 출근한 나는 사무실에서 꾸벅절 한 번 하는 것으로 이 큰 은혜에 감사하다는 말을 대신할 수밖에 없었다.

심경(心畊) 윤태림 교수와 박창해 비서관

　세상에서 가장 큰 슬픔을 당하고도 내겐 마음껏 울 겨를조차 없었다. 어찌어찌 장례를 마친 나는 큰 남동생을 바로 부대에 귀대시키고, 그간 치루지 못한 대학 학년말 시험과목을 챙겨야 했다.

　'이제야말로 내가 제 때 졸업을 해야 동생들을 먹여 살릴 수가 있다' 는 다급함이 뇌리를 스친 까닭에서다. 나는 부끄러움도 무릅쓰고 해당 과목 교수께 매달렸다. 이 천재지변 같은 내 처지를 헤아려, 과제를 받아 따로 논문을 제출하면 교수들께서 참작하여 학점을 주시도록 한 것이다.

　끝내 거부하던 심리학과 심경(心畊) 윤태림 교수님(작고)은 우리 어머니의 병을 오진하여 죽음에 이르게 한 그 원장의 바로 아우가 되는 분이었다. 나는 자신도 모르게 억울하고 분통이 치밀어와 울음 섞인 항의로 그의 앞에 마지막 카드를 던졌다.

　"교수님, 교수님 형님께서 오진하여 제 어머니가 돌아가셨어요! 그래도 참작 안 해 주실 겁니까."

물론 그 교수님도 놀랐고 나도 내 당돌하고 돌발적인 행동에 당황했으나 그 결과 나는 제 때 졸업을 할 수 있는 희망을 이뤘다. 그 교수님은 매우 원칙을 존중하기 때문에 까다롭게 보일 뿐, 제자들에게 존경받는 훌륭한 분이셨다.

30여 년이 흐른 1984년 3월, 내가 서울 모 고등학교 교장발령을 받았을 때, 뜻밖에도 낯선 목소리의 전화를 받았다. 윤태림 교수님이 주신 첫 번째 전화였다. 놀란 나는 '선생님, 웬일이십니까?' '자네, 성공했네! 교육계에서. 나는 믿고 있었어' 하시며 누구보다 먼저 기뻐해 주신 것도 바로 그 교수님이셨다.

사실 나는 그 교수님께 내 학점을 내라는 식의 염치없는 행동으로 인해 게면쩍은 입장이라 그 후 공식석상에서 스치게 되어도 서먹한 느낌으로 고개만 끄덕하고 스쳐 왔는데 이렇게까지 나를 지켜 보시고 기뻐해 주실 줄은 상상도 못했던 것이다. 나의 옹졸함이 참으로 부끄러웠다.

그 후, 몇 번의 편지도 보내주셨는데, 나는 작고하신 후에야 비로소 소식은 들었으니 지금도 그분이 보내신 편지 몇 통을 손에 들면 날카로운 듯 하면서도 매우 온화하고 섬세하며 제자 사랑이 깊으신 그분의 정이 내 가슴에 따뜻하게 다가와 뭉클해진다.

백낙준 장관님이 교육부에 계시던 시절, 두 분의 교수 출신 비서관이 계셨다. 한 분은 영문학 전공이고 다른 한 분은 국문학 전공인 박창해 비서관님 (작고)인데, 박 비서관님은 장관님이 출타하시면 바로 옆방인 총무과에 가끔 오셔서 나의 일을 도와주시곤 하셨다. 늘 계산이 틀려서 쩔쩔매는 나에게 안쓰러운 표정으로 옆에서 숫자를 불러주시는 따뜻한 분이셨다.

당시, 계산기란 말도 듣지 못한 한국에서 내 주판 솜씨로 문교행정의 막대한 예산 결산을 맞춘다는 것은 쉬운 일이 아니었다. 총계가 나오면 바로 재검을 하여 딱 맞아떨어지면 그런 행운이 없을 만큼 기쁘고 홀가분하다. 그러나 어디 그런 경우가 쉬웠겠는가. 상업학교 출신도 아닌 나는 어느 때는 두번 세 번 주판을 둘 때마다 다른 수치가 나와 진땀이 흐르고 황당해진다.

그런 나를 직접 목격한 적도 없는 그 비서관님은 '이거 사범대학생이 주판만 튀겨서야 되나. 교육에 관한 공부를 해야 할 텐데. 쯧쯧.' 하고 혼잣말처럼 중얼거리는 것이 내 귀에도 들려왔다.

어머님을 여의고 가족의 생계를 짊어진 나는 그나마 그곳에서 떨려나면 학업마저 마치지 못할 것 같아 안간힘을 다해 숫자 맞추기에 여념이 없었다. 그러던 어느 날 인사계에 호출되었다. 어디도 의지할 곳 없는 나는 눈앞이 캄캄했다. 인사계장 앞에 나가서니 뜻밖에 발령장을 주시지 않는가. '보통교육국 장학실 근무' 라는 촉탁발령이었다.

'아! 살았구나.' 안도의 한숨이 절로 흘러 나오며, 나를 위해 걱정해 주신 박창해 비서관님의 고마운 배려에 뜨거운 감사로 가슴 벅찼다. 사실, 그분 말고는 내게 그런 배려를 해 주실 분은 없었을 것이며, 나는 교육부 내에서 단 한순간도 다른 부서를 넘보거나 생각해 본 일이 없었는데 이런 행운이 돌아오다니. 아무 내색도 하지 않고 아무런 이해관계가 없는 나를 걱정해 주신 그 분의 깊은 사랑에 나는 무엇으로 보답을 해 드려야 할지 단지 감사하는 마음뿐일 수밖에 없었다.

'만남은 운명이다.' 누구를 만나느냐에 따라 사람은 그 운명이 바뀔 수가 있다는데 바로 이때가 내 진로를 결정짓는 계기가 된 것 같다. 사람은 태어나자 만남으로 이어져 간다. 우리는 흔히, 그 인생항로에서 어떤 이를 만나느냐에 따라 그의 운명이 결정지어진 경우를 많이 본다.

심경 윤태림 교수와 박창해 비서관

비근한 예로 시청각장애인(deaf-blind) 헬렌 켈러(Helen Keller)의 인생을 들수 있다. 그녀의 선생인 앤 설리번(Anne Sullivan)과의 운명적인 만남이 없었다면 세계적인 기적의 주인공으로 태어날 수 있었겠는가. 또 우리의 축구스타 '박지성'은 월드컵 축구팀 감독이던 '히딩크'와의 만남이 없었던들 과연 오늘의 '축구스타, 박지성'이 가능했었을까.

나의 인생은 별 것은 아니지만, 그 때 박창해 비서관님, 그분과의 만남이 없었던들 나의 운명은 어떻게 흘러 버렸는지 생각할 수조차 없다. 장학실에는 모두 고등학교 교장을 역임하신 당당한 분들이 계셨다. 내가 사범대학을 졸업하고 중등학교 새내기 교사로 교단에 설 때까지 이분들 그늘에서 일을 했기에 교육행정과 교육과정에 관한 수습을 쌓을 수 있는 기회가 되었다.

뿐만 아니라 취업이 어렵던 그 시절에 졸업과 동시에 현직에 임하는 행운을 얻었고 다시 서울로 전근 가도록까지 끊임없는 애정의 끈으로, 마치 제자 사랑처럼 따뜻한 인간관계가 평생을 이어지게 된 것이다.

어찌 사람의 노력으로 그런 귀인을 만날 수가 있을까. 하느님이나 부처님의 보살핌이 없이! 내 마음 속 깊이 감사의 기도를 올린다.

이창갑 교육감

대학 졸업반이라는 1년의 부산 피난지에서의 세월은 나에게 한 십년만큼 엄청난 시련의 기간이었다.

'주경야독' 은 내게는 당연히 지속할 수밖에 없는 일이었고 또 꼭 극복해 내어야 할 목표를 향한 기본적 과정에 불과했다. 낮에는 장학실 업무에 전념 하되 가급적 대학의 해당 강의시간에 맞출 수 있도록 신경을 썼고, 퇴근 후 에는 예전처럼 요일별로 아르바이트를 두세 팀을 봐주며 끝나면 입주 가정 교사로 변신하였다.

밤 12시가 넘어야 나는 내 시간을 갖고 노트정리와 논문 쓰기에 밤을 지새 워야 했다. 그렇게 쉴 새 없이 뛰어도 우리 집 생계비와 동생 여섯의 학비나 교통비 모두를 마련하기에는 역부족이었다.

그러던 어느 날 밤, 그날은 월말이었다. 아르바이트가 끝나 저녁 8시가 좀 넘은 시간에 그 집에서 나와 골목에 들어서서 몇 발자국을 갔을까. 갑자기 뒤에서 웬 남자가 떠밀며 부닥쳐 왔다.

'앗' 소리를 지르며 내가 휘청하고 거꾸러지는 순간 눈앞이 캄캄해졌다. 있는 힘을 다해 가방을 움켜주려 했으나 이미 허사였다.

어두운 골목길에는 인적이 전혀 없었고 가방을 날치기한 자는 어느새 그림자도 보이지 않았다.

나는 한동안 땅에 앉은 채 일어나지 못했다. 다친 데가 아프기도 해서지만 그보다도 잃어버린 가방을 어찌해야 할지 막막하고 기가 막혀 정신이 없었다.

그 가방에는 내 생명줄이 들어 있었다. 교육부 장학실의 캐비닛 열쇠뭉치, 겨우 마련한 소중한 콘사이스, 월말이라 받은 급료, 그리고 막 알바를 마치고 나온 집에서 받은 한달치 사례금 등이다.

열쇠뭉치는 출근하면 당장 아침부터 결제를 맡아야 할 긴급한 공문서를 꺼내야 하는 열쇠들이다. 그러니 여러 장학관님들께 얼마나 큰 낭패를 보게 해 드리는 것이랴. 또 그 돈은 우리 식구 모두를 한 달 동안 먹여살려야 하는 소중한 재산의 전부인 것이다.

나는 골목 길바닥에 주저앉은 채, '도둑이야, 도둑이야!' 하고 소리치며 울부짖었다.

그러나 아무 소용이 없었다. 인기척 없는 골목엔 외등 하나 없이 칠흑 같은 어둠만이 깔렸고 전시(戰時)의 스산한 초겨울의 바람만이 볼을 스쳐갈 뿐이었다. 한 마디 하소연할 상대도 없는 나는 밤새 뜬눈으로 지새웠다 .

다음 날 일찍 출근을 한 나는 사무실에서 고개를 들지 못한 채 자리에 움츠리고 앉아 있었다. 여러 어른들에게 무어라고 사죄를 하며 어떻게 처신을 해야 할지 막막하고 어디론가 숨어버리고 싶을 따름이었다.

면목 없어 하는 이 촉탁녀의 딱한 사정을 들으신 세 분의 장학관님은 '몸을 다치지 않은 것만도 큰 다행이군' 하고 위로해 주시며 곧바로 총무과에 의뢰해 캐비닛을 열었고 비상 열쇠를 마련해 주셨다.

이 날처럼 하루해가 긴 날은 다시 없을 것 같았다. 퇴근 시간이 가까워질 무렵인 것 같다. 이창갑 장학관님(작고)의 호출을 받은 나는 꾸중 들을 것을 각오하고 머리 숙여 그 앞으로 다가갔다.

"미스 김, 이것 받아요. 어제 얼마나 놀랬어요. 동생들하고 열심히 살아야 해요."

이 장학관께서 두툼한 누런 봉투를 내 앞에 내미신다. 뜻밖의 큰 배려에 얼굴은 상기되고 가슴 벅차와 눈시울이 뜨거워졌다. 감히 상상도 못했던 일이었다. 단지, 앞으로 한 달을 어떻게 살아가야 할까, 캄캄한 심정으로 근심에 차 있었던 터였다.

어느 친척이 선뜻 이렇게 자상하게 돌봐 주실 수가 있을까. 이 피난상황에서 너도 나도 살기가 빠듯한 실정인데. 눈물이 쏟아지며 목이 메어와 감사의 인사도 제대로 못하고 봉투를 든 채, 화장실로 뛰어 들어갔다. 주체할 수 없는 울음이 솟구쳐 나왔다.

세수를 한 후, 마음을 가다듬고 봉투를 열어 보니, 어쩌면 어제 받은 봉급보다 더 많은 금액이 들어 있었다.

이 장학관님이 주도하여 교육부 어른들께 직접 추념하여 모아 주신 위로금이 아니던가. 나는 면목이 없어 고개도 못 들었다. 이 고마움을 평생 잊어서는 안 된다고 몇 번이고 자신에게 다짐했다.

이 장학관님은 후에, 서울시 교육감을 지내셨으며, 나는 그 분의 손을 거쳐 교장 첫 출발의 발령장을 받은 바 있었다. 대학 아르바이트 촉탁시절에 뵌 두 분의 장학관님은 내가 환갑을 넘고서야 '이젠 그 나이에 함께 늙어가

이창갑 교육감

는데, 그만 오도록 하라' 는 말씀에 못 이겨서, 꼭 연초에 세배와 추석 때면 부모님을 가 뵙듯이 드나들었던 것을 멈춰야 했다.

'세월 앞에 장사가 없다' 는 말이 있듯이, 두 분이 다 연만하시어 노환에 시달리는 병실에서도 가족들까지도 나를 식구처럼 맞아주시곤 했으며, 안타깝게 떠나시는 빈소에서도 마지막 가시는 인사나마 드릴 수가 있었기에 서운한 가운데도 큰 영광으로 삼고 있다.

석운(石雲) 심태진 장학관

'세월이 약'이라고 했던가. 절망적이고 비통한 나의 생활과는 상관없이 전시 피난교육부는 초·중등 대학까지 구호용 용지를 받아 교과서를 찍어 내며 청소년들의 면학을 소홀히 하지 않았다. 그런 업무를 추진하는 장학관 실 분위기였기에 나는 장학관님들의 도움과 격려로 이럭저럭 대학 졸업장 과 교사자격증을 거머쥐었다.

하지만, 직장 구하기가 쉽지 않았다. 남자들은 군인으로 전선에서, 모든 산업체와 직장은 흩어져 폐업된 정황이며 학교들은 전시연합체제로 합동 운영되고 있는 마당에 어디다가 이력서와 자격증을 들이댈 수가 있겠는지. 참으로 난감하여 나는 현재의 그 촉탁 일이라도 계속 매달려 있고 싶었다.

그 해 봄, 어느 아침이다. 장학실장이던 석운(石雲) 심태진 장학관님(작고) 께서 전에 없이 함께 나가자고 하신다. 웬일인가 싶어 가슴 두근거리는 나를 데리고 지프차에 올라탔다. 도착한 곳은 'K여자중학교'라는 간판이 선명한 학교 교문 앞이었다.

"다음 주 월요일부터 출근하세요."

학교장의 말씀이었다. 하늘의 별을 딴다 함은 이를 두고 하는 말인 것 같았다. 나는 그날 밤 너무 벅찬 심정에 잠을 이루지 못했다. 감사와 기쁨에 눈물을 주르륵 흘리면서, 한 방 안에 누워 잠든 어린 동생들에게 들키지 않으려고 엎어져서 울었다. 나는 새로운 직장인 학교가 좀 더 가까운 동네 온천역전에 셋집을 얻어 이사를 갔다.

그런데, 같은 해인 1953년 7월 27일, 휴전협정이 체결되어 정부가 수복하게 된 것이다. 모든 중앙부서가 앞을 다투어 서울로 복귀하는데 교육부도 예외가 아니었다. 따라서 각급 학교도 모두가 서울 본교로 복귀를 하니, 부산으로 피난 갔던 사람들은 꿈에 그리던 자기 집을 찾아 돌아갔다.

나는 서울 우리 집으로 가고 싶어도 갈 수 없었다. 집은 폭격으로 잿더미가 되었을 뿐더러, 재직중인 부산의 직장을 통해야 내주는 C.I.A의 한강 도강증이 없기에 강을 건널 수도 없었고, 또 집만 있다고 어떻게 살아갈 수가 있겠는가. 서울의 직장을 구하기 전엔 애들 여섯을 이끌고 집에 갈 수가 없다고 생각되니 한 없이 서글펐다.

'사람은 서울에서 살아야 한다' 고 하시던 어머님의 말씀이 귀를 적셔 오지만, 갈 길은 아득할 따름이었다. 심 장학관님은 가끔 농담 삼아 '우리 딸 재취를 시켜야 할 텐데…' 하며 격려전화를 주시곤 했다.

이듬해 학년 초였다. 잊히지도 않는 금요일 오후, 서울에서 전보가 한통 날아왔다. 아무리 생각해도 전보를 줄 사람이 없는데, 하며 전보용지를 편 나는 깜짝 놀랐다. 이 간단한 전보의 발신자는 교육부 장학관 실이었다.

'내일 상경 요망 심태진.'

토요일 1교시에 수업을 당겨 마치고 곧바로 나는 경부선 급행열차에 몸을 실었다. 그리고 장학관님이 주신 명함을 들고 '서울 S학교' 교장실로 달려 갔다. 그 교장선생님은 다음 주 월요 조회에서 부임인사를 하라고 하셨다. 이렇게 하여 나는 부산 K여중에서 서울의 S학교로 전근할 수가 있게 된 것이다. 진정 꿈 같은 이야기라고 말해야 옳을 것 같았다. 내가 무슨 복을 타고 났기에 이토록 귀인을 만나게 되었을까, 신기하고 감사하고 놀라웠다. 보잘 것 없는 내게 친 부모님처럼 그렇게 마음을 써주실 수가 있으신지.

가슴 깊이 새겨두고 감사의 뜻을 전하는 수밖에 내게는 달리 방법이 없었다. 서울의 새 학교로 부임한 나는 동생들 여섯을 서울로 전학시키며 전화(戰禍)로 지붕과 기둥만 남은 집터에 가마니 몇 장을 깔고 한 장은 문짝 대신 매달고는 어머님이 안 계신 서울에서의 새 둥지를 틀 수밖에 없었다.

세월이 흘러 내 나이 환갑이 넘도록 그분 내외를 부모님처럼 절기마다 찾아뵈었고 그분께서는 자녀분이 차린 고희잔치에 나를 초대하시고 친구라고 소개를 하신 것은 영원히 잊을 수 없다. 다만 여든까지도 못사시고 가신 석운(石雲) 심태진 장학관님 영전에 나는 국화 꽃 한 송이로 명복을 빌며 눈물만 흘릴 뿐이었다.

나는 존경하는 고 심태진 선생님께서 행하신 진정한 교육에의 열정, 순수한 인간애, 그리고 청빈한 관료의 면모를 내 삶의 토양으로 삼고자 다짐하곤 했다.

시어머니, 오묘숙 여사

부모 없는 일곱 동생들을 거느리고 사는 처녀 가장을 누가 며느리로 선뜻 맞이하려 하겠는가. 또한 역으로 본다면, 의지할 곳 없는 어린 동생들 일곱을 놔두고 어떻게 혼자만 빠져 나가 결혼을 할 수가 있을까. 아예 독신으로 살아가며 동생들 뒷바라지를 할 수밖에 없다는 생각을 굳힌 나를 유혹한 것은 한 청년의 달콤한 말이었다.

'그 크고 무거운 짐을 왜 혼자서만 짊어지려 하느냐. 나와 함께 하면 좀 가벼워지지 않겠느냐.'

나는 반신반의하면서도 조금씩 그의 말에 흔들리기 시작했다. 그는 진실하게 보였고 전통적 선비의 가풍이 풍기는 인품인 듯한 느낌으로 다가왔다. 여자동생들 다섯은 어떤 어려움이 있어도 고등학교까지는 졸업을 시키고, 두 남동생은 야간일지라도 대학까지 졸업시키기로 그와 나는 그들의 뒷바라지에 선을 그었다. 또 결혼 후, 남기고 떠날 동생들을 위해 새로운 셋집을 얻고 쌀과 김장, 연탄 등, 겨울을 날 수 있는 기본적인 생활필수품을 마련했다. 그리고는 그해 12월 겨울방학이 시작되는 크리스마스 이튿날인 26일을 택하여 우리는 결혼식을 올렸다.

새 색시가 시집에 들고 온 것은 단지 이불 한 채. 고맙게도 시댁의 어느 누구도 이에 대해 아무 말도 하지 않았다. 물론 우리 국민 모두가 전후의 어려운 상황이지만 그래도 혼인의 기본 품목은 갖춰야 했을 것이다. 아무런 혼수감도 없이 들어온 며느리를 맞으며 한 마디 말씀도 없을 뿐더러 묵묵히 살아내는 것만으로도 대견해 하며 어여삐 보아주시던 시어머님, 오묘숙(작고) 여사. 시아버님은 1950년 9.28 수복을 며칠 앞둔 어느 날, 인민군에게 끌려가신 후, 행방불명이 되셨으니 생이별로 영영 돌아오지 못하셨다.

홀로 된 시어머니께서는 아녀자의 힘으로 6남매의 뒷바라지를 하셨으니 시댁 형편도 넉넉하지는 못했다. 남편은 형님 다음인 지차였으니 마땅히 친가의 경제를 맡들어야 하는 터였으나 시어머님은 나의 친정 형편을 이해하시고 어떤 부담도 주지 않으려고 신경을 써 주셨다. 참으로 나는 얼마나 큰 은혜와 사랑을 입으며 살아왔는지 모를 일이다.

그분께서는 조실부모하여 언니의 손에 자란 우리 여럿 동생들이 결혼하게 될 때면, 우리 집에 오셔서 이불과 혼수용 버선 두 죽씩을 손수 바느질하셔서 준비해 주시곤 했다. 그뿐 아니라 우리 집 아들딸이 모두 바람직한 대학에 입학되어 기뻐하던 어느 날, 집에 오신 시어머님은 흰 봉투 하나를 살며시 내놓으시며 '애야, 너 그동안 시집와서 고생이 많았다. 내가 해준 게 없어 섭섭하여 조금 넣었으니 받아두어라' 말씀하시며 넌지시 건네주시던 일이 엊그제처럼 생생하게 되살아난다.

이제 우리 아이들도 모두 장성하여 사회 중견으로 대학에 자리잡게 되었

255

시어머니, 오묘숙 여사

으니 시어머님이 기뻐하실 모습이 아른거린다.

시어머님께서 정성으로 마련해 주신 혼수이불을 들고 시집간 동생들도 모두 잘 살고 있다. 당시 일곱 살 초등학교 입학도 전에 어머니를 잃고 울던 막내 여동생도 이미 두 딸은 시집을 보냈고 막내아들까지 올해 대학을 나와 취업을 했으니, 친정식구 모두 이보다 더 순조로운 삶이 또 있을까 싶다. 이 모든 것들은 은연중에 힘이 되며 밀어 주신 시어머님의 푸근하신 인품이 빚어 주신 덕이라고 여겨진다.

며칠 후면, 시어머님의 20주기가 돌아온다. 제사를 드릴 때마다 말수는 적으셨으나 자상하고 따뜻하셨던 그 모습이 떠올라 가슴이 뭉클해짐은 여느 고부간, 아니 부모자식간의 관계를 떠난 진정한 인간적인 사랑의 결합이 아니었는가 싶다.

주월영 교장

중국 전국시대의 철인(哲人) 공자의 사상을 계승 발전시킨 맹자(孟子 : B.C. 372~289)가 〈맹자(孟子) 진심편(盡心篇)〉 '군자에게는 세 가지 즐거움' [군자유삼락(君子有三樂)]이 있다고 함은 너무도 잘 알려진 일이다. 사람마다 그것을 갈망하지 않는 이가 있을까. 하지만 그 삼락을 이뤄내기란 노력으로만 가능한 것이 아닌 것 같다.

우선 그 첫째 즐거움은 양친이 다 살아 계시고 형제가 무고한 [부모구존 형제무고(父母具存 兄弟無故)] 것인데, 나의 경우 20대 초반에 이미 양친을 잃었다. 그뿐 아니라 바로 밑 남동생마저 주검을 택하고 말았으니 그 슬픔과 한을 호소할 곳이 없었다. 그러나 자신의 의지로 노력하면 가능한 둘째 즐거움은 우러러 하늘에 부끄러움이 없고 구부려 사람에게 부끄럽지 않은 [앙불괴어천 부불어인(仰不愧於天 俯不於人)] 것이니, 그리 되기를 바라며 최선을 다하려 했다.

비록 교직을 출발할 때는 소녀가장의 호구지책으로 삼을 수밖에 없다 싶어 성심껏 앞을 보고 달려 나왔다. 하지만 온몸으로 전력투구해 오는 동안 교직은 나에게 천직으로 다가왔다. 내 자신 결코 군자는 아닐지라도 기왕이면 천하의 영재를 가르칠 수 있다면 얼마나 자랑스러울까 하는 절실한 꿈과 기대와 희망이 커지고 있었다.

즉, 맹자의 셋째 즐거움이 [득천하영재 이교육지(得天下英才 而教育之)]라는 것을 이뤄내고 싶었다. 흔히 뜻이 있으면 길이 있다고 하는데, 나에게도 드디어 그런 꿈이 이뤄지게 된 것이다. 소위 '천하부고'(天下附高)라 일컫던 학교를 거쳐, 천하의 여성영재들이 모였다는 K여고 학생들을 만날 기회가 주어진 것이다. 나는 쾌재를 올리며 학생지도에 심혈을 기울였다.

교과지도뿐 아니라 담임도 맡아, 사제지간의 개인적인 인간관계도 돈독히 쌓고 싶었다. 하나, 당시 그 학교 주월영 교장님(작고)은 뜻밖에도 내게 교사중 가장 악역이라 불리는 학생부장을 담당하게 했다. 교장의 명을 어길 수 없는 나는 잘못되는 청소년 문제아 선도에 4년여 동안 최선을 다하느라 온몸을 바쳤다.

60년대 말부터 70년대 초에 이르러 쏟아져 유입된 서양문물의 홍수에 휘말려 청소년 문제영역은 더욱 넓어지고 내 몸은 지칠 대로 치쳐갔다. 한때는 경찰의 신고로 우리 학생들의 현장파악을 위해 야간에 남자 선생님들과 함께 당시 조선호텔 지하의 디스코텍에까지 잠복하며 선도를 위한 수고를 하기도 했다.

정치적으로는 한일경제협정 '김·오히라(金·大平)메모' 반대시위가 거세게 일어나고 일부 고교 학생들도 그에 가세하려는 분위기가 높아지던 어느 날이다. 교장실에 호출된 나는 뜻밖에도 개인 신상에 관한 질문을 받게 되었다.

"선생, 당신 남편이 야당 총재 XXX의 비서실장이라는데. 사실인가요?"

"네, 그렇습니다만. 모르셨군요. 죄송합니다."

"그랬군요."

"교장 선생님, 제가 학생부장인 것이 학교에 부담이 되시면 저 당장 그만 두겠습니다. 처음부터 제가 좋아서 맡은 것도 아니지 않습니까."

나는 당당했다. '남편은 남편이고 나는 나'이므로 하나도 꿀릴 것이 없었다. 공과 사는 분명히 구별할 수 있었고 내 임무를 확실히 인지하고 있었기 때문에 내가 그 직을 고사하려 한 것은 교장님의 심려를 덜어드리려는 의도에서였다.

주월영 교장님은 잠시 침묵을 하시더니 뚝뚝한 말투로 '선생, 걱정 마시오. 내가 선생을 보장합니다'라고 말을 끝내셨다.

그 후 나는 교감 승진서열에 추천되었고, 발령이 난다고 하던 전날 밤 9시경, 교장님의 전화를 받았다.

"당신 교감발령이 확정되었네. 막 교육청에서 연락이 왔어요."

나는 무슨 말을 해야 할지 몰랐다. 다음날, 가슴 설레며 출근을 했다. 직원조회 때 인사발령을 전달하는 교장은 나를 힐끗 보신 후, 다른 교사 이름을 불렀다. 아마도 교장의 추천도 효력 없는 어떤 힘이 작용한 것인지, 아니면 혹 내 남편이 야당 총재 비서관이란 악재가 걸림돌이 된 것인지 모를 일이었다.

그러나 다음 해, 신학기 인사발령에서 나는 교감 승진발령을 받고 새로운 근무지로 향하게 되었다.

주월영 교장님은 끝까지 이 야당총재 비서관을 남편으로 둔 나의 신분을 '보장합니다'고 한 말씀을 끝내 지켜주셔서, 내 승진을 정당화해 주신 지조

와 의리 있는 멋진 분으로 머리가 숙여진다.

일본의 '나라여자고등사범학교'를 나오신 수재로서 애국애족 정신이 투철하시며, 당시 입학시험 제도가 있어 고관 자녀들이 많이 다닌 학교였지만 근면 근로 검약 정신을 체득시키려고 자습시간이면 잔디밭 가꾸기, 화장실 청소, 생활관 실습 등에 역점을 두시던 진실한 교육자였다.

퇴임 후, 미국에 계시는 동안에는 미국 상류사회에 한국요리를 보급하시는 데 주력하신 바도 있다.

지금도 내 서가에는 그분이 펴내신 한국 요리책 《Traditional Korean Cuisine -Woul Young Chu》이 꽂혀 있다.

새마을시범학교 교감 및
전국 새마을교육 담당 장학관

이 대목에서는 미리 양해를 구해 놔야 할 것 같다. 왜냐하면 이 당시 내 직분의 변동은 중학교 교감에서 일약 장학관으로 발탁된 파격적인 것이었기 때문이다. 내 스스로도 상상할 수 없던 너무나 놀랍고 충격적인 큰 변화가 갑작스럽게 펼쳐진 사건이라고 할 수 있었다. 그럼에도 불구하고 나는 발령에 따라 움직였을 뿐, 왜 내가 이리 되었는지를 전혀 알 길이 없었다.

하지만, 이 과정을 빼놓으면 다음의 이야기를 이어갈 수가 없으므로 도움을 주신 분이나 이끌어 주신 분을 전혀 알 수 없음에도 이 장을 별도로 설치하고 이야기를 정리해 가려고 한다.

1972년 3월 교감발령을 받고 K여고에서 현지에 부임을 해 보니, 그 중학교는 전교 규모가 단지 16학급에 불과했다. 당시 제3한강교라 불리던 지금의 한남대교를 건너 넓은 미나리꽝과 야트막한 구릉지 들판이 펼쳐진 한가운데에 칠성사이다 공장만이 달랑 솟아 보였다.

그밖에 뉴욕제과점 건물의 기초공사로 보이는 기둥 몇 개가 앙상하게 서 있는 흙먼지가 앞을 가리는 큰 길을 지나, 쑥 패인 저지대 말죽거리에 학교는 자리하고 있었다.

지금의 강남은 상상도 할 수 없는 완전 변두리 서울의 끝이었다.

3학년이 네 학급, 2학년이 다섯 학급, 1학년이 일곱 학급인 소규모 학교였다. 각 학년이 20학급씩 60학급이었던 떠나온 고등학교를 보살피다가 왔으니, 직함이 교감일 뿐 완전히 시골의 가족적인 학원 같은 분위기라고 할까. 게다가 한 번 비가 왔다 하면 운동장에 배를 띄워야 큰 길에서 학교건물에 가닿을 수 있는 악조건에 놓여 있어 학생들에게 너무도 열악하고 낙후된 환경인 신설교의 3대 교감으로 간 것이었다.

그런 악조건에도 불구하고 교장님을 중심으로 선생님들이 일치단합해서 '1972년도 도시 새마을 시범교' 지정을 받아, 그 역할에 사명을 다하며 열심히 뛰었다. 도심 학생들에게 뒤지지 않는 자부심과 학력을 쌓게 하느라 성심을 다해 교육활동에 전념하도록 분위기 조성에 힘썼다. 나는 교감으로서의 첫 시험대에 오른 것이라 생각하고 교사들의 인화와 합심에 전력을 다하고 있었다.

새해가 되자, 신학년을 맞을 준비에 여념이 없을 때, 갑자기 교육청에서 인사발령이 났다고 했다. 무슨 이런 날벼락 같은 일이 있을까. 교감으로 온 지도 한 해 밖에 되지 않는데…. 그동안 교명(校名) 개정 건의도 절차를 밟아 「양재중학교」를 「영동중학교」로 바꾸어 학생 학부모의 소망이 이뤄져 기뻐하는 가운데 서로간의 정도 깊어진 때에, 그야말로 '정들자 이별' 이라니. 때는 군사혁명 후, 비리 색출에 기관의 서슬이 시퍼런 시절이었다.

겨우 낯익은 학교를 뒤로하고 발령장을 받은 나는 1973년 3월, 새 학교로 부임을 하게 되었다. 이번에는 학급 수가 36학급, 그러니까 한 학년이 12학급씩 규모가 짜인 학교였다. 그날 밤, 자정이 다가올 때까지, 가깝게 지내던 선후배들의 충고전화가 빗발쳤다. 사고가 난 학교니 조심하라는 내용이었다.

어쨌든 모든 것은 원칙대로 합리적으로 중의를 모으는 과정을 거치도록 하면 어긋남이 없으리라고 담담한 자세로 근무에 임했고 교감이니 만큼 개개인 교사의 특성을 살려 승진의 기회를 놓치지 않도록 도와가며 제2의 경기여중이라는 칭송을 듣는 경지로 학교 위상을 끌어 올릴 수가 있었다. 거기에는 교장님의 전폭적인 신뢰가 바탕에 있었기에 가능했음은 두 말할 나위도 없는 일이다.

한데, 뜻밖에도 그 다음해인 바로 1974년 4월의 일이었다. 겨우 교내가 안정이 되고 학생들의 학력향상으로 학부모들의 좋은 반응이 보이기 시작한 때였다. 너무도 아쉬웠다. 하나 공무원은 언제나 발령에 의해 움직여야 하는 것이니, 어쩔 수 없는 일, 어떤 과업이 주어질 것인지 불안했다.

아니나 다를까. 이번에는 대통령 발령으로 교육부 장학관의 직책으로 새마을 교육연수라는 임무가 주어진 것이다. 생각조차 못했던 영전이고 주변에서 모두가 놀라운 승진이라고 부러워했다. 하지만 그것은 나에게 엄청난 고통과 상처를 입는 경험을 가져왔다. 모든 것에는 반드시 양면이 있기 마련이다. 그 곳에서 나는 결코 학교조직에서는 경험할 수 없는, 행정상의 엄청난 체험이 인생에 또 다른 거름이 되어 나를 성장시키는 데 도움이 되게 했던 것 같다.

교직 평생 동안, 이제껏 상상도 못했던 내부운영의 문제로 직접 원장과 격돌해야 했다. 또 총무과장과도 예산문제로 갈등을 빚었으나 어디까지나 법

새마을시범학교 교감 및 전국 새마을교육 담당 장학관

률적 해석의 차이라던가 운영상 공적 입장에서의 견해차에서의 문제일 뿐, 개인적 감정의 문제가 아니기에 나는 당당하게 극복하며 새마을운동의 장점을 이해시키는 데 최선을 다 했다.

결국 나는 원장의 요구를 수긍할 수 없어 그 갈등으로 인해 다른 보직을 받게 되었지만. 어쨌든 전국의 교장 교감 전문직인 교육자를 대상으로 새마을정신을 고취시키며, 새마을시범 교사 발굴, 교육자료 전시 및 활용 등, 많을 일을 하며 배워 나갔다.

후에 연구실로 옮겨 교육통계 작성, 국가 교육정책 입안 등 폭 넓은 업무에 참여할 기회를 얻으며 결국 서울시 교육위원회 연구원 상담부장 직분을 받아 서울교육의 일원으로 복귀하여 또한 카운슬링이라는 새로 개발할 분야의 일을 도맡아 창의적인 업무수행을 해 나가게 된다.

도우미, 이영숙 처녀

이영숙, 그녀는 논산서 온 18세의 처녀였다. 둘째가 태어난 우리 집에 누군가의 소개로 와서 도우미로 함께 살게 되었다. 그녀의 사연은 새어머니와 도저히 함께 살 수가 없어 돈이라도 벌려고 가출하여 서울에 상경한 것이었다. 둘째가 세 살이 되기 전에 나는 다시 셋째를 출산하게 되었다.

한 학교에 근무하면서 아이 셋을 낳는 일이 퍽 마음에 걸리고 어린 애들에게도 도움이 되지 않으리라는 생각으로 그 셋째에게 지금 말하기가 죄스러운 일이지만 나는 어떻게 해서라도 그를 낳지 않아야 되겠다는 생각으로 고심을 했다.

당시만 하더라도 출산휴가란 있을 수도 없었고 한두 주일 동안 결근계를 내며, 봉급을 받기는커녕 대체교사의 경비를 당사자 개인이 지불해야 하는 어려움이 있었다.

하지만 하늘을 거역할 수는 없어 드디어 셋째가 또 아들로 태어났다. 하니, 출근하는 내게 다섯 살, 세 살, 그리고 갓난아기의 세 자녀가 딸리게 된 것이다.

이런 생활은 겪어 보지 않으면 이해하기 어려울 것이다. 직장 상사에게 받는 눈초리, 치욕과 억울함, 속상하고 답답한 심정은 무어라 형언하기조차 힘들었다. 교직에서 물러나서 얼마동안 육아에만 전념한다면 그 후 늦은 나이에 재취업할 기회란 생각할 수도 없던 시대였다. 이 남다른 고통이 나로 하여금 장학관 시절인 1975년에 〈여교사 출산·육아 휴직에 관한 법률제안〉을 논문으로 작성하는 동기가 되었다. 당시 교육부에는 심춘섭 여성담당 장학관이 계시고 교직국이 새로 직제화된 때였다.

심 장학관은 직접 내 손을 끌고 정태수 초대 교직국장, 교직과 옹정근 과장을 만나 그 논문을 제시했다.

"이것은 내가 꼭 이루려던 제도인데 김영의 장학관이 이렇게 정책시안을 만들어 왔으니 꼭 성취시켜 주셔야 해요"
하며 원고 보따리를 내밀었다.

그것이 오늘날 '여교사 출산 휴직제도'의 기초를 이룬 바 있음을 알아주는 사람은 위 두 분과 심춘섭 전 무학여고 교장(작고)님 뿐이지만. 하나, 나는 이것으로써 이 세상에 여성으로 태어나 미래의 한국 여성을 위해 하나의 큰 업적을 남겼다고 스스로 자부하며 긍지로 삼고 있다.

어느 주말 퇴근 후였다.

감기로 기침이 심한 둘째를 데리고 늘 다니는 단골 소아과 병원엘 갔다. 치료를 받고 나오려는데 의사선생님이 내게 할 말이 있다는 것이다. 듣고 보니 우리 집 도우미 언니에 관한 이야기였다.

"그런 처녀는 처음 봤어요. 글쎄 어떤 어머니도 애들에게 그토록 신경을 쓰며 정성을 다하는 사람은 보질 못 했으니까요. 정말 놀랬습니다. 보통사람이 아니더군요."

하질 않는가. 즉, 그녀는 아이가 아파서 병원에 데려오면 대기실에서 앉아 기다리지를 않는다고 했다. 올 때마다 언제나 그러하니, 하루는 이상해서 이유를 물었더니 '다른 아이들의 병이 옮을 것 같아서 불안해서요' 라고 하더란다.

또 다른 예를 들자면, 저녁밥을 지을 때면 아이들에게 일거리를 하나씩 주어서 언니를 돕는 재미를 느끼도록 데리고 놀면서 일을 하는 것 같았다.

즉, 딸아이에게는 양푼에다가 감자 하나와 숟가락을 쥐어주고 긁도록 하고, 한 아이는 언니와 같이 시금치 다듬기 놀이 등을 하니, 이건 교육학이나 아동심리학을 배운 사람보다도 더 어린이 성장에 도움이 되는 생활실체를 놀이처럼 시키며 자신은 제 일을 해 나가니 세상에 이런 지혜로운 시골 처녀를 어디서 찾아볼 수가 있겠는가.

그뿐만이 아니다. 밤에는 내가 갓난아기를 데리고 자야 하기에 어미를 대신하여, 그녀는 두 아이를 데리고 잤다. 두 아이가 자신을 좋아하는 것을 알고 자기는 불편하지만 똑바로 천정을 보고 두 손을 벌려 각각 손을 잡고 잠들게 하곤 하는 것이었다.

그 어려운 시기에 내가 직장과 가정의 양립을 하며 그런 연구에도 몰두할 수 있고 아이들이 어려서 가장 힘든 그 고비를 무탈하게 키우며, 또 내가 직장에 집중 몰입하며 최선을 다할 수 있었던 것은 오직 그녀의 도움이 있었기에 가능했던 것이다.

나는 그 때 뼈저리게 겪은 어려움을 바탕으로, 여성의 사회적 활동의 고충은 여성의 손이 아니면 해결할 수 없을 것이라는 신념으로 작성한 그 '출

267

산·육아 휴직법'이 국회서 통과되어 지금에 이르게 되었다. 하여, 근래에 교육계에서는 여성교육자가 출산을 하게 되면 3년 휴직하고, 복직 후 다시 출산을 할 때도 또 적용될 뿐 아니라 휴직 기간도 교육경력으로 인정해 주게 되었다. 얼마나 정상참작이 되는 제도라고 하겠는가.

나 홀로 밤 11시가 넘도록 중앙연구원 연구실에서 세계 각국의 자료를 분석하고 논문을 쓰며 새로운 우리나라의 모델을 구상하여 완성시킨 것은 지금 돌아보아도 가슴 뿌듯하고 보람 있는 일이었다. 그것은 교육계뿐 아니라 오늘날 여성들이 근무하는 사회영역 전반에 그 영향이 미치고 있음을 다행스럽게 생각한다.

조신하고 머리 좋은 영숙 처녀는 24세가 되자, 이웃에서 중신이 들어왔다. 아직도 어린 삼남매를 두고 집을 비워야 하는 맞벌이 엄마인 내 욕심으로는 좀 더 키워 주고 시집을 갔으면 했다.

그러나 마땅한 혼처가 나왔을 때를 놓친다면 그녀에 대한 보답이 안 되겠기에 나는 마음을 굳히고, 그녀가 원하는 대로 조촐한 결혼식으로 아쉽게 떠나보내고 말았다.

그 후 그녀는 가끔 집에 놀러와 애들 얼굴을 보고 가기도 하고 또 그중 제일 귀여워하던 둘째가 보고 싶다며 하교시간에 맞춰 교문 앞에서 서성이다가 그 애를 만나면 쓰다듬고 안아주며 연필 한 자루라도 손에 쥐어서 집에 보내기를 몇 차례 했었다. 허나, 어느 날 다녀간 후로 소식이 뚝 끊기고 말았다. 집을 찾으니 이사하고 없었다.

설령 시골로 이사를 갔더라도 알렸을 법한데 지금까지도 소식이 감감하다. M여고 교장으로 재직 당시, 나는 퇴임 마지막 학년도에 황당하게도 성수대교가 무너져 여러 명의 학생을 잃는 비운을 맞았다.

교직 44년간 항상 사고예방에 힘써 온 터에 이건 완전히 외부에서 닥친 날벼락이었다. 국내외 온 매스컴에서 몇날 며칠 방송이나 기사로 나라가 떠들썩했기에 세계 각처에 있던 친지 제자들이 안부를 전해 왔다.

그 때도 영숙 처녀는 전혀 기별이 없었고 행방이 묘연하다. 지금 잘 자라서 나름대로 각자의 길을 잘 걸어가는 우리 자녀들을 보면 나는 그녀에 대한 고마움을 잊을 수가 없다.

269

권영우 총장

직장인이 그 직장에 충실해야 함은 당연한 일이지만 교직은 남의 집 귀한 자손을 맡아 가르치는 일이니 더더욱 소홀히 할 수 없고 성실하게 정성을 다 해야 할 일이다. 그 틈새를 비집고 나는 2남 1녀의 엄마 노릇과 주부로서의 역할을 수행하자니 가정생활은 어쩔 수 없이 엉성했을 것이다.

하지만 작은 틈새를 몇 배의 시간으로 늘리고 불려서 최선을 다 하려고 열과 성을 다 쏟았다.

후에 그 성공과 실패의 경험을 책《맞벌이 엄마 아빠의 자녀교육 사례》(샘터사, 1989)로 낸 바도 있다. 하지만 언제나 부족하고 미흡하여 많은 것을 우리 아이들 스스로가 메꿔 주었기에 나는 애들에게도 진심으로 고맙게 생각한다. 그 어려움 속에서도 운이 따라주었기에 나는 전문직도 두루 거쳐 1979년 8월, 교장으로 승진하여 J여중으로 부임하게 된다.

당년 49세, 조금은 이른 나이에 동대문구의 가장 취약하다는 지역의 여중 교장으로 부임하게 된 것이다. 현지에 가 보니, 돌 축대를 사이에 두고 남자

중학교가 왼쪽 옆이고, 반대쪽 담 너머는 사립 여자 상업학교가 자리잡고 있었다. 제일 먼저 눈에 띈 것은 날마다 전학년에 걸쳐 가출 학생과 결석생이 많은 것이었다. 담임선생님들을 고생시켜 가며 학생들 출결을 챙기고 가출 학생 선도를 당부하지만, 그 아이들의 마음 속에는 학교는 재미없는 곳이고 오기 싫은 곳으로 자리잡고 있는 풍토 같았다.

'어떻게 해야 이 학생들이 학교가 오고 싶은 곳, 아무리 끼니를 이을 수 없는 가난 속에서도 학교만큼은 하루라도 빠지면 못 배길 곳'이 되도록 할 수 있을까. 나는 여러 선생님과 고민하고 또 고심했다.

학급회의 시간에는 담임선생님과 아이들이 하나가 됨을 느낄 수 있는 '심성지도 프로그램'을 도입했고, 여름 방학이 시작되기 전을 활용하여 교내 운동장에서 일박을 하는 '천막생활 프로그램 및 캠프 파이어' 등을 계획하여 교사와 학생이 친숙하고 사제동행하는 분위기 조성에 힘썼다.

그 밖에도 대외적인 청소년 봉사활동, 예를 들면 청소년 적십자, 걸스카우트, 한국청소년연맹 활동 등을 활발하게 전개시켜 소외계층 학생이나 낙후지역인 이 곳 학생들에게 자신감과 정체성 고취에 역점을 둔 학교운영에 온 힘을 쏟았다.

또 교내환경 개선을 위해 예쁜 화단을 조성하고 작은 연못을 만들어 폭포수가 주룩주룩 소리 내어 흘러 내리게 하며, 그곳에 학생들이 한 마리 두 마리씩 기증한 금붕어가 유유히 떠다니게 하니 학생들의 표정이 그렇게 밝아질 수가 있는지, 학부모님들도 좋아하는 기색을 엿볼 수 있게 되어갔다.

솔직히 발령받고 와 본 느낌은 별로 마음이 편치 않았다. 서울에서 가장 변두리의 낙후된 학교, 빈민촌에다 무슨 전염병하면 바로 그 발생지로 꼽히는 서울의 취약지구인 전농동에 소재하는 시설도 미비한 곳이었기 때문이다. 그 동안 교육부나 서울교육에 큰 공헌을 하지는 못했으나 남다른 어려운 임무를 성공적으로 마친 나를 겨우 이런 학교에 보내다니, 속으로 좀 언짢았다. 그러나 공무원이 명에 따라 복무할 수밖에 없는 것이라 마음을 다잡고 항상 그랬듯이 학생들을 위해서 최선을 다하려 했다.

한데, 전화위복이라 할까, 신은 내게 언제나 공평했던 것 같다. 어둠 속에는 항상 빛을 주셨고, 부족한 곳에는 그것을 만회하고 빛낼 수 있는 기회를 주셨던 것 같다.

어느 날 그 지역 출신 국회의원 권영우(작고) 의원의 사무실에서 전화가 걸려왔다. 나는 그 분과는 일면식도 없는 사이였는데 점심초청의 제의였다. 너무도 뜻밖의 호의에 딱히 거절할 이유도 없어 초면의 인사를 나누게 되었다.

그 분의 말은 내가 부임한 후, 그 지역 주민의 성향이 매우 긍정적으로 바뀌어 고맙다는 내용이었다. 어쨌든 바람직한 일이라 생각되었다. 하지만 그 당시 국회의원이라면 그 위세가 얼마나 대단한 때인데 초임 여교장께 이리 가까이 하려는 것일까. 처음엔 반신반의하는 심정이었다.

그러나 깊이 알고 보니, 권영우 국회의원이야말로 지역구민들의 생업에 큰 관심을 기울일 뿐 아니라 학교 일이나 학생들 봉사활동에 적극적인 관심을 가지고 지원을 아끼지 않은 분이며 진실로 그 지역 주민을 사랑하신 분이었던 것 같다. 그 후 1983년 12월, 나는 갑자기 서울 강남에 신설되는 S고등학교 개설교장 겸임발령을 받아 이듬해 2월에 그 중학교를 떠나게 되었다.

권영우 의원님은 무척 아쉬운 듯 송별회식을 겸해 좋은 핸드백을 선물로 주셨다. 그토록 귀한 마음의 선물을 받아보기란 태어난 후 처음이듯 영광스런 자리였던 것 같다.

그분께서도 1985년 정계활동을 접고 고향인 제천에 학교재단 세명대학을 설립하고 총장을 역임하시며 교육사업에 진력하면서, 자신의 급여를 장학금으로 내놓으신 분이라고 전해 들었다.

　내가 서초동의 신설 고등학교를 맡아 개설한 것을 알고, 그분은 그 재단에 고등학교를 신설하게 되었다며 이것저것 참고자료를 두어 차례 인편에 가져가신 바도 있었다.

　그런 때, 한 번 쯤 가 뵈었어야 사람의 도리인 것을 나는 내가 맡은 일에 얽매여 시간을 흘려 버리고 말았다. 그리고 이미 고인이 되신 후에야 그 소식에 접하게 되었으니 나는 혜택만 받고 무심한 인간이 되어 버렸다. 어떻게 보면 나는 사교성도 없고 내향성의 성격인 탓이 아닐까 스스로 뉘우쳐 보기도 했다.

　문득, 나는 늘 여러 어른들께 큰 빚만 지고 사는 사람일까 한심스런 느낌이 들면서 고인이 되신 권영우 총장님께 가슴 깊이 송구스러움과 감사함을 되뇌어 본다.

교의(校醫) 이성선 원장

서울 강북의 변두리 낙후된 한 여자중학교. 잠시나마 불편한 맘을 가졌던 이곳에서 나는 참으로 많은 내 인생에 소중한 만남과 귀한 동기(動機)라는 선물을 얻을 것이라고는 예기치 못했었다.

위치상 좌우가 타교의 가운데 끼어 있어 조금 답답한 여건에 놓인 학교였으나 운동장 하나는 꽤 넓게 자리잡고 있었다.

그래서인지 우리나라에 여성 필드하키가 처음 도입되며 그 저변확대를 위해서 교육위원회가 이 학교에 그 시범운영을 권고해 온 것이다. 서울시내 각 학교가 거의 특종 스포츠 종목 한 가지씩을 맡아 육성하던 시절이었다. 이미 이곳에는 사격이 지정되어 선수를 키우고 있었으나 학생의 가정배경이나 지도교사의 부족 등으로 활성화 되지 못한 터였다.

그러니 마다할 처지도 못되었으며, 체육과에서 해 보려는 의지가 있기에 전교생 중에서 선수를 공모하며 예산도 뒷받침이 되어 적극적인 선수양성을 시작하게 되었다.

지금도 그렇겠지만 학교는 수많은 귀한 생명을 맡은 안전주의 영역이므로 반드시 교의(校醫)를 추대 지정토록 되어 있다. 따라서 이미 이곳에도 교의선생님이 지정돼 계셨다.

한데, 그 교의에 대한 양호교사나 체육교사들의 의견이 분분하여 이참에 바꾸기를 원하는 것이다. 나는 체육부장과 교감님께 외과전문의로 착실하다고 소문난 분을 추천하도록 당부했다.

어느 날, 새 교의로 모시게 된 이성선 박사님께 위촉장을 전달하러 학교에 모셨다. 차 대접을 하며 보니 어쩌면 유난히 키가 작은 나와 비등한 키의 남자 의사가 아니던가. 물론 외모가 치료에 도움이 되는 것은 아니다. 하지만 실력이 있다는 주변의 소문이 있기에 쾌히 받아들인 것이다.

어린 중학생들이라 해도 양호실에서 도저히 감당 못할 수많은 각종 사고나 병고가 일어나기 마련이다. 게다가 거친 필드하키 훈련을 보고 있으면 아찔아찔할 때가 많다. 장비의 부족, 주의 집중의 결여, 기술의 미숙으로 사고가 빈번했다. 그럴 때마다 교사들이 학생을 업거나 안고 병원으로 뛰어야 했다. 그 때는 학교에 차량을 소유한다는 것은 생각지도 못할 시대였다.

나는 이따금 그 교의 선생님으로부터 전화를 받았다. 교사에게나 학부모에게도 말한들 전혀 도움이 못되지만 교장은 알고 있어야 할 것이라며 아주 긴요한 내용을 알려주거나 당부를 하시곤 했다.

선수들의 훈련도 안전문제가 늘 걸렸지만 체육수업 시간 중에도 또 졸업반 학생들의 체력장 중 오래 달리기 청소시간 등, 거의 2천명 가까운 학생들이 뛰고 얽히는 학교생활이니 언제나 사고는 날 수밖에 없는 나날인 것이다.

게다가 세상이 살벌하여 교내외에서 일어나는 어떤 작은 사안도 냄새만

275

맡으면 신문기자들이 벌떼처럼 쑤셔 온갖 것들을 들추어내려 달려들려는 판이었다. 이성선 교의님은 이런 것들을 감안하시어 언제나 치료와 함께, 학교와 학생과 교사 편에 서서 감싸고 보호막이 되어 주셨다. 어찌 이런 분을 교의로 모실 수가 있었는지 고마워한 때가 한두 번이 아니었다.

그 후 나는 이 분의 인품에 반해 개인적으로 존경심을 가지게 되었다. 알고 보니, 이성선 교의님은 6.25 전쟁 당시 전선에서 육군 야전병원 원장이라는 의료행정을 맡으셨던 분이라니 그 넓고 깊은 배려의 저력이 더욱 귀하게 여겨졌다.

나는 이 귀한 인연을 30년이 지난 지금까지도 오라버니처럼 가까이하고 있으니 나는 참으로 인덕이 많은 사람이라 자부하고 싶다.

翠園 金榮義 일곱 번째 수필집

비취빛
삶이고 싶어

구본석 교육감

앞에서 1983년 12월, 서울 S고등학교 개설교장 겸임발령을 받은 일은 이미 밝힌 바 있다. 그 해 겨울 따라 웬 눈이 그리도 많이 퍼부었는지. 나는 전농동 학교에서 서초동 법원 앞 학교 신축현장까지 전철도 없던 그 시절에 버스를 몇 번 갈아타고 매일 왕래를 해야 했다. 그 일은 무척 힘겨워 몸살로 앓아 누울 지경으로 어려운 일이었다. 교통 때문만은 아니다. 이 시기가 학교에서 연중 가장 중요하고 신경을 써야 할 때였기 때문이다.

이를테면 3학년 졸업반 학생들의 진학배정, 졸업식, 신입생 사전 교육, 신학년도 교육과정 편성, 교직원 인사배정 등, 한 학교의 업무만 해도 바빠서 정신이 없을 때이다.

헌데, 신설 고교의 건축현장의 진척상황 점검을 비롯하여 신설학교에 배정된 학생·학부모의 불만표출에 대한 대비, 기본적 학교시설의 설치 및 구비, 교직원 인사, 제반 교무계획 및 입학식, 개교식 준비 등등을 동시에 함께 해 나가야 했으니 그 어려움은 이루 말로 다할 수가 없으며 쓰러지기 일보

직전에 다다랐다. 그토록 피곤에 지쳐가는 실정에 놓이면서도 나는 개선장 군처럼 신나게 업무를 추진하며 자부심으로 가슴 부풀었으니 정말 어이없 는 일이 아니던가.

일찍이 강남에 신설고교가 세워질 것이라는 소문은 파다하게 떠돌고 있 었다. 그러나 한참 발전의 중심부가 되는 강남이니 이렇다 하는 실력파 중학 교 교장이 여럿인데, 나는 꿈에서조차 마음먹을 일이 아니었다.

헌데 뜻밖에도 내가 그곳에 발령을 받게 되었으니 어안이 벙벙했으며 갑 자기 구름 위에 붕 뜬 느낌이었다. 꿈인지 생시인지, 대체 누가 나를 떠받혀 준 것일까. 아무리 생각을 해도 가늠이 가지 않았다. 살다 보면 이런 행운이 오는 날도 있는가 보다는 생각으로 필사적으로 일을 해나갔다.

건축현장 쌓인 눈 더미 위에서 이제 입학해 올 신입생들의 얼굴을 떠올리 며 교가(校歌)의 가사를 적어갔다. '교가를 지을 수 있는 초대 개설 교장' 그 것만 생각해도 가슴이 벅차올랐다. 대체 누가 내게 이런 엄청난 행운을 선사 하였을까. 나는 서울 한가운데 고등학교 교장이 되었으니 교육자로서 이 이 상의 영광이 어디 있을까.

대학생 시절부터 친정 어버이처럼 나를 아껴 주시던 이창갑 장학관님, 심 태진 장학관님도 신문의 인사이동란의 김영의(金榮義)가 혹 동명이인은 아니 겠지, 하고 의아해 하는 전화를 주셨으니, 어찌 이 영광스런 자리에 왔는지 도무지 영문을 알 길 없이 시간이 흘러갔다.

모든 준비는 나름대로 순조롭게 펼쳐져 갔다. 여태껏 겪었던 모든 고난과 역경의 길목에 한 아름 눈부신 꽃다발의 향연을 받는 느낌이며 감사한 일이 었다. 이러한 나의 의욕이나 감동과는 달리 학부모들의 반응은 무서울 정도로 냉담했다.

신설 학교에 대한 불신이나 불안감도 만만치가 않았고, 더욱이 인근의 전통 있는 고등학교를 염두에 두거나 선호하던 부모의 부정적인 그 심정은 내가 그 입장에 되었어도 하고, 가히 짐작되며 수긍가는 상황이기도 했다.

불만은 쉬 해소되지 않았으나 우리 교직원이 한 마음 한 뜻이 되어 학생들의 정서함양과 인성지도 및 학력신장에 전력투구하는 분위기가 조성되어 그 실적이 두드러지게 나타났다.

전국 규모 모의고사 최고 득점, 평균성적 상위, 전국 경연대회 수상 등의 결과가 바로 증명되고 나서야 비로소 학부모들은 학교와 선생님들을 신뢰하기 시작했고 학교에 협조하는 마음을 보이기 시작했던 것 같다.

이런 희소식이 전해질 때마다 전 직원이 얼싸안고 기뻐하며 학부모까지 함께하게 되었다. 거기에는 사심 없이 꾸준히 학생들을 위해 낮밤을 가리지 않고 열심히 지도해 주신 훌륭한 선생님들이 계셨기에 가능했으며, 요즘처럼 소위 '참교육이니 뭐니' 하고 가르치는 본질보다는 교내의 정치적 소행이나 조직적인 활동을 일삼으려는 세력이 있었다면 절대 불가능했을 것이 명확하다.

돌이켜보면, 그 때 그처럼 하나로 뭉쳐 진심으로 아이들을 사랑하며 고생하신 고마운 선생님들을 잊을 수가 없다.

몇 해가 지난 어느 날, 우연히 어느 분을 통해 놀라운 이야기를 듣게 되었다. 영향력 있는 어느 분이 나를 칭찬을 했다는 거다. '그 사람은 어떤 어려움에서도 극복해내는 교육자다. XX중 교감 때도 새마을 시범학교를 맡아 잘 했고, 후에 장학관으로도 새마을교육에 힘쓰며, 지금도 취약지구 중학교를 멋지게 관리해 주변의 칭송을 받게 발전시킨 사람이다'라고.

알고 보니, 그분이 서울교육청 부교육감인 때에, 교육부에서 새마을지도 장학관을 추천하게 되어 인사카드를 훑어보다가 당시 교감이던 나를 그 직에 올렸다고 하질 않는가.

구본석 교육감(작고), 나는 새삼 귀를 의심하지 않을 수가 없었다. 나는 그분을 가까이에서 모신 일도 없을 뿐더러 내게 관심을 가진 줄도 전혀 아는 바 없었다. 그러니, 내가 어떻게 그런 분의 마음에 기억될 수 있는 운이 닿았는지 기적이 아닐까 생각되었다.

1988년 8월, 나는 순환근무제에 의해 S고교에서 다시 강북의 M여자고등학교로 전근하게 된다. 4년 반 동안에 걸쳐 전력투구하여 교사와 학생 그리고 학부모가 삼위일체가 되어 지성(至誠)을 다한 보람이 있어 자랑스러운 학교, 학생 학부모 그리고 선생님들의 좋아하는 학교로 발전시키며 교직의 보람과 명예를 드높일 수 있었던 세월로 회고된다.

하지만 구본석 교육감께는 그 큰 은혜를 입었음에도 인사 한 번 드리지 못했는데, 몇 해 전 신병으로 분당에서 사시다가 고인이 되셨다는 소식을 듣게 되었다.

나는 뒤늦게야 사람 노릇 못한 회한으로 가슴이 아팠다. 한 때, 그분은 부하직원의 비리에 얽혀 명예제대를 못하신 것으로 전해 들었으나, 진실로 사심 없이 부하직원을 아끼고 믿으려 하던 분이 아니었는가 하는 나의 생각을 떨칠 수가 없다. 이런 경우야말로 배은망덕이라 하는 것이 아닐까, 나 스스로 착잡한 심정을 뿌리칠 수가 없다.

강석호 한국수필문학가협회 회장

　나에게 있어 1979년~1984년 2월까지 4년 반의 첫 교장 부임교에서의 시간은 취약적인 여건 속에서만 얻을 수 있는 여러 가지 동기부여의 계기가 된 것 같다. 보다 많은 좋은 분들과의 교분도 넓혔지만 학교운영의 이모저모는 물론, 청소년들의 여러 가지 문제가 날로 연소화 되며 다양해 가는 현실에 맞닥뜨려 문제해결을 모색해야하는 어려운 과제도 떠안게 되었다.

　그 일환으로 문제 학생들에게 감동을 줄 수 있는 읽을거리를 찾아주려고 나섰으나, 아무리 책방을 뒤져 살펴도 그 때는 마땅한 책이 눈에 띄지 않았다. 그러다 보니 당시 청소년 문화의 결핍을 절실히 실감하며, 그 지역 문제 청소년에게 알맞은 나름대로의 대안을 찾기로 상담교사들과 협의하며 그 문제 학생들의 특징을 분석해 보도록 했다.

　그 결과, 그들에게서 나타난 두드러진 특색은 첫째로 부모를 미워하고 둘째로는 집을 싫어하는 것이었다.

　돌이켜 보면, 나 역시 어려서 한때 부모를 원망하던 일이 있었다. 그것은 팔남매의 맏딸인 어린 나에게 맞벌이를 하시던 어머님은 집안 살림을 맡기지 않을 수가 없으므로 내가 학교를 쉬었으면, 진학을 안 했으면 하신 까닭에서였다. 나는 속상했고 반발했다. 그러나 부모님을 미워하진 못했다. 그래서 날마다 밤하늘에 나의 별을 찾아 슬픈 대화를 나누곤 했다.

나는 그 대화의 쪽지를 똘똘 뭉쳐 6.25 피난 때도 소중하게 지니고 다녔다. 어리석은 일 같았지만 나는 그 때 '아, 이거다!' 하는 생각이 머리를 스쳤다. '가엾은 이 아이들을 위해 책으로 엮으리라.' 쪽지를 꺼내 글로 연결시켜 갔다. 하지만 원고가 겨우 마무리될 무렵 개설고교 교장으로 그 학교를 떠나게 되고 만다.

그 때 엮은 글이 《꿈과 현실의 다리》(미리내, 1985)라는 제목으로 나의 첫 수필집이 되어 1985년 6월 25일, 세상에 나오게 된 것이다.

막상 출판이 되고 보니, 글도 미흡하고 미숙하지만 내 자신 민망스러워 왜 이런 일을 저질렀을까 하는 후회와 부끄러움으로 얼굴을 들 수 없는 심정이었다. 처음에는 어려운 나의 경제상황 속에서 큰 마음을 먹고 사비로 낸 책일망정 모두 소각장에서 불태워 버리고 싶었다.

왜냐하면, 학생을 포함한 모든 분들이 정장하고 있는 한가운데, 나 홀로 벌거숭이 알몸을 드러내고 서 있는 것처럼 느껴져 참으로 후회스럽고 부끄럽기 짝이 없었다. 하나, 여러 선생님들의 위로·만류에 힘입은 나는 기왕 낸 것이니, 각 학교 상담실이나 도서실에 나눠 읽을거리로 제공하기로 했다.

그러다 보니 그 변변치 않은 책이 지방에서도 요청이 오기도 한 것으로 보아 청소년들의 반응은 그리 나쁜 편이 아닌 것 같아 가슴을 쓸어내렸다. 이렇게 하여 아련히 잊혀져가던 나의 소녀시절의 꿈인 문학에의 길은 뒤늦은

55세의 나이에 슬그머니 현실화 되어 갔다.

어느새, 딸도 시집을 가서 역시 교직에 몸 담아 가정과 직장을 양립시키는 어미와 같은 길을 걷고 있었고, 두 아들도 자신의 길을 스스로 선택하여 열심히 노력하는 학자의 길로 제 각각 접어들고 있었다. 그러기에 내가 근무하는 학교의 학부모나 학생들은 나를 굳게 믿고 따라주었다.

그건 '제 아이들도 잘 키워 낸 교육자니까' 하는 신뢰가 은연중에 깔려 있었던 것 같았다. 게다가 수필집을 냈다는 것으로 어느 선생님에게 이끌려 조경희 선생님(작고)을 뵙게 되며 뜻밖에도 『한국수필』에 등단하게 된다.

그 후, 1986년 10월, 개작 수필집 《가슴에 흐르는 강》을, 또 1989년 8월, 《맞벌이 엄마 아빠의 자녀교육》(샘터사) 사례집을 출판한 후, 수필문학사의 강석호 수필평론가님의 도움으로 1993년 4월, 《초원에 내리는 안개처럼》을 출판하면서 한국문인협회 회원 추천도 받아 수필계의 글 쓰는 문인으로서의 활동영역에 비로소 제대로 진입하게 되었다. 생각해 보면, 글이나 그림, 글씨, 무용, 연극, 음악 등, 어느 영역을 막론하고 홀로서기는 있어도 그 활동이 살아 숨 쉬며 움직이는 활동으로 이어지려면 조직 속에 서로 얽혀 조직의 일원으로 활동할 때 가능한 것이 아닌가 싶다.

강석호 회장님과의 인연은 결코 짧다고 할 수 없다. 1974년도 내가 교육부의 중앙교육연구원 장학관으로 있을 때, 그가 『교육평론』 주간으로 활동하던 시기였기에 가끔 자리를 함께하거나 얼굴을 마주칠 때가 있었던 사이였다. 1988년 8월, 순환근무제도에 따라 강북의 M여자고등학교 교장으로 전임한 때, 그는 그의 수필집 한 권을 들고 교장실을 찾아준 사람이었다.

이것저것 문학계의 사정이나 정보도 일러주며 때론 개인적인 수필평도

강석호 한국수필문학가협회 회장

해 주서서 수필의 글쓰기뿐 아니라 한글마저도 독학으로 깨우친 이 문외한인 나의 미흡한 문학수행에 깊은 관심과 도움을 주시기도 했다. 《초원에 내리는 안개처럼》도 그의 격려에 힘입어 내게 되었고, 교직 퇴임 후인 2003년 2월, 《그 때가 있었기에》와 2005년 4월, 《우물가의 은행잎》으로 여섯 권째의 수필집을 출간하게 되었다.

체계적이고 전문적인 문학공부를 거치지 못한 나는 억지춘향으로 글쓰기를 해왔기에 수필문학과는 거리가 멀었던 사람이 뒤늦게 수필계에 입문하여 어언 20년 만에 한국수필문학가협회 강석호 회장의 이름으로 '제15회 수필문학상' 수상의 영광을 얻게 된 것이다. 분에 넘치는 것이 아닐까 여겨지며, 강 회장님의 이끄심이 없었던들 나는 글은 계속 써왔을지 모르지만, 아마도 대한민국문인협회 회원의 자격조차도 못 누린 채, 일개 필생으로 주저앉아 있는 수밖에 없었는지도 모를 일이다.

키는 작은 편이고 보기에는 무뚝뚝한 인상을 주지만 그분은 보기보다 자상하고 따뜻하고 깊은 통찰을 하는 분이라 말하고 싶다. 그리고 '글은 바로 그 사람의 인격의 반영'이라는 말이 있듯이, 그의 인품은 그의 글을 통해서 바로 공감이 가는 부분이라 할 수 있을 것 같다.

『한국수필』로 등단한 나는 20년 만에 『수필문학』을 통해 수상을 하며 그동안 수필집 여섯 권을 출판했다. 그러다 보니 나의 문학에의 길도 어느덧 25년째가 되어간다. 그러나 가면 갈수록 더욱 어렵고 두렵고 마음대로 안 되는 것이 글쓰기의 길임을 절감한다.

나의 노력의 부족도 있겠지만 번뜩이는 영감, 재치, 끼 등, 타고난 기질을 가진 이들을 능가할 수는 없는 것 같다. 어느 때는 초년부터 입문하여 갈고

닦은 솜씨를 따라갈려는 것 자체가 나의 지나친 욕심이라고 푸념해 본다.

괴로움은 그뿐이 아니다. 문학도들의 모임, 즉 연수회니 세미나니 하여 적극적인 참여의식을 스스로 북돋아 보려고 애써 참여해 보지만, 수십 년 젖어온 교육계 풍토와는 사뭇 다른 분위기로 숨쉬기가 어려울 때가 많다.

이렇게 사소한 것 같으면서도 내 심정에 부담을 주는 갈등 속에서 내가 이 길을 벗어나지 못하는 것은, 역시 잘 쓰고 못 쓰고를 떠나 쓰지 않고는 못 배기는 뭔가 솟구침이 일어나는 것이 또한 나의 진면모이기도 한 것 같다.

짧지도 않은 세월, 이 같은 부담 속에서도 늘 몇몇 선배 문인들의 아낌없는 격려에 힘입어 또한 나는 글을 오늘도 써보고 있다. 그 고마움을 뭐라 감사해야 할까.

285

강 회장님은 바로 내게 대표적인 그런 분이라고 전하고 싶다. 비록 내 자신이 보다 아름답고 감동적이고 멋진 글을 쓰지 못할지라도 타인의 글을 통해 서로의 세계를 교류, 교감하여 끊임없는 스스로에의 탈바꿈이나, 꿈, 인생의 귀중함과 소망스러움, 눈물겹도록 순수한 이야기들을 접할 수 있는 평생의 작업으로 사랑하고 싶다. 그런 노력이 지속됨으로써 여기까지 이끌어 주신 고마움에 답하는 일이 아닐까 싶다.

글을 맺으며

나의 곡절 많은 한평생은, 메마른 들판의 뿌리 없는 들꽃처럼 줄줄이 매달린 어린 싹들을 껴안고 고사 직전의 여린 한 생명에 불과했다. 그 고비 고비에서 이슬처럼 내려와 잎을 축여주며 단비로 내려 뿌리를 적셔 기운을 북돋아주며 바람으로 불어와 꽃과 잎을 마음껏 펼 수 있게 힘을 실어준 여러 귀인들과의 기적적인 만남. 좌절을 희망으로 바꿔 놓은 이 만남이 없었다면 나와 우리 남매는 지금껏 제대로 살아남아 떳떳이 숨 쉴 수가 있었을까를 생각하게 된다.

나에게 교직은 천직이고 한 번 스승은 영원한 스승으로서의 자세를 지녀야 할 것이라 알고 있다. 하지만 그 교직의 길조차도 그분들의 길잡이가 없었던들 들어서지도 못했을 것 같다.

44년간의 짧지 않은 나의 교직의 길도 나를 향한 연민의 손길, 그 깊은 사랑의 힘으로 바로 서며 보람 있고 자랑스럽게 마무리를 할 수가 있었다고 생각된다. 그러나 내게 천직인 그 교직도 퇴직이라는 제도적 한계에 부딪혀 현실적으로 맥이 끊어지게 된다.

그런 시점에서 나는 새롭게 수필이라는 세계에 입문하게 되어 다시 태어나는 기쁨을 얻었다. 그 길에서도 나는 여러 선배들의 도움에 힘을 입어 새 걸음마를 시작하며 오늘에 이르렀다.

게다가 문학에는 제도적 한계가 없다. 생명과 영혼이 살아 있는 한, 내 속에서 나 스스로와 대화하며 웃고 우는 끝없는 일을 계속할 수 있을 것 같다.

그러니 이 또한 얼마나 은혜로운 일이라 해야 할까. 비록 보다 아름답고 감동적이고 멋진 글이 아닐지라도 끊임없는 스스로에의 탈바꿈이나 꿈, 자연에의 찬미, 인생의 귀중함과 소망스러움, 눈물겹도록 순수한 이야기들을 그려보는 일을 나는 사랑하고 싶다. 그것은 맑은 하늘에 뜬 무지개를 바라보는 것처럼 얼마나 가슴 설레는 일이라 하겠는가.

그러기에 나는 내가 거쳐 온 고난과 역경에서의 한이나 고통과 고뇌보다는 그 험난한 비바람과 격류 속에 떠가는 한 생명에게 살며시 내밀어준 순수하고 아리땁고 따사하며 귀한, 그러나 드러나지 않는 소중한 희망의 불씨, 초록빛 지푸라기 한 가닥 한 가닥을 세상에 내놓는 것이다.

여기에 구태여 밝히는 까닭은 이 아름답고 참된 분들의 삶을 함께 공감하며 나의 깊은 감사의 마음을 전하고 싶어서다. 생각컨대 나는 너무 많은 분들에게 분에 넘치는 큰 사랑을 받으며 살아나온 것이 틀림없다.

때로, 나는 나에게 유익한 도움만을 받으려 했던 '염치없는 사람' 이 아니었을까? 또는 '지나치게 이기적인 인간' 이 아니었을까? 하고 갈등하며 반추해 보기도 한다. 진정 그렇다면 그럴 수밖에 없었던 나의 인생역로, 혹은 내 개인의 문제이지 나를 도와주신 선의에 찬 어른들의 몫은 분명 아닌 것임을 강조하고 싶다.

287

그리고 그토록 귀한 만남은 인간의 노력으로서만 가능한 것이 아닌, 하늘이 내리신 뜻이며 큰 은총이 아니겠는지. 생각할수록 전율이 느껴지는 기적적인 소중한 손길, 연민의 눈길로 한 가닥 내밀어 주신 그 의미 있는 지푸라기가 '앞으로도 고난에 처한 많은 젊은이들에게도 가 닿는다면' 하는 희망과 바람을 품고 그 깊은 사랑에 뜨거운 감사를 표하고자 한다.

　　감사합니다.

(2009. 7. 28)

저자 연보(年譜)

김영의(金榮義) 號 : 翠園(취원)

출생

1930. 1. 30(음력 − 29. 12. 28)

日本 東京都 杉並區 高圓寺町에서 부친 김흥두(金興斗) 모친 장애희(張愛希) 의 장녀로 태어남. 다섯 살 때 滿洲 吉林으로 이주. 1945 조국해방으로 귀국.

학력 및 교직 경력

1953　　　서울대학교 사범대학 사회과 졸업

1953~71　부산 경남여중 교사로 출발, 서울사범학교,
　　　　　서울대학교사대부고, 성동여자실업고, 경기여고에서 근무

1972~73　영동중학교, 금호여중 교감

1974~78　교육부 중앙교육원 장학관, 서울시 교육연구원 연구관

1979~95　서울 전농여자중학교, 서초고등학교, 무학여자고등학교 교장 역임

기타 경력

1956~60　KBS(Radio) 학교방송 집필, 방송위원

1984~87 한국교육개발원 교육방송 자문위원
1985~88 한국여성개발원 자문위원
1991~93 전국(서울) 國 · 公 · 私立 중등학교 女校長會 회장
1993~95 서울시 카운슬러협회 회장
1995~99 서울시 마포 · 송파 도서관문화교실 강사
　　　　　 "좋은 부모 역할 체험프로그램"(3~6개월 코스)
1997~00 MBTI 고급과정 이수-한국심리유형 지도강사
1998~00 성남문화원 이사 및 부원장
1993~03 서울시 모범공무원 및 자랑스런 서울시민상 심사위원
2005~현, 성남문화원 자문위원 '강정일당 축제 추진위원' 기타 행사

문단 경력

『한국수필』〈꿈과 현실의 다리〉로 등단(1985)
한국수필가협회 회원(1985~현재)
한국문인협회(수필분과) 회원(1992~현재)
'문학의 집-서울' 회원(2001~현재)
한국수필문학가협회 회원(1992~2002)
한국수필문학가협회 이사(2002~현재)

저서

1971 《대입 일반사회 핵심과 문제》(참고서 문제집, 동아출판사)
1975 〈한국 취학전 교육분석〉(논문, 중앙교육연수원)
1976 〈여교사 출산휴직제도 모형개발〉(논문, 서울대학교 행정연수원)
1985 《꿈과 현실의 다리》(미리내, 수필집)
1986 《가슴에 흐르는 강》(아이템뱅크, 수필집)
1988 《맞벌이 엄마 아빠 자녀교육 사례》(샘터사, 유아교육 신서)
1993 《초원에 내리는 안개처럼》(교음사, 수필집)

2000 《신(神)은 다시 손을 잡아 주셨다》(6.25 이야기)
　　　서울대학교 사대 기독교 동문회 회원 공저
2003 《그 때가 있었기에》(교음사, 수필집)
2005 《우물가의 은행잎》(교음사, 수필집)
2011 《비취빛 삶이고 싶어》(한누리미디어, 수필집)

수상
1970 교육부장관상(학생 생활지도)
1973 국무총리상(재일 교포 교육)
1975 교육부장관상(문교통계 연보)
1980 교육부장관상(우수학교 운영)
1988 서울올림픽 대회 기장증(체육부장관)
1994 제13회 경향사도상 횃불상(경향신문 사장)
1995 대한민국 국민훈장 동백장(교직 활동)
2005 수필 문학상(한국수필문학가협회 회장)
2010 강정일당상(성남시 문화원 원장)

가족 관계
남편 이명우(李明雨, 2011년 2월 10일 타계)
딸 상미(相美), 아들 상호(相昊), 상헌(相憲)
사위 남상권(南相權), 자부 김수미(金秀美), 한영이(韓英伊)
외손자 윤우(允祐), 손자 원희(元熙), 태희(台熙), 두희(斗熙).

주소
경기도 성남시 분당구 구미동 77. 까치마을 대우A 102-1201호.
전화 : 031)714-8934　　　H.P : 019-299-8934
홈페이지 : http://kyeui2.kll.co.kr　　　e-Mail : kyeui2@hanmail.net

翠園 金榮義 일곱 번째 수필집

비취빛 삶이고 싶어

•

지은이 / 金榮義
펴낸이 / 김재엽
펴낸곳 / **한누리미디어**
디자인 / 지선숙

•

121-840, 서울시 마포구 서교동 395-13 서원빌딩 2층
전화 / (02)379-4514, 379-4519
Fax / (02)379-4516
E-mail/hannury2003@hanmail.net

•

신고번호 / 제300-2006-61호
등록일 / 1993. 11. 4

•

초판발행일 / 2011년 7월 25일

•

ⓒ 2011 김영의 Printed in KOREA

•

값 15,000원

•

※잘못된 책은 바꿔드립니다.
※이 책은 성남시 문화예술 발전기금의 지원을 받아 제작되었습니다.

ISBN 978-89-7969-393-5   03810